冯仑

看得见未来才有未来

韩啸◎著

他是野蛮书生，也是睿智商人
他"理想丰满""野蛮生长"
以不确定的方式寻找确定的未来

台海出版社

图书在版编目（CIP）数据

冯仑：看得见未来才有未来 / 韩啸著 . —北京：台海出版社，2016.1

ISBN 978 - 7 - 5168 - 0684 - 5

Ⅰ.①冯… Ⅱ.①韩… Ⅲ.①纪实文学－中国－当代 Ⅳ.①I265

中国版本图书馆 CIP 数据核字（2016）第 012959 号

冯仑：看得见未来才有未来

著　者：韩　啸

责任编辑：阴　鹏

装帧设计：张子航　　　　　　版式设计：红　英

责任校对：陈　烨　　　　　　责任印制：蔡　旭

出版发行：台海出版社

地　址：北京市朝阳区劲松南路1号　　邮政编码：100021

电　话：010 - 64041652（发行，邮购）

传　真：010 - 84045799（总编室）

网　址：http://www.taimeng.org.cn/thcbs/default.htm

E - mail：thcbs@126.com

经　销：全国各地新华书店

印　刷：河北信德印刷有限公司

本书如有破损、缺页、装订错误，请与本社联系调换

开　本：710 mm × 1000 mm　1/16

字　数：196 千字　　　　　　印　张：18

版　次：2016 年 5 月第 1 版　　印　次：2024 年 1 月第 2 次印刷

书　号：ISBN 978 - 7 - 5168 - 0684 - 5

定　价：58.00 元

序

冯仑说:"所谓向宽处行,事实上不是向大家都关注的进步去行,也不是向浮华、获取去行,而是学会退却、放下、懦弱、面对死亡,学会淡然、超然。"

知道冯仑的人,消息来自各种各样的媒介;了解冯仑的人,却以为冯仑有上百种身份。

他是地产哲学家、商业思想家、中国经济界的"革命家"、想法偏多的"买卖人"、中国地产老板界的教父级人物、民营企业代言者、畅销书作家、大腕级龙套,他是阿拉善 SEE 生态协会第四任会长、五个房地产行业组织机构的负责人……的确,他的身份太多了。

他探究现实、乐善好施、勤勉尽责、乐于分享;他是个事缓则圆的文化人,也是个文质彬彬的企业家,业界尊称他为"商界思想家",地产界敬仰他为"学者型"的开发商。

所以,人们更愿意将冯仑看作是一位对错综复杂、现象百态的社会进行思考的智者,而从未将他与充满暴力、惊悚的"灰色"的房地产行业扯上半点关系。

冯仑生于 20 世纪 50 年代的陕西，身上带有典型的"秦商"气质，经历丰富、见多识广、思维成熟，这同样也是那个时代创业者的共同特点。

"野蛮"生长的冯仑，既有学者的温厚和睿智，也有江湖行者的尖刻和狡诘；有时他会满嘴市井言语，有时却又会沉着地感悟人生。

这就是冯仑，段子横飞，荤素搭配。

1982 年，冯仑在西北大学毕业后便进入了中央党校，在这里他遇到了精神教父马鸿模。冯仑打算做商人的时候，马鸿模曾对他说："你这是高山上倒马桶，臭名远扬。"但冯仑并没有因为"臭"而对"商"敬而远之，他觉得能够臭得有价值也是一种本事。

1989 年，冯仑阴差阳错地去了南德和牟其中一起共事，在这里，他经历了从学者到商人的转变。虽然他"兵谏"老牟失败，但却与"万通六子"结下了昆弟之好。而后，万通六君子呼啸聚义，成立了万通集团。冯仑借鉴了水泊梁山的模式——架构了"座有序，利无别"的利益关系。

1995 年，万通扎根北京，此时万通总资产达到 70 多亿，产业遍布全国，房地产、通信、服装、商业、信息咨询、保险、银行、证券等行业都有万通的影子。但万通六君子却在此时选择了"以江湖方式进入，以商人方式退出"，完成了从六个人到一个人的转变。

万通，最终成了冯仑一个人的游乐场，而他的思想也驾驭着行为扶摇直上。

2009 年，冯仑在哥本哈根"中国商界气候变化国际论坛"上提出了立体城市的设想，虽然尚未实现，但他仍然坚持梦想终会照进现实。

　　同年，"9·11"事件后美国重建的世贸中心落成，冯仑押上了近 5 亿美元，雄心勃勃地在世贸中心的顶层建起了"中国中心"，成为新世贸的第一租户。

　　在冯仑的商业构想中，有宏伟，有纯粹，也有无奈和落寞。"南德岁月"让冯仑经历了从白面书生到"黑心开发商"的转变；"六君子聚义"让冯仑明白"打江山易，守江山难"的道理；"立体城市"的构想和"中国中心"的实现，展现了冯仑无与伦比的前瞻性。

　　但人生的事与愿违，难免让人唏嘘长叹。2014 年，冯仑选择交出万通的控制权，去感受有钱又有闲的独我生活，去实现苦无知音的现实理想。

　　今天的冯仑，时常会出现在北京颐和园满是绿色的草坪上，也会游走在中央党校翠竹万竿的校园中，似曾相识的眼镜男，如今已成为英姿飒爽的老者。读书、写字，走走停停，满心欢喜，怡然自得。这或许就是一个经历了百转千回的成功者所期望的笃实的静谧。

　　五十余年的人生阅历中，经过了一个凌乱的轮回，他似乎已经被时间磨平了棱角，深深的法令纹和招牌式的笑容也都变了些模样。或许，他的内心依然坚信：理想才是生命。

目　录

"冯野蛮"的"草创"路

变局时代的幸运儿

所谓乱世出英豪，时势造英雄，到底是时代造就了英雄，还是英雄影响了整个时代呢？不论是时代造就了英雄，还是英雄影响了时代，想要在这个时代成为英雄，就必须依赖机遇。一个难逢的机遇可以创造奇迹，也会遮去很多人背后的艰苦付出和惨痛经历。努力、付出和不盲目的拼搏，最终都将会转化为成功道路上不可缺少的储备力量。经历过时代洗礼的人们，都懂得如何去创造和争取自己的幸福，他们也更愿意为了幸福而付出更多。

1959 年正是"大跃进"运动的高峰期，冯仑于这一年出生在西安。

"大跃进"在生产发展上追求高速度，以实现工农业生产高指标为目标，要求工农业主要产品的产量成倍、几倍、甚至几十倍地增长。这样的时代背景，也对冯仑日后的"万通"的发展有着巨大影响。随后他又经历了三年困难时期。

少年时期的冯仑就是在这样频繁、激烈的大规模"运动"中长大的，这对他本就不健全的学习环境而言，无疑是雪上加霜。一时间，天翻地覆，当时的学生们几乎都不上课，大中小学全部参与到"闹革命"的活动中，此时的冯仑和其他孩子一样有书不能读。幸运的是，他没有因那"一腔革命热血"而荒废学业，反而待在家里偷偷学习，那段时间对当时的冯仑无异于是巨大的煎熬。

说冯仑幸运，是话出有因的。

冯仑生于书香门第，父亲虽只是个企业工会的负责人，但却能凭一纸书信，让儿子在图书馆里随意游走，且肆意畅读"灰""白"禁书——如《张国焘回忆录》《尼赫鲁传》《出类拔萃之辈》和《大逻辑》《小逻辑》等一些被称作"灰皮书"和"白皮书"的著作，这样的机会在那个环境里是万中无一的。

冯仑没有浪费这个难得的机会，他把大部分时间都花费在书本上，从文学到历史，从历史到哲学，他汲取了丰富的知识养料。在这样一个特殊的读书期，冯仑在思维体系和语言天赋上显得格外突出，并慢慢成长为日后公众眼中的"全能人才"。

年代的特殊性，决定了人们几乎都有着相同的境遇，没有别的选择。这样"恶劣"的生活环境，让冯仑走出了"野蛮"生长的第一步。

"草莽"一般的学习方式，促成了他日后过人的学习能力。这对冯仑来说，无疑是一个巨大的宝藏，也正是这个"文化"宝藏为他今天的财富打下了最为坚实的基础。也许，今日的冯仑亦是受了父亲的影响，身上带着"事缓则圆"的随和，而时代却让他拥有了一颗"司马懿一般"的野心。

1977 年，邓小平在北京召开了"科学与教育工作座谈会"，对恢复高考的提议大加赞赏，并立刻做出了决定。

当时师资力量和办学条件有限，故此大幅度削减了大学生录取数量，将近 600 万的考生，只有 30 万人有上大学的机会。

在被录取的考生中，冯仑也是幸运者。仅凭 20% 的机会，便成了 30 万学子中的一员，成功考进了西北大学经济系，并在此获得经济学学士学位。后来，冯仑曾回忆说："对于上大学，自己都没有敢想过太多。"而最幸运的，并非是考上大学这件事，而是被西北大学录取。

最初，西北大学只有商学学科，直到 1977 年恢复高考后，才重新建立了经济学系的经济学专业，1985 年才正式成立了经济管理学院。这正是冯仑读书的时期，他真是赶上了好年代。

1981 年时，冯仑成功考入中共中央党校，成为当时中央党校最年轻的研究生，这也让他的未来之路变得更加宽广。来到党校之后，冯仑遇到了一个传奇人物，他一直称呼此人为"文化土匪"，他就是冯仑的研究生导师——马鸿模。

马鸿模乃大家出身，性格刚猛，参加过武工队。当时冯仑是年纪最小的学员，所以导师点名要和他见面。

冯仑初来乍到，心里多少有些惶恐。马鸿模的形象很有特点，留着光头，身着一袭黑袍，叼着雪茄，犹如"土匪"造型，冯仑倒没觉得什么，只把他当成一个普通老头而已。可后来，马鸿模的匪气让冯仑很着迷，他也开始认为，一个人若是在精神上都没有掠夺的欲望，那就很难获得成功。于是，冯仑也把这种精神折射到自己身上，那是一种不羁的野性和文弱的书卷气的复杂结合。冯仑继承了马鸿模的衣钵，也继承了他强悍的人生和性格。再后来，冯仑更是认了马鸿模做干爹，两人成了忘年之交。

直到今天，冯仑的钱包里依旧放着他认为影响自己最深的两个人的照片，一个是阿拉法特，而另一个就是马鸿模。如此可见，思想对一个人的一生都会产生不可估量的影响。

遇到马鸿模，可谓是冯仑"顺畅"人生中的另一个别样的幸运。若用生父育"文"，教父授"武"来形容少年冯仑的成长经历，应算是十分恰当的。

"文"毋庸置疑，是人的内涵，而"武"则是人的思想，以及强大的精神力量。不过，现实中好像很难有人能做到文武双全。冯仑果真是幸运的，毕竟一个人一辈子能遇到两位醍醐灌顶般的人生导师，实在比中彩票大奖的几率还低。冯仑的亲生父亲，给冯仑创造了一个文学的"黄金屋"，也让他在文学创作上有了一定的根基；而"教父"马鸿模，则让他在思想境界层面，获得了"土匪"一般的"野蛮"。

几年后，冯仑在中央党校毕业，拿到了法学硕士学位，并决定留在学校工作。他留校有两个原因，一是不想接触到每一个部门的工作内容，二是不想就这样离开马鸿模。尔后，他游走了几个部门，基层锻炼过，从地方干到企业，最后留在了海南，并在海南体制改革研究所出任常务副所长，主要负责筹建海南体制改革的相关工作。

此时，"全民经商"的热浪已席卷全国，冯仑尚不知"经商"这两个字背后潜藏着多么巨大的财富。

虽说冯仑手下有一百多个编制，但因为大部分的财政编制是体制内的，所以根本没有任何财政拨款，没有任何启动经费。随后，上级部门给了冯仑一单"买卖"，进口1万台彩电的批文，于是冯仑把这一单生意交给了一家贸易公司，并且从中换来了30万元现金。利用转来的钱，冯仑建起了"海南体制改革研究所"。这时，冯仑结识了潘石屹。

好景不长，一年之后，体改所解散，原因不明，冯仑迎来了失业的噩梦。

冯仑奢望过能再次回到党校体制内，但这似乎真的只是一种不可能实现的奢望。回到北京后，他托了很多关系找工作，可大多国家机关部门都对他大门紧闭。几经周转，他进入了当时的中国社会调查所，干了几个月一共才得到72元的工资。就这样，冯仑的仕途之路就此结束，并沦落于江湖之中。

就在冯仑无路可走之际，一次偶然的机会，他进入了当时闻名全国的民营企业家牟其中创办的南德集团，因为冯仑的文学功底深厚，所以创办了《南德世界》。此时，冯仑身上的一些别样的能力被牟其中逐一发掘，慢慢得到了牟其中的赏识和重用，从行政秘书一路升迁至牟其中第一副手和要臣之一，工资也已经破了千元——冯仑的生活已经很有小康的味道了。

在无数个"从无到有"的艰难过程中，冯仑硬是找到了"生"的机会。他也和其他成功者一样，都曾经历过无数的坎坷与不幸，可正是这些不幸，让冯仑成为了"时代变迁"中的"幸运儿"。

文明"土匪"

世界上的每个人都是平等的，幸运之神会公正地让每个人享受到专属于自己的幸运。但这不代表幸运是取之不尽，用之不竭的。有人说，幸运之神总是偏爱旁人，而辜负自己。但他们可曾想过，到底是什么特质才让幸运之神如此偏心呢？

冯仑的幸运并非空穴来风。从他离开中央党校到后来进入"南德"，并被牟其中重用，这个过程既非偶然、也非巧合，而是他从小到大都对知识充满了渴望，并在不断学习和积累的过程中不断提升自己的思想，才让他有了这样的机会。"幸运"，从来都是一点一滴积累所得，是用汗水换回来的。冯仑的幸运，归根结底，是读书学习催生而来。

进入中央党校的时候，冯仑就被马鸿模的作风吸引了。当时马鸿模可谓深藏不漏，是个"外痞内秀"的学者，身为法学博士，却在言谈间夹杂着世俗之语，不做作，不清高，完全看不到他高级知识分子的姿态，可在表述上，却让学生们领略到他那极富逻辑性的广域思维。

冯仑很聪明，经由观察，他已经意识到，眼前的这位导师，或许就是自己未来将要达到的目标，所以一定要和这位导师成为友人。几次三番，两人渐渐熟络起来。

在思想上，冯仑得到了马鸿模的熏陶；在学术上，他也和马鸿模一样执着，甚至有过之而无不及。今天的冯仑，身上带着一股江湖味，谈吐间又散发着极具文化内涵的理性气息，两者的巧妙糅合，造就了独一无二的冯仑。当然，那时的冯仑还远未达到这般境界。

马鸿模阅人无数，自然能看出冯仑的些许端倪。他视冯仑如"雏荷之角"，所以将党校阅览室推荐给这个得意门生，任其自由出入。

在党校阅览室，冯仑开始"潜心修炼"。马列原著的版本有很多，为了能走好学习的第一步，冯仑专门学习了德文、英文，为的是能更深入地理解到两种语言文化下的相同哲学、不同思想。

学习久了，冯仑有了自己的见解，在主观意识上也被刻上了"马列主义"的标记。不管是想党的事，还是做党的事，他都是认认真真，毫不马虎。

当时的中央党校只有两个阅览室，一个是党刊室，另一个是内参室。对冯仑来说内参室更加神秘，里面一定藏着很多"秘密"资料。

党刊室比较开放，冯仑可以自由出入；想要进入内参室，就一定要有领导批准或是达到一定级别才行。而且内参室内部，也是根据阅览者的级别来划分可读阅范围的。

这里有很多其他地方根本看不到的资料，大多是用来记录当时社会的"灰色"领域，也被称作"社会阴暗面"。平日生活中那些喜闻乐见的事情，在其背后藏着很多不为人知的历史真相，对于冯仑来说，这才是能激发他兴趣的"宝藏"。故此，想要进入内参室，一定需要马鸿模的帮忙。

马鸿模果然"神通广大"，几天后冯仑如愿以偿地获得了参阅内参的最高权利。

那段时间里，冯仑从未停止对"内参"的探索。从这些不为外人知晓的资料中，他认识到了社会和国情的复杂性。

古往今来，凡成大事者，必有其本人尚且不知的旺盛求知欲，冯仑即是如此。处于"野蛮"状态下的他，几乎什么书都看，小时候看不到的书，那时看的更多。

在读书的过程中，冯仑经常会总结出一些让人惊奇的观点。读《金瓶梅》，他觉得西门庆应该是个民营企业家；读到《点与线》，他又发现了一些别人意识不到的经验。

冯仑这样描述："第一，一个人硬要证明有这件事情，那一定是没有的。所以，现在谁告诉我这事真有，我就说真没有。另外一个，爱情是不能掩饰的；爱情会有很多多余的动作，所以你没法掩饰。人内心有些东西是不能掩饰的。"

冯仑的思考习惯都是在"读书"中形成的，这也正是他"野蛮"的一部分。小时候冯仑读《史记》，上中学时读《小逻辑》，大学时期学习《资本论》，做生意时研究《孙子兵法》，不管是过去还是现在，只要是好书，冯仑从来都不会放过。

改革开放以后，大量外国文学流入国内，他又开始关注西方文学。其中，托夫勒的《大趋势》和《第三次浪潮》在潜移默化中改变了他的思想结构，启发了他的新思想浪潮。

1988年，冯仑已是国家体改委的部门领导，那年他29岁。一次偶然的机会，他拿到了一套4本装的港版《胡雪岩》，内容限制很少，"厉害"的东西很多。

《红顶商人》《平步青云》《灯火楼台》《萧瑟洋场》，这4本书让冯仑爱不释手，他不知疲倦地琢磨着其中的深意。

冯仑对胡雪岩的思想情有独钟，此一系列佳作，日后均成为万通公司的培训教材。在"万通六君子"中最被推行的书有两本，一本是《上海滩》，一本就是《胡雪岩》。

后来，冯仑又继续研究经济学和法学，也因此得到了进入社科院、国家体改委、中共宣传部等多个组织学习的绝佳机会。

1984 年，冯仑已经游走了党校的多个部门。作为中央党校最年轻的学员，因其成绩过人，被派遣到不同的岗位进行实习工作。两年后，又在中央政治体制改革研究小组参与研究"文化及意识形态领导体制改革"，随后被借调到中宣部，接着又被中国经济体制改革研究所任命为比较制度研究室副主任，同时被派往海南省筹建改革发展研究所，出任常务副所长。

后来，冯仑每每提及自己的上学时代，都不忘称赞自己，在校期间一直担任学生干部，既是个好学生，也是个好党员。事实确实如此，年少的冯仑，15 岁入团，25 岁入党，从中央党校毕业后，直接进了中央机关。

冯仑对待党章的态度毋庸置疑，经过对马列著作的深度理解，他开始研究党章；琢磨久了，他干脆就把党章拿来当作自己的律己守则，并称为"党性"。

冯仑接触了 MBA 课程后，更加认定自己的态度是正确的。MBA 的课程也这样要求企业家，一是自律，二是不犯法。共产党要求毫不为己，专门利人，做企业也就要为投资者和客户的利益多考虑，其实都是一个意思。就这样，冯仑始终坚持用"党性"要求自己。

平时开会的时候，众人对于领导那些让人听得模棱两可的慷慨豪言已见怪不怪了，但冯仑还是坚持拿着个小笔记本不停地写着，不管听懂的还是听不懂的都一一记录下来。更多的时候，冯仑不是听不懂，只是不知道用什么样的政治思想去理解。

经商后，他仍然坚持着对自己的思想约束。一次去香港参加商会，台上的外国企业家在演讲，冯仑完全不知所云，但他依旧拿出自己的小本子不停记录。过了一会儿，他停下来，朝周围看了一圈，台下的大多企业主已经陆续离场，多数都是因为听不懂的关系。也有留下来的，但都是三三两两抽烟的抽烟，聊天的聊天。

最后，会上就剩下冯仑一个人，他听讲的状态就像是个害怕老师批评的小学生，认真地用笔记录下会议的每一个细节。

后来有人好奇地问过冯仑为什么会这样，他只是简单地回答了一句，"我是一名党校毕业生，那时候我就这样"。不管是工作上还是生活上，冯仑都能做到自律，坚决约束自己，不触犯任何法律法规。

机不逢时，冯仑短暂的仕途之旅，因某些原因在几年后告一段落。但在这期间，他学习了太多，也得到了太多。他身为党员，严于律己，做事很认真，对政策很敏感，在语言风格、思维方式、决策习惯上，形成了专属于他自己的"野蛮特色"。

冯仑说："束缚多了，犯错误就少。"这是他在取得万通辉煌后总结出的政商关系，他得出的结论是"靠不住，靠山就是火山"，其实两者并不是"离不开"的。这决定了万通日后的发展途径，就像冯仑说的那样，"没有依附于任何权贵，也不和任何官员产生密切关系"。

确实如此，不管是大学同学还是党校的同学，冯仑从来没想过依附过他们半点。在同学眼中，冯仑也是个拥有健康"价值观"的"文明土匪"。他就是这样，总希望着凭借自己的真本事，在商海中打出漂亮的"一拳一脚"！

与牟其中的恩怨

"师傅领进门,修行靠个人。"在马鸿模之后,另一个影响冯仑的人就是牟其中。牟其中不仅是冯仑的"伯乐",同时也是他"从商"的启蒙老师。

虽然"恩师之情不能忘,吃水莫忘挖井人",但"后浪推前浪,新人胜旧人"的道理,却是社会发展的基本规律。更何况,胸怀大志的冯仑怎能甘心屈于牟其中的手下?青出于蓝而胜于蓝也只是时间的问题。

想要成功,就要学会踩着前人足迹前进,冯仑和牟其中之间的恩怨纠葛,也成了"教会徒弟,饿死师傅"的经典案例。

冯仑在海南体改所的时候,就已经对牟其中有所耳闻。当时的牟其中是"商战"中的长胜将军,仿佛全世界都在宣扬他的丰功伟业。

对于这个"厉害"之人,冯仑也只闻其名,未见其人。一次偶然的机会,冯仑遇到了南德集团在海南的代表汪兆京。汪兆京是牟其中的得力手下,业务能力出类拔萃,帮助牟其中做了不少大"买卖",其中属飞机的生意最为得意。汪兆京对牟其中的生活细节十分了解,如同他的手足一般。

冯仑和汪兆京聊得十分投机,一方面冯仑对牟其中的"奇闻异事"倍感兴致,故意从言语上寻找突破口,想从汪兆京那"套"出一些关于牟其中在外界没有表露过的事情;另一方面,汪兆京慧眼识珠,看出冯仑是日后必成大器的人,故意"松口",聊些冯仑感兴趣的东西。该说的不该说的,都是为了把冯仑引入南德集团。

冯仑也真"上当"了，随着汪兆京去了南德集团的大本营——军博大院。

在冯仑的眼中，似乎什么都是新奇的。初入党校时，他觉得党校的教学楼很神秘；现在来到了军博大院，又觉得军博大院不同别处，尤其是牟其中的办公楼，算得上军博大院里最"奇怪"的地方。

牟其中的办公室很简单，两排沙发，一个破茶几，这些是办公用品之外仅有的两件东西。牟其中就站在办公室的正中间，身材高大，手里拿着个白色烤漆的大茶缸子，在冯仑印象里，这是牟其中千年不变的形象。

冯仑见到牟其中之后也没敢多说什么，只见牟其中喝了一口水，把大茶缸子往茶几上一放，便开始了忘我畅谈。谈天说地是牟其中的喜好之一，聊天下、聊国家，再到聊改革、聊命运，无所不提。

能说话的人冯仑见得多了，但像牟其中这样没完没了，不管你想不想听都可以"忘我"的主儿，他还是头一回见。尽管如此，牟其中老大哥的形象仍然映入了冯仑心中。随后，冯仑展开了在南德集团的工作。

1989 年之后的一段时间里，牟其中遇到了一些困难，需要澄清他的一些特殊关系。冯仑执笔为他写了一篇叫《牢牢记住党和国家的利益》的文章，并刊登在《中国青年报》上，从此老牟摆正了社会形象，也有了全新的精神面貌。

这篇文章后来又被多家知名报刊转载，其中还包括《人民日报》这种权威报纸。冯仑用这次漂亮的工作，彻底赢得了牟其中的心。

牟其中对冯仑也有了一个新的认识，于是开始重用冯仑。冯仑越做越好，很快就进了总办公室，手中有一定的 HR 权力。当时，有 2/3 的部门经理都是经冯仑之手引入的，后来的万通六君子中，就有 4 个人曾在南德集团工作过。在某种程度上说，牟其中就是六君子的教练，南德集团就是万通的练兵场。

自古及今，有本事的人从不愿寄人篱下。牟其中和冯仑都是这样的人，尤其冯仑，他当时就寄身于牟其中之下。

冯仑和牟其中第一次产生裂痕，是在冯仑装病离开南德之时。

在南德，冯仑最先结识了王启富，在王启富的介绍下，他结识了王功权。由于王功权与刘军有君子之交，王功权又拉来了刘军。

冯仑和王功权在自我价值观上有很多交集：两人一直都觉得，南德终究是牟其中的，并不是属于自己的事业，而且和牟其中之间年龄上的差异造成了很大问题，无论在想法上还是实干上，都很难完全发挥自己。于是，两人开始商讨，如何开启自己未来的创业道路，与牟其中的明争暗斗也悄然展开，这场战争也被冯仑称作为"男人与男人之间较量"。此时的冯仑已不再是孤军作战。

兄弟几人的想法很统一：人在牟其中这干着本份工作，私下里再做些自己的生意。先用滚雪球的方式积累资本，再一起离开南德。可想而知，老牟要是知道几个年轻人拿自己"做宝搞"（当傻子搞），得气成什么样？

随后，冯仑在门头沟物色到一间不错的店面，想开个餐馆练练手，同时又想搞个实体，帮别人出书。但是由于没有资金注册，加之一些琐碎的事情，后来这个计划夭折了。

冯仑觉得，做事情不能随便放弃，得换个角度、换个思路再重新开始。既然不能"篡位"，那只能"兵谏"，由冯仑和王功权来管理公司的一切事物，而把牟其中放在"高处不胜寒"的董事长位置。

这样一来，兄弟几人就可以按照自己的方式来经营南德，力争把南德做成中国最好的民营企业。

但话又说回来，牟其中生来就是个"痞子样"，五十几岁的人了，在香山吃饭都能和别人动起手来，还一拳打掉别人的下巴；在路边看到打架的还会跟着叫好，看热闹的兴奋劲就连年轻人都达不到。

想到这些，冯仑被老牟的无赖作风和土匪劲头折服了。最后的结论是，"兵谏"老牟，只会让事情变得更加糟糕。

几个月后，冯仑结识了一个自称"谢老板"的人，谢老板很看重冯仑，数次邀请都被冯仑拒绝了。又过些时日，正因老牟的事情束手无策之际，冯仑决定再折腾一回，主动去找"谢老板"，尝试性地随谢老板一同去了海南。

冯仑装病离开了南德。牟其中知道这件事情之后十分恼火，他的原话是——"连屁都不放"。牟其中觉得，冯仑完全不把自己放在眼里，也没把南德真正放在心上。

冯仑此次出走，一不是为钱，二连招呼都不打，让老牟的气生得一点头绪都没有。在南德的历史上，冯仑还是第一个让老牟在毫不知情的情况下就"被炒的"。

在海南待了一段时间之后，冯仑也曾遇到过牟其中。当时老牟去海南办事，王功权暗中给冯仑通风报信，告知他老牟也去了海南。毕竟擅离职守不是冯仑的作风，所以心中多少有些歉意，一直想着要和牟其中解释清楚，以此缓和两人之间的关系。几番思考，冯仑决定去机场接牟其中。

在机场，老牟一点面子都没给冯仑，根本就不想理会。这对冯仑来说，已不是吃闭门羹那么简单了，而是迎面的"一巴掌"。

几天之后，冯仑回京理事，得知南德迁至永定路，便决定再次登门拜访——负荆请罪。只是，男人的尊严坚如磐石，尤其在挑战过自己尊严的另一个男人面前，会更为坚硬。牟其中死不改口，对冯仑视而不见，冯仑无奈，悻悻而归。

冯仑也是个硬骨头，没有在男人的尊严前倒下，他放出话来："我冯仑和他老牟，老死不相往来！"此话一出，两人的关系彻底降到冰点，牟其中也从冯仑的伯乐，变成了他人生中的陌路人。

其实，让两人关系恶劣的并非冯仑离开南德一事，主要还是因他创立"万通"初期，带走了潘石屹、王功权这些精兵强将，南德的墙角被他挖得直漏风，老牟能不动怒吗？

不过，两人的渊源并没有因此结束。多年之后，冯仑也和老牟偶遇过两次，一次是冯仑带全家去三峡，在飞机上遇到了老牟，老牟简单寒暄一下就主动离开了。另一次是在华盛顿的一家中餐馆，冯仑正在吃东西，呼啦啦进来一大群人，他一眼就看到人群中的老牟，老牟一直朝冯仑这边看，可他假装看不见，低头吃饭。

冯仑"兵谏"老牟是有道理的，这不仅是给自己创造发展空间，更多的也是想保住南德。老牟的思想意识和经济策略，早已和这个经济大转型的时期背道而驰。冯仑出走之后，南德逐渐步入歧途，牟其中的处境也变得越来越困难，甚至到了穷途末路的地步。

再后来，牟其中就真的出事了，在监狱里写信并托人送到冯仑手上，信中希望冯仑能出钱给予帮助，但冯仑和王功权详细商榷后还是拒绝了。冯仑拒绝的原因很简单，此时帮助牟其中，就等于和政府对抗。更何况老牟出来之后，一切生活都是冯仑来承担，甚至还要负责牟其中的养老送终。

冯仑认识牟其中已有 20 年之久，他的年龄和冯仑父亲的年龄差不多，往日在生活上，冯仑对待自己的父亲什么样，就对牟其中什么样，不管是朋友还是长辈，这都是一个心灵上的慰藉。

因此，冯仑有生以来第一次违背自己的誓言，他也笑称这是给自己赌气誓言的一次"教训"。这么多年来，冯仑和王功权、王石等人，也还经常一起去武汉看牟其中。

时过境迁，心境已经改变了，观念的转变也让两个人的恩怨渐渐被彼此淡忘。

"草创"，只为生存

观念上的转变是必然的。冯仑很清楚，南德只是自己未来发展道路上的一个踏板，那里的工作并不是自己想要的，创业才是自己唯一的出路。

在南德，大小事都由冯仑处理，不管是主编还是主管，毕竟只是个文字劳动力，手上的工作无外乎就是把文章写好，把南德和老牟的形象搞好，仅此而已。

冯仑不是个随便就能妥协的人，可在没有赚到第一桶金之前，他依然希望自己能重回体制，以"书生"的身份重踏仕途。当面对现实的时候，他内心的压力是巨大的，进也不是，退也不是。

牟其中母亲去世的时候，是冯仑在太平间给老太太穿的衣服。太平间的一位工作人员和冯仑说了这样一段话："这个活啊，不招人待见，不过你要是真学会了这个，你还就多了一门手艺，这饭啊也比别人多吃一口。"回去的路上，冯仑不断在心里琢磨这句话，他明白了"精神世界的追逐是崇高的，但这份崇高并不能填饱肚子"。

金钱虽不是万能，但却为万能所用。冯仑觉得，自己是时候做出"转变"了，不能只做"文明人"，而要做个野蛮的"土匪"。抢来的技能都是谋生手段，谋生手段多也就不愁吃喝了，更何况，此时有南德这块经商"试验田"，还拥有牟其中这样的导师和王功权这样的副手在身边。

此前，冯仑和几个朋友"兵谏"牟其中未遂，随后他和同是学者出身的小伙伴再一次共商大计。冯仑想让自己从"学者"转型为"商人"，故此，海南就成了未来的另一个归途。想要转变身份，就一定要走和牟其中不一样的道路，而只有在琼州，"皮包公司"才行的通，若是在其他城市则根本就没有快速成功的可能，毕竟政策完全不允许。

冯仑心里清楚，这一切都需要过程。兄弟各个武艺高强、身怀绝技，但在没有钱的情况下，身上的"绝技"也都变成了空把式。

思来想去，冯仑和兄弟几人经过商榷，还是决定先办公司，主要业务是帮人出书、写文章、书写"正面教材"，以名人自传的形式来为客户扶正名号。大体来看，主要工作和冯仑在南德所做的事情一样。

做的时间久了，冯仑又陆续添加了一些新项目，比如帮人开会、做活动等。生意不好不坏，也累积起了一些资金。

对于兄弟几个人来说，"文争不如武斗"。眼下的生意还不能满足他们的需求，而想要把事业再折腾的更大一点，便需要冯仑在转型期找一条新出路，公司也得另起炉灶。

1988年，是房地产大热潮席卷全国的一年。因成为新中国唯一的特区省级行政区而声名鹊起的海南，此时正处在经济膨胀高发期，大把的机会在向内地人民招手，那时的生意似乎很好做，如果不是"傻子"，就必须去经商。冯仑和小伙伴们自然看到了这个机会，最先到海南落脚的是王功权。

王功权刚到海南时，心里还是很没谱的，一直都在考虑要不要先去海南大学面试或到其他地方谋职，甚至教教书，干老本行，把生活先稳定下来再说。而就在这时，他的人生轨迹被冯仑改变了。

冯仑提前从工商局领回一张表格，直接把表格举在王功权面前，向王功权表达了想要重新办公司的想法，还自作主张地在表格上填了王功权的名字，并说在兄弟几个人里头只有王功权在南德做过业务方面的主管，所以这个活只能由王功权来干。冯仑接着"威胁"王功权，现在都已经盖章了，人人都清楚盖这些章有多困难，要是王功权不同意，这些章就得再去重盖。

只有威逼，没有利诱。虽说是经济高速发展时期，但工商局的章也不是说盖就能盖的。王功权见事已至此，也只好点头答应了。随后，冯仑找来了易小迪，从南德拉来了兄弟刘军和王启富。这个时期的冯仑很落魄，刚离开南德不久，只能和王功权一起挤在易小迪的印刷厂里，这间印刷厂就成了创业前期的唯一据点。

至此，万通六君子体系大致成型。眼下，创业资金成了兄弟几人的第一道坎儿。"兵马未动，粮草先行"，若是国库亏空，再强的兵马也无计可施。兄弟几人勒紧裤腰带，东拼西凑，弄来3万元钱。其中王功权出了9千多元，冯仑自己拿出1.2万元，王启富向自己的哥哥借了1万元，刘军把朋友的录放机卖了，填补了几千元。几人拿着这些钱去办理营业执照，剩下的钱留做前期运作费用。

办理好营业执照,几个人满面欢喜地走出工商局的大门,本想要小小庆祝一番,可兜里剩下的钱加在一起才几百元,几人哭笑不得,互看了一眼便扬长而去。

如此,"海南农业高技术联合开发投资公司"在几人的捉襟见肘中成立了,注册资金1000万。易小迪的印刷厂,主要负责印刷公司的相关业务资料。至1993年,通过产权改革,此公司变革为万通集团公司,冯仑任董事长。

几个月之后,潘石屹正式加入,万通六君子全部归位,"万通"的大旗也正式竖了起来。此时,冯仑和兄弟们整装待发,用典型的"皮包公司"迎来了这场风口浪尖上的"淘金之旅"。

早在成立公司之前,冯仑和潘石屹就计划着要承包一家名叫大地公司的小型国有企业单位。当时双方均达成协议,由冯仑等人负责企业经营,每年只需向大地公司厂长回缴几千元的管理费用就可以。

合同签订之后,冯仑接收了大地公司的公章,业务资料也已筹备得有模有样,正准备着手经营时,厂长却突然反悔了。第二天一大早,厂长骑着自行车赶来,把公章要了回去,还发疯似的撕毁了合同。

原来,这位老厂长想了一晚上,他摸清了冯仑等人的经济情况之后觉得实在欠妥,绝不能因为几千块钱砸了自己的饭碗,要是搞出什么大乱子来实在得不偿失。无奈之下,冯仑几人后来只能硬着头皮注册了"万通"(当时冯仑给公司取名为"万通"的时候,就是要讨"万事亨通"的好兆头)。

有意思的是,若干年后,万通经营得风生水起,兄弟六人均脱贫致富,此时当年的那位老厂长又换了说法:"早知道,当年就让你们干了，现在大地也成大企业了！"有些事情就是这样，过了这个村，就真没这个店了。

公司创办初期，处处都需要求人办事，虽说几个人公关能力皆为一流，但吃饭需要钱，喝酒需要钱，果真是无钱寸步难行。冯仑曾经觉得马鸿模像"强盗"、牟其中像"土匪"，而此时的自己，满身书卷气，在关键时刻却没有半点用处。原来百无一用的，当真是"书生"呀！

"吃饭、喝酒、谈业务"，这种招待客户的方式在当时是一种潮流。有一次洽谈业务需要宴请客户，捉襟见肘的冯仑想，没关系，咱们先"乐"着，"乐"完了再说钱的事。

觥筹交错之间，转眼就到了凌晨。王启富摆摆手，服务员递上账单，他接过来一看，瞬间傻眼了，一句话没敢多说，马上递给了冯仑。冯仑一看也傻了，1000多的账单超出了几人身上所有的现金，就算是加上客户身上的钱恐怕都不够。冯仑平静了一下情绪，决定让一个兄弟把客户先安排走，然后派另一个兄弟快马加鞭出去借钱。

凌晨的冷风吹进了出来借钱的易小迪的胸腔，虽然是海南，但他仍瑟瑟发抖。而其他的人，只能由冯仑带着在歌厅里当作抵押。

账终于结了，几个人互相搀扶着走出了歌厅。时至今日，冯仑被问到当时的事情时，也很难再去深入回忆了，也许是不愿提起，也许是真的忘记。总之，那一晚到底睡在哪里，冯仑亦是彻彻底底地道不明了。

此时的冯仑，慢慢地从学者转变成一个商人，他深知在商战中"不光要能够适应，还要懂得运用野蛮"，唯此，才能有更多的生存机会。

中国合伙人

创业是一种特殊的思维模式，是用有限的资源去创造无限价值的过程，也是一个从无到有的过程。

冯仑的创业过程，离不开早期的"万通六君子"，他们是那时的"中国合伙人"，只是，这帮兄弟在真正聚首之前，各有辛酸。

冯仑在经历了孤身一人的"坎坷仕途"之后，慢慢意识到合伙人经营方式对民营企业创业者的重要性。因此，六君子"江湖聚义"，并创下了奇迹般的辉煌。

只是，后来的冯仑万万没想到，在万通最鼎盛的时期，兄弟六人竟陷入理性与感性的矛盾之中。被迫选择分手，无疑是一个既心酸而又"快乐"的过程，这种经历对冯仑而言，更像是在经营自己的人生。

1988 年，冯仑小队的成员开始增加，从最初的双人组——冯仑、易小迪，到王功权、王启富和刘军，就这样形成了创业初期五人小分队。冯仑是通过易小迪认识了王启富，又通过王启富认识了王功权，又通过王功权结识了刘军。逐渐注入的新鲜血液，让冯仑对创业的脉络有了新的想法，他对市场经济的整体视野也变得愈发开阔。

冯仑与易小迪早在中央党校时期就时常"混"在一起，那时易小迪经常带着女朋友一起出来。他是个高材生，在北京师范大学地理系毕业后，便在中国人民大学经济专业读硕士。冯仑被派去海南之后，第一个想到的就是易小迪，随后易小迪就被他拉去了海南改革发展研究所。

如果说在生活上对冯仑帮助最大的是王功权，那么在工作上，最支持冯仑的则非易小迪莫属。易小迪不管有钱没钱，只要冯仑开口，他从来都是倾力而出。

当年，冯仑和易小迪在电线杆下吃火锅时，说到筹钱办公司的事，易小迪马上把自己的全部家当都交给冯仑。日后冯仑评价易小迪是个"不小器、很有大局观的人"。

王启富是大连人，毕业于哈尔滨工业大学，之后又去了中国政法大学转读法律。那时冯仑还不认识刘军和潘石屹，通过王启富和易小迪的关系，几个人才走到一起。

王功权是吉林人，毕业于吉林工业大学管理系。上学时，他是学校首推的优秀毕业生，在读期间一直担任着学校的优秀干部，当时满负众望的他，毕业后直接被分配到省委宣传部工作，且是宣传部重点培养的年轻后备干部。

王功权有理想、有激情，不甘心委身于传统体制的安逸之中。那会儿他的工作前途无量，但他更想去挑战自己的人生，创造自己的世界。他结婚早，当时已有了小孩。孩子还没满月时，他就背着卧床的老婆跑去海南寻找机会。

在去广州的路上，王功权偶然遇到了同去海南寻求发展的刘军。两人出身和遭遇大体相同，聊起来十分投机，就这样，在短暂的旅途中，彼此结下了深厚的兄弟情。

刘军是北京理工大学的毕业生，堪称天才少年，16 岁考上了大学，毕业后直接被分配到成都一家国营企业中，和王功权一样，听说了海南的"大动作"后，便毅然决然地砸碎铁饭碗，都未曾与单位打个招呼就跑了出来。

到海南后，王功权顺利找到了工作，由于工作突出，很快坐到了办公室主任的位置上，没多久又顺利当上了总经理。当时秀港工业房地产公司还是国营单位，这对王功权来说是个不错的机会。

王功权遵守约定，在第一时间想着去找刘军。那时电话还不是很方便，费了九牛二虎之力才找到刘军，刘军便追随王功权来到了秀港。

此时身处发改所的冯仑面试到了一个新人——王启富，他说自己原系秀港公司的办公室主任，还说自己的老板叫王功权。在王启富的介绍下，冯仑了解到了王功权是个管理能力突出、富有理想的"热血青年"。通过他的引荐，冯仑认识了王功权，最终二人成为好朋友。

那时，冯仑在南德的工作主要分为三个部分：第一，负责办出版物、搞经济营销、做经济调研；第二，负责人员招纳及人员调动；第三，担任《新世纪》杂志的主编。

而在南德主搞营销的另一人，便是冯仑日后的得力助手——潘石屹。那会儿，冯仑在招新进员工时潘石屹就在其中，只是并不突出。早期，冯仑领导大伙儿"开小差"时，潘石屹开了一家砖厂，厂子里的会计工作都由他一人来做，以至于兄弟几人都误以为他是会计专业出身。后期，潘石屹在销售上展示出的令人拍案叫绝的才能，对冯仑而言更是意外收获。

知人善任，是冯仑才能中比较突出的一项。在选人上，必须要具备两个领域以上的专业知识才可入他的法眼，他觉得，文化背景和结构单一的人，在思维模式上也太过于直线性，这会使其在认知和工作能力上很狭隘，对未来发展自然不利。

原本，各具特色的六兄弟各司其责，他们的人生也看不出会产生交集的苗头，可在 1989 年夏，他们的工作纷纷发生变故，都成了"自由人"，这也就为接下来的日后聚首埋下了伏笔。

王功权因工作上的"失误"离开了秀港公司；冯仑因海南改革发展研究所解散而被迫退出，回到北京后转投牟其中门下，屈身于南德；易小迪更是"砸锅卖铁"，搞来点钱办了个印刷厂，什么都不够干，一年到头来也就是一两万块钱；王启富已失业很长一段时间；刘军根本就不知道去了哪儿，消失了一样；只有潘石屹还算安稳，但也只是在公司里维持着基本生活。

冯仑来到南德后，第一个拉过来的兄弟就是王启富。没过多久，王启富偷偷地把王功权事业不顺的艰难处境告诉了冯仑，冯仑没有错失机会，马上联系了王功权。电话中，王功权说自己正忙着回海南办些手续，但一听冯仑和王启富的邀请，二话没说，手续都不办了，立即赶到北京与冯仑会和。

冯仑把王功权介绍给牟其中，说他能力突出，在原公司做过法人代表。老牟也没有犹豫，让王功权带着有他法人代表名字的工商执照来见自己。

牟其中表面粗糙，实际上是个精明、细腻的人。他心里很清楚，冯仑现在手握"兵权"，大部分人都是经他之手引入南德，万一有所差池，自己很可能被架空，所以对于他推荐王功权的事，牟其中表现得格外小心。正是他的这一次谨慎，给冯仑日后的"兵谏"计划敲响了警钟。

很快，王功权骑着冯仑的自行车，带着工商执照并复印了一份交到了牟其中手上。牟其中对此未做过多调查，直接录用了王功权，且在很短的时间内便开始重用他。

北京的冬天较冷，牟其中办公室布置简单，供暖条件十分有限，办公室内一共就是那么几个人，新来的自然要坐在外面，王功权就这样度过了一段受冻岁月，可他因工作上的突出表现，很快便坐到了办公室最暖和的地方。冯仑在很多年之后提起这件事时认为，这样的做法应该和牟其中于1974年在监狱中的经历有关系，只有在监狱中才会出现类似这样的"挪床动作"。

冯仑和王功权聊天的时候，后者多次提起过刘军。他对刘军的描述中，始终保持着高度认可和赏识的态度，冯仑很留心，一直都在寻找和刘军见一面的机会。

冯仑在得知王功权与刘军的约定之后，对王功权格外照顾，暗中帮助他快速提升并稳固在"南德"的地位。不久，冯仑和王功权安顿好了一切，并计划着把刘军也拉到南德。当时的刘军也没有太多发展机会，加上对这份兄弟情的执着，也没多想，一头扎到了北京。

四个兄弟聚集到了南德，王启富做回了本行，出任南德法律室的副主任；王功权晋升为南德天津投资公司副总经理兼东南办主任；冯仑仍是总办公室主任兼西北办主任；刘军则是西北办副主任。

再后来，冯仑离开南德，重回海南。牟其中抓不住冯仑，就想拿他的兄弟们出气，想方设法挤兑总办里的刘军，刘军也早就看出牟其中葫芦里卖的是毒药，没等他下手，自己先写了首诗来嘲讽老牟，反倒把他先给炒了。

冯仑小队的兄弟们陆续离开南德，聚集海南与冯仑汇合。半年后，潘石屹鼎力加入，才真正意义上实现了"万通六君子"的大合体，而"中国合伙人"，也因这次大规模自南德出走正式成立。

万通"第一桶金"

第一桶金，对创业者来说至关重要，既可以使经济活动运作得更顺畅，也会在组建人脉和提升社会地位上提供动力。如果创业者与第一桶金无缘，几乎可提前预测到一个失败的结局，因为其接下来的创业之路必定十分坎坷。这样来看，第一桶金既是创业概念，也是创业条件。

关于"六君子"第一桶金的故事版本繁多，但事实上，冯仑在真正的创业之前挑战了各种各样的生意。当年注册农业高技术公司，也是无奈之举，那个年代的企业，只有挂靠单位的政策，才能用这样的方式找银行做贷款，然后再去做一些其他生意。

冯仑曾说："做大生意必须先有钱，第一次做大生意又谁都没有钱。在这个时候，自己可以知道自己没钱，但不能让别人知道。当大家都以为你有钱的时候，就都愿意和你合作做生意，到最后，你就真的有钱了。"

冯仑起手的第一单生意，就是农业科技项目——"种衣剂"。"种衣剂"是一种把玉米种子和化肥混合在一起，使产物具备防虫害能力的一项农科技术。产量会比正常种子高很多，而且有些可以卖，有些可以吃。

接着，他又马不停蹄地来到广西，同易小迪做起了种植香蕉苗的生意。依靠无土栽培技术，做起了一棵苗几毛钱的生意。

一段时间后，广西万通成为区域内最大的香蕉苗生产企业。可惜，玉米种衣剂的项目赔本了，这也全靠着广西万通香蕉苗的效益弥补了回来，一来二去，两桩生意不赚不赔。

　　冯仑想的很明白，此时只是产业化的初始阶段，如果能坚持着把"种衣剂"项目接着干下去，是很有可能和香蕉苗一样赚钱的。不过，农科项目有一定的行业周期性，这与众人所期望的速度相差太远。

　　当时的房地产市场正处于蓬勃发展的状态，大部分房企都在"无脑"赚钱。敏锐的市场嗅觉让冯仑明白，房地产才是真正能够大把赚钱的行业。不久后，冯仑决定卖掉不赚钱的农科产业，将全部精力集中于房地产。

　　社会上很多人认为，冯仑只是靠他"懂人"和"能言善道"才拿到钱的，可冯仑说："做生意的人都特别能'说'，而且你会发现，尤其是创业者，他们会就一件事情不停地说，说过之后，当着你的面还可以重新讲给别人听，一点心理障碍都没有。要没有心理障碍地对某一件事情反复地讲，讲到最后连你自己都相信了，然后你才能让别人相信。我原来当过老师，老师就是在不停地讲一些重复的内容。"

　　坊间曾流传过一个冯仑在海南的段子，那时他拿着仅有的3万元钱去一家信托公司和老板谈判。冯仑对海南房地产业的理解十分透彻，加上他出身体制的耀眼背景和与牟其中的"密切"关系，很容易让听者认为在他背后一定有着强大的"政商"靠山。此外，他的"三寸不烂之舌"和人格魅力也在推波助澜，就这样成功地征服了信托公司的老板，并借到了万通的第一个"500万"。

　　冯仑一直认为，王功权是中国最具权威的谈判专家之一，对他而言，洽谈业务是信手拈来的芝麻小事。于是，冯仑任命王功权为"回收成本"的主要负责人，工作内容就是"在最短的时间内，把支出去的钱全部拿回来"。冯仑拿着借来的 500 万去说服银行，顺利贷款 1300 万，这共计 1800 万的巨额财产，在当年绝对是天文数字。"信任"二字的前提下，王功权开始与销售别墅的地产商谈判。

王功权是万通六君子中对"人尽其才，悉用其力"理解最透彻的人，但这个知人善用的人却甘于被冯仑"指使"着。

冯仑的能力毋庸置疑，他对专业知识的掌握十分超前，而且拥有很强的自学能力；他会将自己所表达的内容中包含的知识，钻研到很高的标准后，再去呈献给大家。

在谈判的时候，王功权向对方承诺："只要我们谈完，马上就能赚到钱。"对方将信将疑，王功权用坚毅的眼神注视着对方，补充道，"不如这样，这单生意咱们一起做，我出 1300 万，你出 500 万，你看如何？"对方一听王功权这么一说，当即答应下来。

最后双方达成协议，所获利润五五分成，王功权用这 1800 万购得了 8 幢别墅，入手价为每平米 3000 元。在当时，别墅是海南"泡沫经济"中涨幅速度最快的奢侈产物。

几兄弟分工明确，除王功权之外，其他兄弟都留下负责其他事宜：潘石屹负责销售及与客户之间的沟通，易小迪负责资料管理，冯仑则带着其他人四处奔走，办理相关手续和建立万通与政府之间的关系。

兄弟几人的生意看似风生水起，实际上已经到了惶惶不可终日的地步。8 栋别墅入手后，少有人问津，1800 万的房产正在手中"度日如年"。笑面虎"潘老财"没有了往日的泰然憨笑，就连大哥冯仑的脸上，也泛起了难掩的愁容。此时，激情澎湃、无计可施的创业者们，也只能盼望救世主早日到来。

赫赫有名的韩九吉是山西有名的大老板，个子不高，头发不多，嘴上操着浓重的西北口音。这个看似粗浅的山西商人，其实是一个富有且不甚精明的买家，是他，成为了冯仑的第一个客人，同时让冯仑走上了人生的转折点。从某种程度上来看，韩九吉正是兄弟们所期盼的"救星"。

与韩九吉同时出现的是一位来自内蒙古的实力派商人，但他并未表露身份。潘石屹见买别墅的不只韩九吉一人，便利用蒙古商人的出现，巧妙地让这笔生意变成了竞拍，想要在这单生意上赚更多。他向韩九吉要价每平米4000元，相比王功权的每平米3000的价格，每平米利润已提升了1000元。

经过一番大规模的"拉锯战"式的谈判，韩九吉以每平米4200元的价格买走了3栋别墅，蒙古商人则是最终的获胜者，以高出原价一倍的价格买走了剩下的5栋别墅。显而易见，这样的"局"，只有庄家才能笑到最后。

潘石屹把高高兴兴的蒙古商人送走后，却被韩九吉的儿子怒骂没有商业道德。回过头来想想，这是商业行为，在那样的大环境下，买就是为了卖，韩九吉为了什么？不是也想在混战中捞上一笔吗？全国大大小小几十个城市，只要能提上名字的，在海南几乎都有房地产公司。

整理了账目，将所有外债还清后，剩下的净利润为300万元，这是万通发家史上真正意义上的第一桶金。

从1992年到1993年，海南房地产进入了最疯狂的阶段。满大街的房产经纪人，人们认的不是谁付出了更多努力，也不是谁流了更多汗水，而是比谁手上的房地产图纸多、图纸大。一时间，房地产图纸摇身而成银行本票，只要有图纸，就能换来真金白银。

生意越做越"勇"，"野蛮"经商被冯仑运用得炉火纯青，大手笔的买卖方式仍在进行着。在朋友的介绍下，冯仑利用赚到的300万买了一张"蓝线图"，经纪人带他去看地皮的时候，询问他觉得如何，他看看地，又看看天，眨眨眼睛说了个"好"字。

一头雾水的冯仑，在房地产领域还是门外汉，但他清楚一点，眼下这个弄潮时刻，有"蓝线图"比有钱还要厉害，要是再有政府的审核，把蓝线图变成红线图，升值在望。冯仑看准时机，找好买家后将图纸立刻出手，转手赚了600万。

万通渐渐有了起色，走上了正轨，冯仑用这样的经营方式赚到了很多钱，也一点点还清了债务。

在做生意上，冯仑总能看到别人曾经忽视过的机会，只是对于这个机会的辨别，总是显得"迟钝"。一次，冯仑和朋友聊着房地产生意，他的朋友突然大笑起来，原来冯仑借了这个朋友的钱，买了这个朋友一家公司的地，然后被这个朋友的另一家公司买走，最后等于是冯仑借钱可却"反吃"了利息，也就是说"用朋友的钱赚了朋友的钱"。朋友这样评价道："明着借，暗着抢，十足的文明土匪。"此番笑谈，也可见冯仑的精明了。

那时冯仑手里动辄是上千万的房地产生意，可他仍骑着自行车跑业务。每次会面结束后，他都要"驱车"回到公司，用最快的速度整理重要文件，将所有手续全部做好，再蹬着破旧的自行车去签约。低调、务实的作风，助推着冯仑在事业上一路向前。

当天夜里，兄弟六人在大排档办起了庆功宴，桌上除了几样简单的小菜，尽是啤酒瓶，大家醉得一塌糊涂，紧紧挨坐在一起。

冯仑说："我们应该离开海南，到更大的舞台去。"其余五人随声附和，转而大家起身离席，潇洒的背影已不再如曾经在歌厅买不起单的那般模样。此时，不知是谁，拿起一个空酒瓶对着桌子上的啤酒瓶猛地一扫，留在他们背后的，是清脆的声响和满地的绿色碎玻璃……

2
万通分合记

得失之间

在成败面前，得失是共同存在的。

获得第一桶金之前，"六兄弟"之间并没有明确的利益关系。自1992年房地产大热时，冯仑将全部力量都集中在房地产行业上，先后在海口、三亚等地赚到了银子。当真金白银摆在眼前时，利益分配的问题就开始发酵。

冯仑并不在乎钱，但却担心兄弟因钱而出现问题。此时万通正处于企业态势飙升期，若兄弟几人就此分崩离析，一切努力都将付诸东流。

冯仑想用一个透明的方式来解决这个问题，而在均分利益的同时，还要明确职务差别。也就是在平起平坐的同时，要有探路人，也要有领路人，两人背后还得有指路人。

经过讨论，冯仑决定遵照"梁山"豪杰的分配方式，即"座有序，利无别"。虽然在工作中有从属关系和明显的职务差别，但在利益分配上，始终都是六人均分。

冯仑的思路很清晰，他认为六人已经拧成了一个整体，少了谁都不完整，每个人的付出和作用已经成为了当下发展周期的基数，人在，就是百分之百；人不在，就是零。尽管资源和利益在结构上发生了变化，可六兄弟仍要保持个人收益上的平均主义，"大秤分金银，整套穿衣裳"。

当时冯仑明确规定了三条规则：第一，不许有第二经济来源；第二，不转移资产，不办外国身份；第三，凡是在工作中得到的"灰色收入"统统交回公司，这笔钱由 6 个人共同管理。时至今日，万通六君子的账被查过无数遍，从未出过任何问题。冯仑说："在我们分开时没有任何埋怨，谁多挣了谁少挣了，没人较真儿。"

在职务分配上，冯仑是董事长，王功权是法人代表，其他人均为副总。虽然有了明确的职务关系，但冯仑并没有在权力上做太多文章。

每个人工作牌、名片上的职务各不相同，但心理上始终保持着平等关系。公司的大部分事都由 6 人商议，共同决策。就算是其中的某人没有意见，也必须在场参与讨论。

冯仑明白，不管是"国"还是"家"，都得有个管事的，关键时刻得有人站出来说话才行，单单吃大锅饭，人心早晚懈怠。1/6 的责任心，会造成相互依赖，彼此之间便不会形成竞争，自然就丧失了创造力，这对未来发展必然会是阻碍。

王功权心思细腻，看出了冯仑的忧虑，借机单独聊了几次之后，决定肩负这个"背锅"的责任。冯仑曾回忆："这时情况变得比较微妙，最后谁说了算呢？名片、职务不同，但心理是平等的。后来功权说他是法人代表，要承担责任，得他定，但如果大家不开心，以后可能就没责任可担了，所以多数时候他会妥协。"就这样，除了"背锅"的时候，王功权在大部分的决策会议上都选择妥协。

在"农高投"成立初期，由于经济能力和业务不稳定等原因，一直都没有新进员工。并不是没有合适人选，而是没有闲钱支付薪水。除去兄弟六个高层之外，公司还有两个下属，一个是王功权的老婆，负责内务，一个是王启富的哥哥，负责外勤。这种关系，在当时被几个人称作"非常6＋2"。

"6＋2"在一起朝夕相处，一起工作，一起吃饭，宛若一家人；没有人把自己当干部，经常是冯仑这个董事长去打酱油。

公司越来越有起色，固定的业务越来越多，然而在他们权力相同的情况下，却很难在最快时间内对某一问题定下结论。冯仑觉得，是时候招贤纳士了。

万通越做越大，员工越来越多。兄弟六人，麾下各有数十名小弟，由于兄弟几人没有明确的阶级关系，所以员工们会觉得自己所在部门和其他部门是平等的。这本是好事，可不久后，便出现了员工分帮拉派的现象。

没有了从属关系，执行力就会被削弱，从而导致组织的工作效率降低，工作周期也因此被加长。冯仑意识到，诸多"隐晦"的矛盾关系正逐渐浮出水面。这不仅表现在员工之间，各高层身上也逐渐显露。

6个人擅长领域不同，不管做什么事，都会有人站出来独挡一面，但这种形态反而在密切的"联共"经营关系中造成了很多问题。

首先是经营理念。由于个人能力问题及所学专业的差异，造成了对经商策略和事业导向上的分歧。

其次是资源分配。所得价值可以六等分，可每个人所付出的辛苦很难平均支出。就像盖楼房，辛苦的是现场工人，却不能说建筑设计师不辛苦。设计师提供了创意，工人则实现了创意，到底谁的功劳大？

第三，是公司的发展方向。房地产行业做得越大，占领的市场也就越大，而一个城市的土地有限，想要得到更多机会，就要不断扩张自己的经营范围，也就是逐步走向全国。6个人对此各持一词，有人说深圳好，有人说上海好，有人说北京好，各有理由，也都不乏道理。然而现实问题是，很多事不是用钱就可以搞定，重要的是资源——方方面面的资源，但眼下所面临的问题恰恰是资源有限。

当问题积压久了后就会变成矛盾，6个人之间因观点不同，久而久之，造成了彼此间的形象扭曲；每个人都觉得别人的方案不完善，加之彼此间没有明确的"座次"压制，常常一个会议开完就需要一整天。

曾经，在谈到湛江项目时，6人谁都不服谁，开会开到崩盘，最后竟闹得摔门离席的地步。很长一段时间，6人会议都很难全员出席。

冯仑对这样的局面备感忧愁。虽然都是为了"万通"，但这样的矛盾关系是单纯的兄弟情所不能驾驭的。此时，另一个问题又出现了。由于关系恶化，常务董事会逐渐被自我行为取代。

北京万通的业务一直都是最好的，资源配置也最多。当时主管北京的潘石屹掌握着大部分经济资源。后期的投资，已不再经 6 人商讨决定，大多都是直接去北京找潘石屹"借钱"——开会解决不了的投资项目就改成"借"。

然而，利益和资源是有限的，早先滚雪球的方式此时变成了分雪球，然后再用分得的雪球继续滚雪球。虽说这样也好，但实际问题是，资源不能平均分配——得到的资源越多，成功的机会也就越大，自然获得的利益也更多，谁拿到了具体项目，谁就是老板。这样一来，自己赚的钱已经放进了自己的口袋，现在拿出公司初建的规章来对利益平均分配，谁都不会同意。

面对发生的一切，作为大哥的冯仑默不作声。他清楚，继续这样下去，所有业务都将在万通之外运作，加上"将在外财物有所不能控制"，"万通"将会变得越来越模糊，最后必然会变成一个虚拟的躯壳，到那时，被"兵谏"的就是自己。

此后不久，万通在海南卖出了一块地，有 5000 多万进账。但万万没想到，这竟是个陷阱。买方故意使诈，交易后反咬一口，故意栽赃冯仑，想要他把钱退回去。

事情闹大了，最后被工商局立案，很多企业高层和政府领导为了自保，便对冯仑等人施行封锁，将万通旗下账目全部冻结。当时王功权在海南处理这件事情，一时间很难做出是否妥协的决定。虽然所有人都知道"六兄弟"没错，可身处事件中的王功权，却要做出艰难抉择。

王功权最后决定，自己一个人扛下这件事，在夜总会的包厢里被逼着与对方签下"不平等合约"。不仅要退钱，还要补偿 26% 的利息。

这次生意，王功权未按 6 人意见而私自做了决定，但他认为，正是自己的"独断专行"，才免去了其他人遭难。不过，其他几人却不这样认为，对其有所抱怨，故此矛盾出现了。

这次失利，冯仑损失了 1 个亿，这也是他在海南赔的唯一的生意。之后的岁月里，王功权渐渐失去了在兄弟心中的地位。

在南宁郊区洪秀全起义的一座山上开会时，大家在争吵中再次提起这件事，王功权觉得有苦说不出，实在难挨痛苦，一个人跑了。人不见了，谁都不安心，兄弟几人分头去找，最后在山上找到了正在大哭的王功权。

事后，冯仑总结道："一个组织里要是没有这样一个角色就死了。此人可堪长交，可做大用。"在他看来，这种兄弟情很难言语，在金钱利益面前谁都不肯低头，所以，这样的关系是复杂的。

共苦容易同甘难，人都有"不患寡而患不均"的心态，这种人性中的缺陷，是常人所不能克制的，而能抑制住，方可登顶成"圣"。

志同道不合

万通六君子从聚首那一天起，就存在着太多的偶然，但相同的目标就是那大体一致的价值观，这就使 6 人的联合成了必然。

6 人均系大学毕业，并且都是在历史的变革中摸爬滚打过来的草莽少年，每个人都不甘心屈居于传统体制的框架之中，对新时代经济体制的发展，也都有着更高的追求和潜在的创新欲望。

现实，让他们统一了价值观，但人生价值和理想抱负，是会随着时代和物质慢慢变化的，这也成了后期他们矛盾的根源。

在创业初期，冯仑坚持着"以天下为己任，以企业为本位，创造财富，完善自我"的原则和理想。简单地说，在实现创业获得利益的同时，用知识的力量来探索未来的经济之路，并在这个过程中摸索出更有效的重整资源的方法，最终以有志青年的姿态为国家创造"财富"，回馈社会。冯仑曾经写过一篇名为《披荆斩棘，共赴未来》的文章，在文章中，他把自己刻画成"探索者"的形象，来阐述万通"不是为了赚钱，而是为了探索"的企业核心目标。文章问世后，立即受到媒体的关注和业内人士的追捧，相继被《海南开发报》和《中国青年报》转载，反映强烈，呼声极高。

但作为商人不为赚钱，还做什么商人？就算是做尽公德也难逃"奸商"的恶名。故此，对金钱的直接追求反而变成了一种坦白。

中国新兴民营企业在不断完善后，扩张是必然的道路。万通的兄弟经由一次次"利益纠纷"，早有分崩离析之意，使得"万通"不得不走上原始道路。故而冯仑决定，以快速扩张和盲目进行多元化为公司主要的作战方针。

与此同时，一个新的问题呈现在冯仑面前。他心里很清楚，兄弟六人各有各的野心，都想创造自己的世界。更何况兄弟几人出身不同，遭遇不同，自然需求也各不相同。就如潘石屹，如果不让其尽情施展"销售艺术"，那么就如同置其于死地一般。因此，必须要找到万全之策。

1995年时，在6人的通力合作下，万通已实现了全国化的经营方式。6人之间的关系也协调得恰到好处，他们也没有忘本，仍以海南为中心，将万通的产业铺遍全国，其中主要分散在广西、广东附近省份。这样一来，几人可以经常见面，关系也能得到缓和。

本来，冯仑想以"落叶归根"为原则，在几人各自家乡省份置业，来满足他们对归属感的释怀，便将业务分布到北京、上海、长春等多省，这样一来，分布在不同省份的他们也可"各自为战"了。可好景不长，几人性格各异，当业务受到地域、人文、地方政策等多方面问题影响时，不能及时沟通、执行不强等问题纷纷暴露出来，一些不可避免的矛盾频繁出现，兄弟间的分歧越来越大，关系再次回到之前难以协调的状态。更何况，将在外军令有所不受，这更加速了分离。

严格来讲，这些其实并非导致万通六兄弟分手的关键，每个人都很清楚，万通的分裂，始于冯仑和潘石屹的意见分歧。

1994 年时，"万通新世界广场"的项目早已赚足了本钱，转眼就是几个亿。有钱了，冯仑想要做"大而有文化"的事，所以打算收购北京电影制片厂、贵州航空公司、武汉国投、陕西证券等大型国有企业。

潘石屹本想阻止冯仑，可转念一想，他是大哥，做事坚决，从哪方面来说，自己都不具备阻止他的能力。几次争论之后，均以潘石屹失败告终。不久，他便萌生了离开万通的念头。

从当时来看，此时的冯仑心里打着自己的如意算盘。他觉得，万通只做房地产一个领域，有点大材小用，对于万通这样的"大锅饭"企业需要的是切实的保险。身为大哥，他一定要先兄弟之忧而忧，后兄弟之乐而乐。因此，海南淘金历程所获得的经验，让他不得不接受眼前要面对的现实。

从商人的角度看，潘石屹的想法也不无道理。冯仑想要横跨的产业太多，在布局上所需的资金一定是个天文数字，更何况他选择的产业是需要运作周期的，短时间内很难再有多余的资金运作万通。

如此，巧妇难为无米之炊，一下在账目上拿走太多的钱，潘石屹肯定不高兴。潘石屹想一直在北京做房地产生意，他觉得房地产生意赚钱快，没有必要去承担更大风险，冯仑的想法并非万全之策。由此，万通分家的导火索就此引燃。

早在前一年，万通拨账500万给易小迪去广西为万通开辟市场，转眼到了过年时，他归还万通400万，最后连本带利拿回来1000多万。他乐颠颠地赶回了万通，本想着和几位大哥们一起庆祝一番，但万万没想到，在他离开的这段时间，兄弟之间已不再是曾经的淡水交情。他在广西开辟的另一片疆土，也成了万通撕裂后他唯一的栖息之地。

有些时候，强力主导性是不能被认可的。强行票选出来的商业项目并非不能被接受，兄弟们也不会拒绝已经决定的意见。但做得好了，皆大欢喜；做得不好，总会落下埋怨。

1994年，冯仑收购了东北华联，想借着其资本施行企业扩展，并通过国有企业的根基成为上市公司。这一举动，开辟了民营企业收购国企上市公司的先河。

当时，万通思想渗入东北华联，针对万通的问题，冯仑则尽可能不令其在东北华联出现。他先是停止东北华联的肆意扩张，转而进行全方位调整，把不好的项目相继暂停，主营优势产业并从台湾请来了管理专家，对整个企业进行整改。

他很清楚，眼前的万通已偏离了健康轨道，处于"亚健康"状态。在业务经营上没有做到最好，企业管理制度也不够完善，未来的发展战略更是因 6 人的矛盾一直被制约着。

以万通当时的条件而言，根本没有注入新鲜优质产业的先决条件，更别说成为上市公司。连上市经验都没有，想要一蹴而就，简直是痴人说梦。

东北华联的改革，对冯仑来说是个很头痛的问题。他派遣王功权出任东北华联董事长，将一部分困难分摊给了王功权，可这仍未获得理想效果。

纵观万通历史，其"入主"东北华联并不成功。自从万通收购东北华联后，东北华联的效益江河日下，管理者与员工之间的工作协调上出了很大问题。1994、1995 年时，每年还有几百万的盈利，但到了 1996 年，公司已开始大幅度亏损，最高亏损多达 2.5 亿元之多。

在面对着巨大的 ST 危机时，冯仑打算让万通从东北华联中净身而退，所以想要趁热打铁，把东北华联卖个好价钱。

很快，他找到了长春高斯达生化药业集团股份有限公司，他急着卖，高斯达急着买，双方一拍即合，达成了股权转让协议。其中，万通交出了 16% 的股份，并以 1.97 亿元的天价成交，这使万通的经济损失达到最小化。随后，东北华联改名"ST 高斯达"，从此在股市中消失了。

对于这次失败的经营，冯仑并不甘心，当诸多问题摆在面前时，他也只能稍作调整，在资本市场的方案上做暂时的停歇。

事静人不闲，6 人之间再次出现问题。王功权和冯仑主导的东北华联项目，由于经营失利，变成了费时费力的烂摊子，万通为此损失4000 多万。两人的位置再一次受到挑战，王功权只能再一次"背锅"。

在兄弟的埋怨声中，王功权远赴美国深造，并在美国设立"美国万通"，以风险投资为主要经营项目，具体业务是为留美学生回国创业做风险评估，并提供优秀的商业渠道。

纵览冯仑等人之间的矛盾，关键点并不是钱，而是他们求赢心切，既想让万通顺风顺水地发展，又想实现各自的理想抱负。因而，矛盾不请自来，兄弟情一破再破。这种现实，也就注定了这群带着梦想上路的人，必将完成属于自己的梦想，走出六条绝不相同的路。而他们的分道扬镳，也并非"神来一笔"，其实早有端倪了。

智谋者的艰难

智谋，是引导行为的有效思维方式。

六兄弟中，潘石屹是最具有潜力的商人，在经历万通大大小小商业实战之后，他逐步领悟到房产销售的真谛。对于冯仑来说，自己可以放心地把一部分业务交给潘石屹来打理，也减轻了自己的负担，这就为自己赢得了思考自身和万通未来道路的时间和机会。

1993年时，拥有巨额财富的冯仑，腿上发现了一个肿块，在医院检查后确诊为癌症，如果无法抑制癌细胞，还要截肢。当时的冯仑，已在心里默默地拟定了遗嘱，整日郁郁寡欢。医生建议通过手术的方法来减缓病情，但冯仑一拖再拖，因为他当时身上有炎症，所以也不能立即做手术，这也让他在纷杂的时间中暂时平静了心态，明白了急事缓办的道理。

几天之后，冯仑对自己的"心理指导"有了最终的结果——他打算在轮椅上度过自己的余生，并拟定了新的人生目标，那就是做商业中的"罗斯福"，以舍弃下半身来成就下半生。戏剧的是，几天后，医院打来了致歉电话，说之前的诊断是误诊，也就是说，冯仑根本没有得癌症。一瞬间，冯仑从地狱回到了天堂，就像是本来不能走路，现在又重获双腿一般。冯仑曾回忆说：这种心情，在海南也未曾体验过。

经过这次"乌龙事件"之后，冯仑在其中悟出了一种企业哲学——假设今天就是你生命的最后一天，你应该在今天做什么？很长一段时间，冯仑经常会向外界同行宣讲这样的哲学。

一次，冯仑在会议结束后，询问潘石屹这个问题，但其含糊其词没给出明确的答案，只是说："现在还没到那一天，等到了那天再说。"冯仑出身仕途，善于总结归纳，而自称乡下出身的潘石屹，则执着于更有效率地解决当下问题。也就是他这样的回答，让冯仑渐渐地了解到潘石屹的处事方式，也了解了他的确是个不怎么爱说"实话"的人。

冯仑作为老大哥，是用心良苦的。1992 年万通从海南起步，并逐步"上岸"，进入内陆大规模的城市时，他已经开始揣摩潘石屹的用心之处，那时的潘石屹一直都在苦心钻研如何把房子卖到更高的价格，并获得更高的成交量。而冯仑，则开始给兄弟们打"强心针"，万通的产业经得起失败，但"万通人"更要经得起成功。

时间久了，由于业务分散全国，兄弟 6 人也不能像过去那样朝夕相处，最后因现实的原因更形成了两派，虽然没"离婚"，却"分居"了！

潘石屹、易小迪、王启富成了激进派，冯仑、王功权、刘军趋近于保守派。冯仑一个人在办公室苦心思考，在笔记本上画来画去，很多人都好奇他到底在做什么，原来他在笔记本上画出了金字塔，塔尖上是"董事长冯仑、总裁王功权"，中间是刘军，下面是激进派三人组。

图画中的结构很明显，冯仑和王功权在地位上对其他人呈压倒性，在给公司员工意见上也多了一些强制性。然后在底部还有个潘石屹，当时的潘石屹是北京万通的唯一负责人，也是北京万通的总经理，同时北京万通系万通企业最成功的子公司，资源最多，效益最好，更重要的是，它是整个万通帝国的"国库"。

自从暗中分了派别之后，王启富需要钱时就开始绕过冯仑，直接去和潘石屹谈，而潘石屹也没有把这些事情反馈给冯仑，于是，冯仑认准了问题的焦点——潘石屹。

潘石屹对冯仑而言，是不可或缺的勇将，有"历史人物"都很难形容出的巨大作用。从万通成立以来，唯一本本份份赚钱的就潘石屹一人，冯仑"多领域开发"以求稳妥的战略方式，在某种意义上已经输给了潘石屹，而唯一赚钱的，就是一直坚持着在房地产领域精耕细作的北京万通，它无疑是最成功的。

万通新世界广场，创了当时北京房地产界的几个第一：建设速度第一、销售速度最快、售价最高；万通新世界广场，对"北京战略"发展趋势来说，作出了巨大贡献，首先是奠定了北京公司日后的发展方向，并在北京站稳脚跟且积累了丰厚的经济基础。冯仑明白，兄弟6人中，最晚进入公司的潘石屹，就是在做北京万通项目时加入公司的。换句话说，潘石屹更接近于北京万通奠基人的位置，而拥有48亿元的资产规模，也让万通集团到达了一个新高点。

所以，冯仑开始放纵潘石屹，任其发展，毕竟，自己不完善的想法，何苦让兄弟跟着一同负担？这反倒会成为累赘。

其实，冯仑想要多领域发展以求稳妥的策略，也不无道理。这么多年，冯仑记在"小本本"上的信息太多，对于6人最终以"分家"收场的结尾，更是早有预测，他更是想过自己一个人承担万通的可能性。

1993年冯仑任万通实业集团董事局副主席、总裁兼美国万通公司董事长。1994年，冯仑让王功权在美国通过美国万通对亚信投资，这次投资对万通来说是一次冒险之举，也是对冯仑功与名的考验。

首次接触网络通信产业，不仅经验缺乏，更多的是通信产业的潜在风险很大。不过，风险伴随收益，这次投资，有着80%的巨大经济收益。

投资亚信之后，王功权遇到的最大难题，便是万通董事会成员对风险投资概念股的不理解。这样的问题将会对王功权在美国的工作造成诸多阻碍，也会对美国万通日后的发展造成巨大的影响。

为了使万通董事会对风险投资建立信心，王功权略施苦肉计，开始考虑套现的问题。在当时亚信效益很好，而且在行业内属于发展较快的企业，亚信也多次表示出回购股份的想法。在投资的8个月后，双方达成一致，亚信用自己赚到的50万美元实现股份回购。

王功权成功投资亚信，让美国万通在硅谷享有极高的声誉，也使万通顺利的走上了风投之路。

1995年时，万通的触角已经四处蔓延——房地产、通信、服装、商业、信息咨询、银行、保险、证券……子公司已经覆盖了全国各大中小城市。

当时潘石屹在北京主掌北京万通的大权，易小迪在广西独撑着广西万通，就连"背锅"的王功权都在美国有了自己的"美国万通"，虽说所有万通都属于万通企业，要是真的分开了，就是在兄弟手上拿钱，而且自己连个"窝"都没有，董事长也就真的成虚名了。思来想去，冯仑决定继续扛着万通的大旗，驰骋在地产界之中。

就在这段时期——看似企业飞速发展但实际上却困苦良多的时候，冯仑总结出了"大象哲学"。"大象哲学"是冯仑对"三观"的独特见解。他介绍："大象是哺乳类动物当中活得最长的，能活六七十年，最重要的是它不争，而狮子四天一顿要吃掉几十斤鲜肉，活下来以伤害别人为基础；另外，大象后发制人，平时不惹事，有事不怕事，你要惹到它了，狮子它都敢打，而且狮子根本不是他的对手。我认为在中国做事情，不要去做狮子、不要去做豺狗、不要去做狼，而要做大象，第一不争，第二后发制人。"

冯仑的大谋，主要体现在他非凡的"鼓动"能力上，这也许才是一个王者真正需要具备的能力。沉着冷静的思考加上"大象哲学"，让冯仑在兄弟间的矛盾中挣扎着，且从未被击垮。多年来，冯仑没有因创业而喊过苦，也没因业务繁琐喊过累，可有一件事让他始终担忧——兄弟之间的关系能否长久和睦？

此时，六兄弟都围绕着潘石屹在做文章，而冯仑也想通过潘石屹这个根源做些工作，来稳固兄弟关系。冯仑眼中的潘石屹是个敢作敢为、注重专业的人，而且逻辑清晰、思维缜密，在6人中是独一无二的。对看准的事情，想做就做，不顾后患，勇往直前，不管谁反对或拒绝，他都要一干到底。

潘石屹平时总是乐呵呵的样子，兄弟们对他也没有过多的好与坏的评价；如此看来，冯仑更觉得潘石屹比自己要懂得"大象哲学"的道理。

潘石屹身上拥有很多与生俱来的能力，对未知领域的拓展能力、超乎常人的执行能力、对市场的穿透力和洞察力都是众人有目共睹的。因此，冯仑将其视为兄弟六人中的"混合"动力。

此时冯仑在想：要不要借此机会，以潘石屹为核心，让六兄弟重新打造一个新的体系？

冯仑对万通新世界广场的大力支持，也让潘石屹更加有底气，他随后的动作也更加大胆，以每平米几千美元的销售价格，造就了业界的一段石破天惊般的历史。然而，冯仑对外界从来没有表示过对潘石屹此次大举动是否支持，倒是外界对潘石屹力排众议的大胆举措给了颇高评价，也使得潘石屹逐渐迈向了当时的顶峰。

冯仑也知道，潘石屹做得好，整个万通就好，潘石屹有钱给大家，大家各自经营的资本就充足，但这终究是"个性循环"。此后，万通通过对华远等项目的收购和种种大手笔运作，更奠定了潘石屹在外界人士心中的地位，殊不知，真正的幕后支持者是冯仑。

潘石屹在接下来汇报工作时，都说没有任何困难，其实他所要面对的困难很多，但有"大哥"的支持，自然也就风雨无阻了。可惜的是，冯仑和潘石屹还是因投资的问题走向了"风口浪尖"，冯仑也决定"以商人方式退出"，并开始寻找合理的分家方式。

"以商人方式退出"

有时候，放弃是进步的另一种选择。就像是"两人三足"游戏中被绑在一起的双腿，一旦解开绳子，双脚便可以健步如飞。

是时，六兄弟正面临着进退维谷的形势，学者本质的冯仑再一次拿出"文学"，想在学习中觅得解决办法。他最开始研究的是罗尔纲的《太平天国史》，并给其他兄弟每人准备了一本。跟着把书邮寄到兄弟们手中，并在扉页留言，告诉兄弟们不能像书中一样搞"天京之变"，只要大家齐心协力，一定会想出一个合理的解决办法。

冯仑还逐一打电话叮嘱兄弟几人，一定要熟读这本书，了解其中的妙意所在，电话中的他没有在乎兄弟们不耐烦的态度，毅然决然地坚持着，并相信兄弟几人一定会共同渡过难关；他还用鲁迅的《韧性的战斗》来鼓励兄弟们不要轻易放弃。

冯仑知道，眼下的万通并非最先进的组织结构，于是为了使兄弟之间的组织关系得到进步，他又研究上了"土匪史"。其熟读英国作家贝思飞的《民国时期的土匪》，此时还找到一本失传已久的著作——由山西出版社出版的《水浒的组织结构》，只可惜至今已再无法找到此书。

一连几天，除去工作时间，冯仑把全部精力都用在了研究"土匪哲学"上。身边陪同的工作人员一时也没研究出个所以然来，也不知冯仑到底想干什么，只是觉得万通穷途陌路了，可也总不能转行去做土匪吧？

后来，冯仑曾在其作品《野蛮生长》中说过："那时我住在保利大厦 1401 房间，潘石屹住在楼下，我们很痛苦地讨论着，等待着，就像一家人哪个孩子都不敢先说分家，谁先说谁就大逆不道。"

当时，兄弟几人在读过冯仑寄来的书籍后，都有了各自深刻的感受，但仍在痛苦中挣扎，而更关键的是，彼此之间的矛盾从未停止过。就在这时，发生的三件事让整个僵局有了戏剧性的转折，6人也像是在迷宫中找到出口一样得到解脱。

第一件事，是1995年王功权去了美国后，在管理新成立的"美国万通"期间，在美国吸收了很多新的商务理念，在财务安排上也有了很多新见解，同时更有了完善的解决意见及产权划分的合理化理论。

第二件事，与一个女人有关，她就是张欣——潘石屹后来的妻子。1992年的时候，六君子事业不顺，于是写下了《披荆斩棘共赴未来》。虽然作者署名是兄弟6人，但有人认为这本书出自冯仑之手，因为这本书看起来更像是"仕途报国走不通，确立企业报国的宣言书"。

张维迎是我国著名的经济学教授、经济学家，也是冯仑的大学同学。冯仑在事业不顺的时候，和张维迎聊过几次，很早的时候，张维迎就邀请过冯仑到美国看看，但都被冯仑拒绝了。

当时的张维迎还在牛津求学，当他读过《披荆斩棘共赴未来》后，对其大加赞赏。随后，将此书转交给正在剑桥大学读硕士的张欣，张欣看后十分感兴趣，便决定回国拜会冯仑。随后张维迎就把张欣带回国和冯仑几人在保利会面，张欣也因此被搅入到万通六君子的混战之中。

大概一个多月之后，冯仑几兄弟一起去了香港，当时的张欣正在做投资银行的业务，得知冯仑来到香港，便邀请其一行几人到家里做客。就是那次登门拜访，潘石屹有了与张欣聊天的机会，两人只是单独聊了几句，等回来之后便告诉大家，他们开始谈恋爱了。

第三件事，是新鲜的海外因素。张欣在西方多年，一直都与经济打交道，很多想法、看法都是完全西方化的，她没有中国的传统商业模式，会融入过多的感性，相反更多的是果断的经营理念：行就继续，不行就分开。张欣把西方经济市场中成熟的"合伙人"案例交给了冯仑，这也算是给万通在商业规则中找到了一条新的道路。

那时候的张欣，一直是处于批评者的位置，万通六兄弟则是被批评者。西方的文化立场轻而易举地就否定了冯仑和潘石屹的所有想法和理念，说白了，他们太土、太落后了。虽然在感性上来看，"分开旅行"是对兄弟之间感情的一种巨大创伤，但在理性层面上看，这无疑是对万通最合适的解决办法。

王功权因在美国学习深造的关系，很快就理解了张欣的想法，潘石屹更是个先驱分子，对西方的先进思想也迅速有了更深刻的理解和认识。其实，潘石屹并没有因张欣而盲目做出决定，他也是经过深思熟虑的。随后，潘石屹、王功权，便开始用西方思想说服冯仑。

起初，冯仑并不能完全接受。毕竟是传统教育出身，短时间内很难扭转自己的思想，更何况兄弟情怎能被张欣说的这么脆弱的说分就分？不久，王功权和张欣邀冯仑去美国考察，这一趟美国之行，让冯仑遇到了著名经济学家周其仁。

冯仑本身是经济学专业出身，加上在党校期间对经济学的深入研究，所以和周其仁聊起来十分投机。冯仑对自身以及万通的问题忧心忡忡，他也没向周其仁保留什么，一五一十地都道明了。周其仁诚恳地回答了冯仑"退出机制"和"出价原则"，冯仑因此受了极大的启发："不能用传统文化中的兄弟感情处理万通内部的矛盾，而要用商人的规则处理分家或者叫建立退出机制。"

回国之后，冯仑提出"以江湖方式进入，以商人方式退出"，并在第一时间把该提议说于其他 5 人，其中有 3 人接受这个新的"分家法"。

"以商人方式退出"，很好地解决了万通的问题，在根本上实现了传统创业机制探索新道路的扩散效应。对于万通集团而言，这是最有效率的，并且通过经营和分割来实现分散的业务整合，对组织结构的重组及转型也起到了至关重要的作用。

在重塑管理体系和弘扬企业文化的再造过程中，也实现了万通未来的可持续性生长，这同样迎合了冯仑最初的经营理念。万通六君子"好聚好散"的商业经，既可以成为一个时代"同甘苦，共患难"的团队创业精神的表现，也可以用分开后各自为赢续写精彩人生，作为新兴创业者的宝贵财富。

其实，冯仑之所以选择这样的解决办法，并非出于没有万全之策，只是"退出机制"和"出价原则"更适合解决当时所面临的危机。首先是财务上，由于当时冯仑的经营策略和潘石屹的敢作敢为，使得万通扩张过快，以"杠杆"收购和连环控股的方式投资了武汉国投，其中有三个信用社，分别位于天津、南宁、兰州。

还有后期投资的华诚财务公司、天安保险、陕西证券、民生银行等一系列金融机构，因关联过于密集，也使万通成为当时最受瞩目同时也是最受争议的民营企业。那时的万通，对于这个供不应求的市场而言无疑是一块鲜美多汁的肥肉。

同时，冯仑曾经以互相拆借等方式来扩张，把所有的资产都投资在房地产、商业零售以及高科技等行业，从而使万通的内部结构发生了巨大变化。是时，万通如同是搭在一起的积木，在一起的时候是一个整体，但拆分开来就会瞬间坍塌。

深圳万通在王启富的手里，广西万通在易小迪的手里，北京万通由冯仑和潘石屹分割，武汉国投、上海万通则由刘军和冯仑共管。

显然，这在财务的资源分配上以及公司的经营上，会产生巨大的冲突，说白了，就是想分，此时也分不清楚了。

随着逐步的产业扩张，财务负担也不断加重，这样一来，这一部分的债务分到谁头上，谁都不乐意接受。毕竟分家只是为了更好的发展，而不是为了断绝关系，兄弟之间的恩情仍是最重要的。

而以商人的方式，仿佛就明了了许多。虽然确定了方式，可六兄弟也只是大概划分了一下，原本是谁在经营的部分，依然由这个人继续负责，并没有一分一毛的计较，毕竟在兄弟情面前，谁也做不到那么决绝。广西和深圳最先被分割出去，潘石屹自己也已创立全新的公司。

其实，所谓的解决办法，就是分而治之，出走的人把手上的股份卖给不走的人，如此，没走的人的股份增长，用手上现有的资产支付给走的人，这就使得不管是走的人还是没走的人都没有损失，而万通的股份也没有外流。

与此同时，整个万通集团，集合式地大概算了一下账，并没有做过精细评估，以相对较平均的数目分给了走的人。这样出走的人就可以拿到现金，同时没有负债，所有的债务也都留给万通这个大本营。就这样，这个"大锅"开始由冯仑一个人来承担，王功权和刘军看不过去，也一同肩负起了这个重大责任。

这个方法，的确能化解进退维谷的窘境，但"分"的过程特别复杂、繁琐。每个人都想快一点，不要拖泥带水，毕竟一直尴尬地见面让人很难受。

这时，只能大哥冯仑出来安慰兄弟："你们得学会忍耐，就算是离婚，心理还有3个阶段呢，这3个阶段不走完就没法继续办手续。

第一阶段叫惊而怒，把问题挖出来，引出冲突；第二阶段叫折磨，互相指责来发泄积压在内心中的情绪；第三阶段叫无奈无聊，也就是走到绝路，开始办手续了。"

彼时，6人只能安静地等候"分手合约"的姗姗而来。

从6到1

在合作关系中，同事对你的信任只有三分之一，他们不是为了你而工作，而是为了共同的目标，才背负起一切。或许，这就是冯仑几人当初为什么决意离开牟其中，选择自己创业这条道路的根本原因。

为了共同目标在一起工作，实际上要比在一家公司老板手下工作容易太多。只是，好男儿志在四方，心中各怀大志，必定各自为营。这样一来，所有的凝聚力也就最终变成了溶解力。

1994年秋，兄弟6人的关系就如这十月秋风一般萧瑟。万通兄弟汇集于广西西山，进行了万通历史上第一次"分裂会议"。在某种意义上来讲，这也是最后一次流露兄弟间"真性情"的男人会议。

冯仑用自身和潘石屹的直观矛盾，来揭露存在于6人身上的诸多问题。最简单的问题，即是兄弟6人都想要各干各的事，而此时，万通飞黄腾达，要钱有钱、要势有势，也正是投资的大好时机。

这个关键点，兄弟6人都看在眼里，但他们恰恰忽视了一个关键——万通是因6人齐心协力才创下辉煌的，而非单凭一个人的力量。

此外，这些钱是兄弟6人共同的财富，同样的汗水，同样的付出，加上"坐有序，利无别"的宗旨，自然谁都觉得，自己做事时若动用万通这笔钱，都是应当应分的。不过，问题的关键还在于，钱是大家的，却被一人持管。

当时，钱都在潘石屹手上，谁想用钱都要先和兄弟们开会，再去找潘石屹要钱。俗话说"钱进了兜里，再想拿出来就困难了"，管钱的潘石屹不想把这些钱给大家乱用，更何况自己还有自己的企业规划和发展方向，所以矛盾从"一对五"，变成了"五对一"，矛盾变得更加尖锐，问题的严重性也被推向了尖端。当然，这也不过是表面形式，背后的各种因素直接导致了价值观的差异，本质上的差异反复牵动着直观上的冲突。

其表现形式为：冯仑事缓则圆，江湖聚义，凝聚了六君子最初的价值观。6个人的价值观在正常的轨道上应该是一个整体，但在不恰当的时候坚持聚合，将会对万通的发展造成了严重阻碍，并且对于企业大环境来说，也是一种极其跳跃性的不平衡。

其实，冯仑的内心蛰伏不息，从小到大的英雄主义思想与现实的商业环境形成了冲突；然而从企业用人的角度来看，当事业处于上升期时会出现均势状态，此时，对人事上的专业性要求会愈发严格。简单地说，兄弟依旧保持着有劲拼命用，但心没有同朝一个方向。几人都有成为老板的本事，也都能各自胜任，这一点本身就是非常严重的问题。

这次"分裂会议"，从冯仑拿起水杯咽下第一口水之后，便始终以争吵为主旋律。见到此状，再回想当年兄弟6人艰难走过来的这一路上遇到的种种艰辛困苦，冯仑和王功权流下了泪水，这泪水说不出是什么滋味。

男儿有泪不轻弹，更何况各位都是在江湖上显赫一方的霸主。不是因为利益，只为兄弟情。遥想当年，此时的关系就像是一场失败的婚姻，在不舍中，舍弃成了彼此间唯一的选择。

此时的几个人宛若分别各用一条单独的绳子把彼此拴在一个点上，大方向的不同和战略上的冲突，让他们不管怎样出力，最后都变成了各自的阻力。转眼间，到了1994年冬，6个人来到了上海大厦，对西山的"分裂会议"所产生的矛盾冲突做最后的了结。

易小迪十分惶恐，因为他知道这一天终将会到来。世界上最可怕的事情，并不是事情本身，而是眼看着一件可怕的事即将到来，却要持续等待。易小迪早早做好了心理准备，那段期间他不敢联系任何人，生怕在某一人口中听到自己更不能接受的话。

然而，事情一旦临近，它的存在就变成了必然，没得选择，只能接受。对易小迪来说，不管是什么样的结果，他对于任何事物接收的态度都不会像大哥冯仑那样激烈而刚猛。此时的冯仑是情绪激昂的，虽然自己默默地流过很多泪。

冯仑已为自己接下来的路做了草莽规划，作为"六雄"中最具合作精神的带头大哥，他要做的不是用宝贵的时间惋惜，而是把问题矛盾最小化。他找来了易小迪，因为他知道只有易小迪的性格和人生态度，能最理性地与自己把最后的资产、债务等种种问题处理妥当，不至于因兄弟几人形同陌路，在分手时显现出尴尬。

而让冯仑最安慰的事情，就是在分开后，易小迪仍可以把能整合的继续整合，能关联的持续关联。他的练达，让兄弟之间逐渐退散的合作精神不再是狭窄的，因为他知道，大哥冯仑的最终目标不是让兄弟们毫无怨言，而是达到共赢。然而对于冯仑来说，这也是兄弟6人能迅速东山再起的必要保障和关键因素。

冯仑治家有方，分家仍有道。对于此次彻底的分家，他的处置方法很简单，即是之前敲定的：兄弟6人，愿意留下来的掏钱购买出走人的资产。这样一来，走的人手上就有现金。潘石屹是最先选择离开的，冯仑和其他5人分别购买了潘石屹在万通所持有的股权，这笔钱也是潘石屹日后赖以成名的 SOHO 现代城的启动资金。虽然人走了，但兄弟几人在某种程度上，仍被强性地冠以"相互扶持"的关系。

分家的时候，冯仑单独找了潘石屹，对他说，你走了之后，我会一直骂你，骂你三个月之后，我再开始大篇幅的赞扬你！但是，不会让你白挨骂，作为补偿，你可以把万通的成功都归到你自己身上！

潘石屹立刻明白了冯仑这番话中的玄机：这样一来，不但可以方便自己在商界立名，还可以理所应当地接受冯仑送给他的厚礼。同样的方式，王启富、易小迪、刘军的股份都卖给了冯仑和王功权，王功权走时，又把手上的股份卖给了冯仑，最后，所有的股份都集中在了冯仑手上。

兄弟几人各奔东西，王功权回到美国继续涉足国际风险投资行业；而潘石屹、易小迪仍坚持在地产行业，两人都是另起炉灶，做起了自己的买卖；刘军则回到最初的"农科"道路上继续前进；而王启富则由国际贸易转向地板行业，创起另一番天地，并成为一方霸主。

至此，万通六君子完成了从6到1的转变。从最早的3人出走，到王功权的难舍难留，冯仑也越来越能接受这种退出机制，虽然痛彻心扉，但为了兄弟情和万通，只能认可。他回忆道："最早潘石屹发给我们律师函，指出不同意就起诉时，我和功权特别别扭，像传统中国人认为那叫'忒不给面子'一样。越往后越成熟，最后我和功权分开时只请了田宇一个人，连律师费都省了，一手交支票，一手签字。"

可想而知，此时的冯仑自是万分难过的。成长需要付出代价，只是这代价似乎过于惨痛。

万通六君子，于1995年3月开始正式分道扬镳，王启富、潘石屹、易小迪最先离开，随后刘军在1998年决定退队，到了2003年，王功权觉得万通由冯仑一个人来打理已没有问题了，便决定离开。

万通六君子分走六方，一个又一个高层位置空了出来，冯仑更是因此次分手得了病。大病初愈后，面对万通的危机时刻，他只能致电远在美国的王功权，让其急速赶回。王功权依旧忠诚，不忘旧情，不仅回到万通，还带着在美国学习的新理念继续帮衬万通。

王功权回来后，第一时间和冯仑进行了一次单独会议，他用西方先进思想击败了冯仑古典式的"谁出钱谁是老板"的旧思想。两人就此分别讨论了四点问题：两权分离、利益基础、人才培训、制度管理。

简单地说，就是把投资者和经营者各自独立并分开，通过市场和董事会，选拔、委托、监督一批管理专家治理企业。这不仅是万通多年来顽固问题的最佳解决办法，同时也更能轻松地消除冯仑多年来的困惑。更直白地说，即是以分制度、分工的方式来提升企业的实际工作效率。

1996年11月8日，王功权正式辞去了万通实业集团总裁的职务，后被董事局执行委员会推荐为董事局名誉主席。

至此，万通正式开启了冯仑一人当家的时代。不过，独属于冯仑的万通，其实一直影影绰绰隐藏着其余5人的身影，或者说，是他们的聚首成就了他日的万通，也更是早期的万通捧出了6人日后的辉煌。如此看来，在那个斑驳时代，6人间的"恩怨纠葛"远不是一张支票、一份签字可以涵盖的，那么，他们之间究竟有着怎样的传奇故事呢？

3 万通六君子

"政治演说家" 王功权

时光匆匆而过，人们都会把自己最重要的"时间"奉献给更重要"朋友"。

对于冯仑来说，在创业初期，王功权就一直在扮演那个无私贡献者的角色。多年的商海混战，锻造了其"政治演说家"的身份，但王功权仍然保持着他那份对"兄弟情"的执着。

万通之路，让六兄弟尝尽苦痛。6人之后的生活相比最初的冯仑、王功权时期，已好了太多。多少次困难、危机，几乎令冯仑崩溃，每次王功权都会劝慰冯仑。

王功权曾对冯仑说过这样一段话，在社会艰难前进的过程中，不可能什么事情都是好的，就像是白天和黑夜，总是会有那么一段时间是看不到太阳的，所有的事情没有绝对的正确与错误，当遇到很多不尽如人意的事情时，只能选择面对，而没有办法决定自己失望与否。人的热情是需要珍惜的，更何况我们关系社会，就算是被误解，甚至是被牵连，哪怕是被风浪卷走，我们也要坚持着，肩负起这些压力，并做好蒙受这些屈辱的准备。这对我们来说或许是灾难，但是对于一个不应屈服的民族来说，太正常了。

王功权的话语间，透露着对冯仑的良苦用心。暖人心底的鼓励，使冯仑在后来兄弟分家时，亦能坚强地挺到最后，成为留守万通的唯一。在兄弟情与现实利益之间，他没有徘徊不前，而是挺身而出。

20 世纪 90 年代，中国的经济发展已呈现出稀世罕见的蓬勃状态，拥有社会顶端思想之人，早已经整装待发，投入到这场"腥风血雨"之中。年轻气盛的王功权正打算奔赴海南大干一场，那年他 27 岁，此时海南已有 10 万人登岛，其中就包括在未来将会与之并肩作战的兄弟们。王功权初入海南便经历不顺，本来好好的工作却被后辈抢走，原因很简单，后起之秀是清华大学毕业的研究生。

是金子总会发光，不久，王功权便在海南崭露头角，在一家国营房地产公司——海南省开发建设总公司担任要职，当时月薪在 3000 元上下，这与此前在吉林省委宣传部工作时的 78 元相比，简直是天文数字。随后，王功权和刘军、王启富聚集在一起，后由王启富的引荐认识了易小迪、冯仑，几个人慢慢熟络起来。

在没办起公司之前，几人经常"混"在一起，冯仑最缺钱，经常去王功权那里蹭长途电话，这点让王功权至今都拿来当作笑点。再后来，几个人就搭建起了万通帝国。

　　创业初期，资金的问题已被细化到生活之中。公司成立以后，除了手上仅有的工商执照这一纸合约，冯仑连睡觉的地方都没有。当时王功权算是兄弟几人中条件不错的，加上已经成了家，有了孩子，生活相对稳定，让人羡慕。

　　有一段时间，冯仑甚至一直都和王功权一家三口挤在同一屋檐之下。两兄弟的距离近了，似乎对解决其他事情很有帮助，比如工作往来。万通的主要管理思想，即同吃同住同分享，但这样的同住确实很不方便，王功权倒是没多想，一直都认为和冯仑住在一起彼此有个照应，毕竟那个年代，电话和交通不如面对面来得实在。

　　面对面的交流，当遇到重大决策时，也可以第一时间沟通。简陋的一套房子，各有各的房间，表面看起来融洽得很，可冯仑心里一直都是深感惭愧的，假装着不拘小节，死撑着颜面装作不在乎。

　　海南的天气很热，在家里也都不怎么穿衣服，为了避免尴尬，冯仑一大早还没等王功权一家人醒来就早早地出门了，下班之后也并不急着马上回家，总要一个人到海边、树下呆上一会儿，预估着王功权的老婆孩子都休息了，才会踏进家门。这样的生活的确不好受。

　　那时，万通面临的危机，就像唐僧师徒西天取经所历经的九九八十一难。但面对艰难，王功权没有像孙悟空那样见谁打谁，也没有像猪八戒那样"好吃懒做"，他总能冷静下来，和冯仑一同理智地商量出最佳对策。

　　冯仑眼中的王功权，做事干净利索，从不拖泥带水，他对冯仑来说，就是其前半生棋局上的一颗至关重要的棋子：一个组织里要是少了这样一颗棋子，那结局就是自寻死路。

冯仑和王功权的兄弟情也是有渊源的。那时冯仑因工作出色，成为了牟其中办公室主任，恰逢此时又正值王功权的"多事之秋"。一场意外，让王功权经历了班房之苦，在被关押10个月之后才无罪释放。王功权被剃了光头，电话之中哽咽地请求冯仑来帮忙；冯仑二话没说，放下工作就去接王功权。不久，冯仑把王功权介绍给了牟其中，在他的暗中帮助下，王功权很快坐到了南德集团天津投资公司副总经理的位置上。

在南德站稳脚跟的王功权，将刘军也带了进来，这就是为何兄弟6人后期分家，王功权、刘军留了下来，并仍坚持捆绑在一起帮助冯仑收拾万通残局的原因——他们3人有最初的情感。

冯仑眼里的王功权，是重于其他人的，这不仅仅是因为欣赏。离开南德后，冯仑的第一个电话就是打给王功权。电话中，冯仑说想要另创一片天地，并邀请王功权出任总经理，此时冯仑和刘军正在北京新大都饭店。

冯仑知道，王功权的忠厚性格和暗涌般的激情，更适合作为创业的合作者。不仅如此，王功权已经有了成功的经历和丰富的商业经验，具备了一个成熟商人应有的气质。

王功权当年曾一人在海口市推出了第一个标准化工业厂房的生意，这在当时绝对算得上是大手笔，再加上冯仑自身宽广的政治、社会资源和人脉，两种能力相互融合，想要在当时的经济环境下折腾出一家民营企业，令其存活并立足，是可当"易如反掌"四字的。

冯仑后来也承认，如果当时没有王功权这么一个靠谱的兄弟在身边，还真不敢大胆地在没钱吃饭的情况下去开一家公司。

同样，冯仑对于王功权来说，也是一个不可多得的朋友。在思想上、社会认知上，两人都相当有默契，彼此间有一种说不出来的特殊情谊；生活上二人无话不谈，从政治到历史，就连知识结构和政治背景都出奇相似，因此二人的强强联合，似在情理之中。

时至今日，每当王功权提起冯仑时，都坦然地表示，身边已再无第二个可以与自己配合默契的人了。就连聊天，都没有人能像他与冯仑那样畅快自得。见山谈山，见水评水，在平凡之事中进行智慧博弈。

但话说回来，冯仑虽有过人的本领，自身却是个极有自知之明的人，他很清楚自己的能力聚焦于出谋划策上，而实际的执行力和行动力是短项，不如王功权。多年来从政的历练，使得他对各项政策的变化非常敏感，且在战略思考上也有更大的胆量和自信。然而，在细节方面，他没有足够的耐心去面对工作中的琐碎，因此急需要一个内心细腻的人来协助他。创业之初，王功权正是不二之选，冯仑曾这样评价王功权："可堪长交，可做大用。"

在万通成长期，兄弟几人一直都跟着王功权和冯仑学习，一时之间，"文冯仑、武功权"成了万通上下最具权威的 MBA 导师。当时没有 MBA 教材，王功权就组织兄弟几人一起看电视剧，那时最火的是《上海滩》，而学习对象正是周润发饰演的许文强；冯仑则组织"读书会"，领着兄弟几人一起研究胡雪岩。

这两件事之后，冯仑看出了其中的关键——学习和培训至关重要，可以培养对新鲜信息和知识的敏感度，并在最短时间内转化为执行力，从中获得收益，后来，这也成了万通最具特色的企业文化之一。冯仑还通过自己的关系，在政界、学界力邀专家、学者为兄弟们恶补。

经过几次轮番轰炸和超强密集特训之后，万通兄弟几人形成了固定的学习模式，齐头并进。当时国内最有名、最权威的专家和学者，都在万通做过演讲和培训。冯仑此举也使得他日万通分家后，兄弟几人仍可独自挺身做老板。可见，一切都是有渊源的。

1994 年～1995 年间，冯仑曾用 100 万美元进行"洋务运动"，从美国博侨公司请来专家对万通兄弟及员工做指导培训，万通也是当时较早引进国外管理模式的企业之一。冯仑在美国见到周其仁之后，得到了"退出机制"，随后还在关于股份制分割的问题上得到了知名专家萧灼基的"指点"。

事实上，万通精神最聚焦于冯仑和王功权之身，两人之间的关系是说不清、道不明的。曾经炽热的岁月，两人不仅有"利"，更多的是"情"。

2006 年，王功权的博客上写道："冯仑发来短信'横穿胶州，过临沂，下莒县，忆起万通举事之初，铭刻'毋忘在莒'，庄敬以求自强，不禁胸中再点兵，万里江山一日收……'"王功权回复："我们已年近半百，请多保重！万通，对于我来说，已成如烟往事。随之飘逝的，是我火热的青春。我记得：毋忘在莒。"

除此之外，王功权不知道还应该说些什么，万通，对他而言早已是过往云烟；而冯仑也很清楚，一切随风而逝，青春已是岁月履痕。想来，王功权若是还有要说的，只怕是一句："大哥，再见！"

"老财" 潘石屹

"六君子"中的潘石屹，对万通的作用是不可忽视的，他与冯仑彼此相互影响着，并在矛盾中逐渐成长。虽然最后怀着"不吐不快"

的情绪与冯仑数次争吵，但他们在双方心中的位置，是任何人都无法取代的。

潘石屹是个精明人，但冯仑和王功权却很信任他，让他管理一切财政，还给他起了外号——"潘老财"。

6人中，潘石屹与大哥冯仑和二哥王功权完全是迥然不同的行事风格，他更像一个新流派的代表。

冯仑身上带着书生卷气，性格温文尔雅，为人谦和，待人更是情同手足，情义上万中无一。兄弟之间，他也希望被视为真正的兄长，希望自己能肩负起照顾兄弟的重担，不仅在工作上相互扶持，在生活上也能相互依托。既然是大哥，心里自然是想得到些尊重的。

然而，羽翼日丰的潘石屹，整日笑面盈盈，时不时又显露出咄咄逼人的态势，上班是兄弟，下班是朋友。相比冯仑和其他众兄弟，潘石屹则更强调私人空间，表现出"你不打扰我，我也不打扰你，下班后你们想怎么玩怎么玩，但是我一定自己玩自己的"的态度。

倒不能说潘石屹是个不安定因素，只是相对于其他几人，他的出身和见识都要略胜一筹。虽然在大部分场合，他都一直强调自己是农村出身，可实际上，他却是出身于当地的"名门望族"；只是生活在农村，并没有吃过太多的苦，他身上完全看不出任何乡土气息。

而冯仑从小生长在传统家庭，且在体制内工作，思想上难免会被刻上老旧的思维印记，这些都一一地反映在了公司管理机制的诸多问题上。当年的万通，就像机关单位，门口会有门卫通报，内部员工之间也充斥着劣质的"中国式"人情世故。

对比之下，潘石屹更加"洋派"一些，强调个人，在权力面前，他更加明朗。而冯仑表现的则是机关政府内部的"隐形"权利，这种隐形的方式，与后来他把张欣和潘石屹介绍在一起有直接关系，并且在多年后，在《野蛮生长》一书中，也将万通兄弟分手的矛头指向张欣，说是她"从中作梗"，拆散了万通六君子，而事实则是张欣在冯仑的提问下说出了自己的意见而已。

在中国地产界，潘石屹被称作销售大师。在冯仑心中，他也的确是个不折不扣的销售天才。冯仑所拥有的更多的是社会才干，选择经商也埋没了他太多天赋；潘石屹则越走越自由，并找到了真正实现自身价值的立体舞台。

潘石屹出身不"高"，却懂得如何依靠自己的天赋去营销自己。多说多干是他的一个显著特点，他的聪明才智会在不经意间表现出来，算术好、反应快、对事情敏感，且有极强的自尊心和异于常人的上进心，都给与之共事的人留下了极深刻的印象，同时，其自身提升速度惊人，身边人无一不惊叹。

冯仑和潘石屹，就这么一直相互影响着。最终，经过分家，冯仑在潘石屹身上看到了自己的一个缺点——潘石屹从来不会像自己那样过于刻板和保守，而且日后潘石屹的成就，也验证了冯仑的确在很多方面都做错了，这大抵是潘石屹对他最大的影响了。

同样，对于潘石屹而言，冯仑也对其影响至深。不过，冯仑带来的影响每每让他后知后觉。

潘石屹回忆起万通时代，曾这样回忆说："我在当年准备离开万通，跟他们分家的时候，他们都在挽留我，那时候我小孩脾气比较厉害，我说不行，就得走了。临走的前一天，冯仑请我吃饭，他说昨天晚上我一晚上没睡好觉，一直在想，小潘你从一个甘肃天水山沟里面来的人，怎么能够做到今天这一步。我一直想不出答案，所以一晚上都没睡好觉，快天亮的时候，我想明白了，你不是靠自己成就的，是三个人成就的你。"

当时潘石屹满腹狐疑，便追问那三个人都是谁。冯仑说："是哪三个人？第一个人是邓小平，没有邓小平没有改革开放，没有恢复高考，什么都没有；第二个人是你老婆（张欣），你认识你老婆了，就一下子不一样了；第三个人就是我冯仑……"

听罢这番言论，潘石屹有点发懵，本来因分家的事心里便十分别扭，被冯仑这么一激，眼中也没有什么大哥二哥了，"我一听，觉得冯大哥太骄傲了，加上本身分开了（我）心里面有点儿别扭，我就说，你忘了一个人——我妈，没有我妈生我，你们三个人都白搭……"

多年后潘石屹则表示："现在回想起来，他们三个人，包括王功权，包括任总对我的影响都很大，我有今天这一步，确实都是靠着周围的朋友对我的帮助。"

冯仑那么说其实也是有道理的，潘石屹初入海南时，随着一个土老板而来，当时以砖厂老板的身份负责三百多个农民工工作和生产生活等诸多问题。

那一年，对潘石屹来说是异常艰难的，海南建筑热潮逐渐降温的时候，经济停摆，四下折腾的人也都回到了来处。这样一来，潘石屹手下的砖厂一块砖都卖不出去。民工见效益不好，也纷纷离去，最后只剩下不到 100 人，其中绝大多数是来自四川的民工，还有一部分来自山东。

卖不出砖就没有钱吃饭，饿急的四川人实在受不了就开始吃老鼠，山东人害怕老鼠有毒，所以一点都不吃。

见此情形，潘石屹之前的热血顿时冷却下来，眼前的一切如同死灰一般冰凉，他忍不住走进民工棚，询问工人们这几天的饮食情况。工人们都饿昏了头，好多都不记得到底是昨天吃的东西还是前天吃的东西，潘石屹对此也无计可施，只能无奈地看着那些忍饥受冻的工人兄弟们躺在简陋的工棚里。

这一年，潘石屹不知是如何熬过的，对于生机，他没有报任何希望。直到最后遇到了冯仑，他的人生才开始有了光亮，也正式走上了真正的商业道路。

在万通的历史中，冯仑一直都觉得自己和潘石屹是"最佳搭档"，虽说六兄弟缺一不可，但潘石屹的作用是极大的。冯仑代表着中国传统政治思想的智慧精华，潘石屹的价值则体现在现代商业文化的活跃性、创造力以及富有效率的执行能力。

如果万通没有了冯仑，潘石屹也无法在短时间内创造辉煌。在创业初期那个极不完整的商业大环境下，少了冯仑，万通是不可能获得那么多必需的政治资源和社会支援的。

相反，冯仑的身边若是没有潘石屹，也无法在万通获得第一桶金后，在最短时间内创造商业神话，实现"名与利"的双赢，并迅速在北京房地产行业站稳脚跟，做得风生水起。

诚然，万通早期的丰功伟业，成也壮士，败也英雄。冯仑和潘石屹各执一端，过分的各具特色形成巨大反差，矛盾便在这两种截然不同的文化和价值观中酝酿着、激化着。他们的合作，反映了年代的特殊需求和转轨期间的明显特征。而当两种顶尖文化互相杂糅，并互利共存的时候，便出现了"化学反应"。

这是一个杂乱无章、没有秩序的冒险乐园，冯仑和潘石屹挣脱了来自外界的一切束缚，在腥风血雨的商业之战中，一次又一次重生，直至今日，屹立不倒。对他们来说，成功的方法从不止一种。

"好孩子"易小迪

万通六君子的分崩离析，对易小迪这个"好孩子"来说是一种背叛。这种背叛，也让这个曾经对冯仑最忠诚的人，成了首批离开的人。离开并不是逃避，而是一种愤怒宣泄。易小迪深知，分开是必然的结果，该来的总是会来的。

六兄弟中，易小迪最重情义。他总是默不作声，为人低调，博学而志强。他懂得沉默是金，但更清楚忍耐是力量的表达方式之一，不管成败如何，意志是一定会得到锻炼的。

易小迪喜好佛学，在佛学研究方面有着过人的造诣。不仅如此，他还对《孙子兵法》和《道德经》颇有见解，在六兄弟中，是被认可有大智慧的人，前途不可限量。冯仑这样评价易小迪："智慧，比较大气，他算账的方式和别人不一样。"

人的聪明有很多种，易小迪的聪明就很独到，有别于冯、潘二人"你争我夺"的绝顶聪明。从一般角度来看聪明的话，冯仑应该在最尖端，他博学多才，头脑灵活且思维开阔；而潘石屹表面看似简单的思维模式却暗藏玄机，不仅深入透彻，还具有强大的后备执行力。

这些能被肉眼所看到的智慧，即入世的智慧，这种智慧是直来直去的，更有针对性。而另一种智慧，则是不容易被一眼发觉的，即为出世的智慧。因为这种智慧不是摆在台面上，是在人生过程中慢慢体现出来的。易小迪就是拥有这样智慧的人，在细细品味人生中，摸索出真理。

人最大的痛苦不是疾病，而是来自心灵的创伤。易小迪从来没有向冯仑要过半毛钱，而只要冯仑开口拿钱，他从来都是能拿多少就拿多少。因为他始终坚信，兄弟的情义才是最真的，金钱不足以用来衡量这种情感。

遗憾的是，这种情感最终却与金钱有直接关系。未能一直坚持走到最后的兄弟情，着实给了易小迪重重一击，可即便如此，他仍陪着冯仑把大部分琐碎事情处理妥当之后才离开。他的这种重情重义之举万分难得，而这一切自是有根源的。

易小迪出生在湖南的一个教师家庭，母亲常年在家养病，父亲身为教师，责任心极强，且极重感情，对生病的母亲不离不弃，这一切都默默地影响着易小迪的"情"和"义"。

小时候，家中开销拮据，生活上压力巨大。家庭条件如此不如意，易小迪的学业却十分顺利，在学习方面，父亲可以给予很多帮助。

另一方面，易小迪的偶像唐生智，也是湖南省永州市东安县人，易小迪会引以为豪。唐生智对易小迪的影响很大，甚至于易小迪能成为一位虔诚的佛教信徒，都与之有着很大关系。唐生智在家乡捐助了一个很大的图书馆，易小迪就是在这个图书馆中长大的，这奠定了日后他与冯仑为伍的基础。

在才智方面，他没法与冯仑比，可在刻苦方面，他却更胜一筹。那时的易小迪没有选择性地学习，而是把图书馆内能看的书都看了。

14岁时，易小迪开始读中专，两年后毕业分配，在人民公社教初中数学。当时，全校上下只有易小迪一人能读懂英文，所以，学校委任其同时出任英语老师。

工作两年之后，年满 18 岁的易小迪参加了高考，这对当时的他来说是唯一的出路，毕竟家庭负担太重，而他也有一个当教师的父亲，在父亲的支持和鼓励下，他把考大学作为自己唯一的目标。

时间的紧迫，让焦虑涌上心头。越是接近高考，易小迪就越是担心，生怕一个"号召"下来再次停止考试，这样的话就前功尽弃了。幸好，社会一如往常，毅力非凡的他也通过自己的努力如愿以偿地考上了大学。

那时，他对佛学和史学产生了浓厚的兴趣，读的书越多，就越是觉得这世界的未知越多，而宗教就是用来解决这些未知的。

1988 年底，易小迪顺利地从人大研究生毕业，开始找工作。是时，身处海南体改所的冯仑，正四处招兵买马，并给人大毕业生送去了一纸书函。易小迪就是藉由这张邀请函，来到了中央党校宿舍，并结识了冯仑的。

为何面试要在宿舍呢？因为冯仑当时卧病在床，所以只能这样，而他也只是和易小迪简单说了一下海南现阶段一些经济情况。

易小迪是个不俗之人，他的优势就在于，从不会因表面而对过程下定论。当时两人聊了很多，当易小迪提及自己找工作的事时，冯仑不仅没有给他出谋划策，反而奉劝他要放弃体制，去选择体制之外的无量前途。易小迪被冯仑这样的一席话惊到了，因为这样的见解在当时来说十分大胆，并具有跨时代的预见性。

冯仑在易小迪面前表现出来的气质，绝不同于易小迪所见到的领导。在他眼中，冯仑更像是大哥，对未来充满了期待，朝气蓬勃且思路清晰，并没有因紧绷的时代框架而显得拖泥带水。冯仑对待问题的看法总是能跳出表面而看本质，这和易小迪的"智慧"完全匹配，同时思维时而严密，时而跳跃，一下子就打动了茫茫然的易小迪。

1988 年春节，对易小迪来说是个转机。海南省委体改委支给易小迪一部分费用，他有了与另一个同学去正处于发展初期的海南见识一回的机会，这是难得的免费旅游。

初到海南时，易小迪十分失望，与北京相比，海南差到了极点。但经过几天的考察他发现，虽然物质条件稍差，但体制相对自由，气氛很活跃。

其实，这些展现在易小迪眼前的"自由"与"活跃"的氛围，都是冯仑为了拉拢易小迪故意创造出来的。眼前的一切让当时的易小迪觉得，海南是自己大展拳脚的绝佳战略要地，并且有冯仑这样的老大哥，此处必定有广阔的空间供自己自由发挥。

而其后发生的一件事，对易小迪走出体制起到了推波助澜的作用。易小迪刚一毕业，母亲就去世了，悲痛欲绝的他看着母亲就这样黯然离去，心中无尽悲凉，母亲从没过上一天像样的物质生活，这让他心生愧疚。是时，他暗下决心，要投身商海，出人头地。如此，他留在了海南，在体改所还认识了王启富。

风云突变，造化弄人。易小迪在体改所还没坐稳当，冯仑便遭遇体制改革被开除了，跟随他的易小迪自然无法自保，不能留在体改所继续工作。

当时，易小迪坐在冯仑的专车上，两人互相安慰，司机突然把车停了下来，将二人放在半路上。冯仑问其原因，司机理直气壮地表示，冯仑现在已经不是他的领导了，所以没有必要再为他服务了，现在把冯仑和易小迪送到这里，也只不过是顺便捎带，没让冯仑对他表示感谢已经不错了。冯仑暗自感叹，果然是虎落平阳被犬欺啊。

那段时间内，兄弟二人无路可走，混得最惨时，两人竟连饭都没得吃。这样下去自然不是办法，于是两人想了个坏主意——假借检查工作之名去企业蹭吃蹭喝。这天，两人选了一家公司，决定在此解决中午饭。结果到了这家公司，对方工作态度变得异常积极，只谈工作，不谈饭局。

无奈的冯仑和易小迪恨不得当场大声喊饿，提醒公司请吃饭。最后，没了办法，两人又去了第二家公司。这家公司的老板正是潘石屹，这是兄弟三人的第一次见面。

潘石屹当时正是砖厂厂长，结果这潘老财详详细细地介绍了一遍砖厂情况后，也一样对吃饭的事只字不提，没多久，就把冯仑和易小迪打发走了。

此时或许只有天知道，兄弟几人命运竟是如此相同，潘石屹的砖厂正在闹饥荒，工人都在忍饥挨饿，不是不安排饭，是实在没有钱。

好在第三家公司没让两人失望，还没等说上三句话，老板就识相地说"到饭店详谈"之类。

事后，易小迪的脑袋里印象最深的是潘石屹，因为潘石屹面相老态，说话有条不紊，但动作极快，十足的商人气质。后来，冯仑去了南德，易小迪办起了砖厂，这才有了顿饱饭吃。

其实，易小迪的成就并没有体现在万通时期，虽然功不可没，但在各位大哥面前，他从来没想过争任何东西。他真正的辉煌，是在万通分家之后。

易小迪的阳光一百大楼，距离潘石屹的现代城不远，他坐在顶层办公室的沙发上就能看见现代城。

多年之后，冯仑依然是大哥，兄弟依然是兄弟，但曾经的那份真挚感情已经变了很多；兄弟几人早已不再走动，可都视易小迪为最真挚的朋友。曾经身为万通君子，但谦卑无欲的易小迪，却甘愿成为那个充斥着"成王败寇"的草莽年代的配角。

二哥王功权就曾这样评价易小迪："假如某天大家都失败了，易小迪的心理抗挫伤能力会最强，会比别人更早站起来。"

"好兄弟"刘军、王启富

大将军——刘军

英雄为时代所创，时代也需要一些胆大妄为的人来推波助澜。但在这背后，又有多少无可奈何的叹惋？万通六兄弟正是 6 个身怀绝技的弄潮儿，不仅改变了自己的人生，也缔造了下一个崭新的时代。

年轻人总是会在细节上暴露很多问题，刘军却是个例外，他是一个在任何细节上都争强好胜的"江湖"青年。其实，万通兄弟 6 人都很争强好胜，几人坐在一起不管做什么事都要有个胜负，就连在电视台录制节目的空余时间，都会用剪刀石头布来赌点什么。

刘军的性格很鲜明，容易被人认可。在冯仑眼里，刘军是一位不折不扣的"好兄弟"。论城府比不上王功权，论聪明不及潘石屹，论才智更无法与冯仑相比，但就是这个各方面都"不突出"的家伙，却在最后关头做出了所有强者都不敢做的事，吐露出他们羞于倾吐的心声。

在万通六兄弟决定分家时，冯仑和王功权不住地流泪，当时没有人敢多说什么，就连当事人潘石屹也没敢多说半句。唯有刘军敢踩上桌子，用手指着冯仑的鼻子对他咆哮，吐出了心中的种种不快，流露出难舍难分的心酸。

刘军的直率，也让他在分家后得到了很多人的赞赏，他并没有一走了之，而是对自己手下的兄弟公开承诺，不管自己接下来的路怎样，只要是仍留在万通的兄弟就必须有饭吃。或许，正是这种让人印象深刻的江湖义气和将军之慨，才打动了王功权和冯仑。

刘军和易小迪，仿佛是冯仑手上的两把利刃，做事举重若轻的是易小迪，举轻若重的就是刘军。

刘军是个表里如一的人，这和他的家庭环境有很大关系，他的父亲是军人，母亲是工程师，所以在生活方面既要有严格的纪律性，也要有准确性，身上从不缺乏正义之气。母亲对他的态度很明确，不论世界怎么改变，只要把书读好，比什么都强。

他的父亲写得一手好书法，在潜移默化中，也影响了刘军对传统文化的热爱。父亲的军旅见闻，让刘军了解了历史上开疆扩土的诸多大事，年少时的他便畅游寰宇，在幻想中遨游，也从此立志要"乘风破浪，阅疆土河山"。其实，这些启蒙教育也让刘军在日后的经商道路上更有霸气，对扩大实业起到了关键性的推动作用。

刘军仿似天才一般，15 岁就考进了西安冶金建筑学院，但因为不喜欢冶金这个专业，只上了一个学期便退学回家了。

在计划经济时代，这样的做法并不明智，同时也违背了有着军人思想的父亲的意愿，父亲觉得刘军这是逃兵的行为。当然，母亲希望他读好书的愿望一样落空了。经过家人的强烈反对和再三劝阻，刘军在半年后再次考取大学，考入了北京工业学院工程管理专业。

毕业后，刘军来到了当时的国防保密单位，其实就是国营光明器材厂的前身。后来因某些缘由，刘军被单位除名。当时他一心想要下海，便前往海南，并在去海南的长途车上认识了王功权，最后结识了冯仑，成为万通六君子之一。

刘军说："敢下海的都是思想束缚少的，从物理学的角度来讲，正如分子布朗运动。有动得快的分子，也有动得慢的分子。而我们则属于动得快的分子。"

的确如此，在执行力方面，刘军不输给潘石屹。

刘军认为，不管做什么事，最关键的就是态度。少时饱读疆土史学，让刘军深受儒家文化的影响，他觉得，儒家思想对中国朝野的制度和形式制约了很多。

就像大哥冯仑，年轻的时候不管做什么事情，老大安排给你的任务，就要完全依照规则来完成，如果在细节上有什么变化或是做得不够好，其他兄弟就会对你有看法。

多年后，兄弟们都已经穿上皮鞋时，刘军仍穿着草鞋。他心中有自己的事业，他选择重归农业科技产业。对他而言，做事时坚韧很重要，而且必须要做自己想做的事情、有意义的事情。

这个时代，不缺创造者，而是缺少能坚持到最后并有责任感的人。刘军也会因万通兄弟分手的事而自责，因为，他体恤的是民间的疾苦安生，故此永远无法成为一个纯粹的商人，直率是他的特点，他不会改变，且永远不会异化自己。

不败者——王启富

在六雄之中，专业能力最强的当属王启富，他一直都在不断地学习。他拥有专业的技术和丰富的经验，这让他做起实业来脚踏实地。据说，在下海经商之前，王启富是做导弹的。

和其他5人一样，王启富从小成绩优异，是家族之中读大学的第一人。那个年代，大学生的录取率不到4%，而考上国家重点大学的概率更是不足1%，王启富就是在这样的大背景下考入哈工大激光专业的，他成了百里挑一的成功者。

1984年，王启富大学毕业，直接分配到航天部从事导弹工作。年少的王启富和冯仑一样，心中想的都是大事，一腔热血只为政治事业，那颗帝王之心也有些按耐不住了。他看到美国总统很多都是律师出身，于是自己开始自学法律。

越是丰富自己，自然工作就越出色，王启富逐渐被单位重视起来，作为后备干部重点培养。工作了一年之后，他得到了去中国政法大学法律专业深造的机会，并且是单位出钱。毕业后，他又回到了航天部继续工作。

王启富一直以来都是十分重视权位的，虽然万通"坐有序、利无别"在当时来说是个不错的选择，但冯仑却疏忽了兄弟各自心中的"大志"。

对成功的追求固然重要，可每个人心中的目标也成为决定万通未来走向的必要因素。当年万通的分裂，主要是冯仑和潘石屹的经营理念冲突导致，然而真正挑起这个战火的人，却是王启富。

这么多年过去了，王启富依然满腹性情，提起当年的事从不回避，也不推卸责任，有什么说什么。

王启富的侠义之心是不可否认的，对于兄弟情的执着更是无法掩盖的。1989年，冯仑离开体制以后，陷入了"逃难"一般的生活，而王启富就一直和他在一起"有难同当"。因此，在冯仑内心中，王启富才是最真实、最值得信任的"好兄弟"。

冯仑对王启富评价是："本性和内在非常善良，爱恨分明，喜欢的就非常喜欢，不喜欢的就不打交道，中间地带很少。"其他几个兄弟则称王启富是一个"很善良、讲义气的人，一个忠诚的朋友，一个职业工作者"。

当年，像王启富这样跨领域的人才并不多见，他的学历和背景一下子就吸引了当时正在"举事"的冯仑。在六雄中，每个人几乎都是跨领域人才，至少横跨两个专业。冯仑的纳贤标准为高级知识分子，这一点也受了牟其中的影响，但他更多的是看重自己对高学历所带来的价值的理解。

王启富积极向上，善于创造，这也是冯仑十分欣赏他的另一原因。据冯仑回忆，1991 年时，王启富到工商局取回了"海南省农业高科技开发总公司"（农高投）的执照，但是因为没有办公室，他就天天带着营业执照四处谈业务。

王启富对人生的选择是永不停止，追逐潮流，是个思想前卫的人。在冯仑的眼中，他是那个时代走在时尚尖端的潮人，而且特别能吃苦。

创办公司的时候，几个人一共借了 3 万元钱，王启富一个人就拿来了 1.5 万，而光用在注册上的钱就有 1 万多。当时冯仑有点胆怯，再三劝说王启富要不要考虑一下，王启富眼睛都没多眨一下，直接把钱交给了工商局。

王启富始终坚持着一个信念，人无论做什么事情，风险都是存在的，若一味地顾忌风险，不继续前进，那么仅存的半点机会也将瞬间消失。放弃过去安稳的人生，投入到未知成败的事情中去，不考虑在这其中存在的风险，只权衡会有多少成功的机会，这样的人生才有滋味，才有意义。

多年以后，再回头看时，王启富似乎也觉得自己胆子过大，想想大哥冯仑曾对兄弟们的劝阻，是自有其理的。然而，当年的自己就是那样与众不同。那时，王启富所在的航天部门一共有八百多名员工，敢放弃如此有前途的工作，并远赴海南的，也仅他一人而已。

万通六君子，性格上都有着鲜明的时代痕迹，每个人骨子里亦满是浓厚的责任感和使命感。6个人用相同的价值观去挑战世界，并做出了同一个选择，从而被赋予了传奇般的色彩。

时至今日，他们这种理想主义般的激情和追求，仍触动着一批批正准备创业或已在创业路上的热血青年。

"梦" 回万通

论成败人生豪迈。在中国的传统观念里，"分"不如"合"，分即为失败。但事实上，万通集团并没有被分割，只是最后所有人的股份都集中在了冯仑一个人手中。而六兄弟也不算失败，他们都在一定的基础之上为了各自的追求，进行了二次跳跃。最终，各自如愿，成为一方霸主。

曾经的呼啸聚义，到此刻的各奔东西，这种苦涩是挥之不去的。多年之后，兄弟几人再次聚到一起时，彼此间的激情已消失不见了。

各自辉煌，不分伯仲。王功权兴起，便赋诗一首《临江仙·万通六合伙人重聚步罗公韵》："携手扬浪商海里，风流几度争雄？华光艳朝染长空。纶斤飞卷处，猎猎万旗红。十五春秋似弹指，戏笑雨霜风。东方君悦庆重逢，中年情正好，苦乐一杯中。"

慷慨激昂的文字，正是追溯曾经那段同甘共苦的兄弟情。几个年近半百的老兄弟畅谈了一个晚上，他们的聊天是从一个小测试开始的。冯仑提出了一个问题，如果，六人同时看上一个美女，那么兄弟几人分别会做出怎样的选择？

6人性格不同，答案自然也迥异。王功权的方法是，付诸自己的真情，用诗歌撩拨美女的芳心，把时间专注在谈恋爱上；冯仑的是先谈诗歌试水，谈到一半的时候，要是发现不妥，或是有什么变故，就撕下面具，直接动手把姑娘给"办了"；刘军的方法则完全不按套路出牌，至于到底如何进行，要看当时的情况如何，毕竟上有政策，下有对策；易小迪用佛学来劝化自己，平息欲念；王启富却没有答案，因为他一辈子都只会和一个人认真相处；至于潘石屹，冯仑主动给出了一个答案——即就在大家都讨论如何下手的时候，小潘已悄无声息地动手了。

虽然只是个小测试，却反映了6个人的心理状态和处事态度：

王功权处理事情时，会提前制定计划，作出预算和回报，并在过程中逐步取胜；冯仑则是用强势的沟通和态度来吸引对方，然后伺机而动，在最短时间内达到自己的目的；王启富则会先考虑其必要性，要是瞎耽误功夫的话，是完全不会去触碰的；易小迪是"姜太公钓鱼"，不管做什么事，有兴趣的也想试试，没兴趣的也想试试，虽然都不怎么积极，但是来者不拒，不畏困难，喜好挑战；刘军则很随性，不管是做生意还是交朋友，行就继续，不行就免谈，十分洒脱。

至于潘石屹呢？冯仑给出的那个答案其实是有所指的。在万通六兄弟中，潘石屹是最后一个认识张欣的，可却是第一个走进张欣世界的。

潘石屹的处事方式，与冯仑颇为相似，对待事情急不可耐，会抓紧一切时间找机会来解决问题，渴望在最短时间内达到目的。

在大家毫无察觉的时候，潘石屹已和张欣交往了两个月。当时，潘石屹只用了两周时间就得到了张欣。在冯仑眼里，外"拙"内敛的潘石屹是一个善于"扮猪吃虎"的家伙。

"猪"对潘石屹来说，是一个十分喜感、有意思的形象，他还把自己的网站起名为"猪八戒"。不管是家中还是办公室，到处可以看到猪形象的陈设物品，最为出名的，应该就是他在现代城办公室的雕像———一排憨态可掬，心宽体胖的大猪。

时间淡漠了兄弟情义。其时，坐在现代城 18 层办公室的潘石屹，放眼望去，延绵不断的长安街宛若岁月的长河，在长安街一水之隔的不远处，正是"阳光一百"的大楼，这幢大楼的主人正是他昔日的"手足"易小迪。

昨日兄弟，今日对手。曾经的同甘共苦，相互依托的辅佐，眼下却变成了容不得有半点感情的竞争对手。如此之近却鲜有往来，虽然可以谈笑风生，但其中的五味杂陈又有几人能品尝得清楚透彻呢？

易小迪是成功的商人，但依然低调朴素。平日里，易小迪公事繁忙，常年各地出差，他却从来不坐商务舱和头等舱，只坐经济舱，因为他的心始终是平静的，"不增不减，不垢不净"。

在万通曾经的格局中，他始终扮演着一个任劳任怨、只干活不吃饭的角色。他愿意接纳任何工作，安排他做的事情，也从无怨言，应声接受。

与易小迪相比，冯仑显得特别许多，草莽式土匪思想让他十分高调。冯仑敢说敢想，戏谑谩骂，用段子来讲述自己的人生，在自己的著作《野蛮生长》和《理想丰满》中，他用放荡不羁的言辞来佐证自己的大智慧，这和潘石屹的书不同，潘石屹是用自己的义正辞严来佐证商人的狡黠。由此，冯仑被大众视为成功企业家中的睿智学者。

而作为鼎辉投资创始人的王功权呢？几年前，他因"私奔风波"再次引起社会的关注，但不久后，又因涉嫌聚众扰乱公共秩序的罪名被北京市公安局带走。虽然已不做大哥多年，他身上仍然保留着曾经那份浓厚的理想主义情结。他曾说要写一本书，这书不为赚钱，只为说明赚钱是一件辛苦的事情。讲述一个梦幻般的男主人公，既有易如反掌的赚钱之道，且又重情重义，视金钱如粪土的故事。

是时的刘军，又做回了"农科"，他没有多谈自己，而是浅谈了"万通六君子"。时至今日，他仍然觉得兄弟几人都是出类拔萃的人才，年轻的时候都争强好胜，像孩子一样，见不到就想，见到了就掐。

而眼下各有各的事业，这么多年也都有所成就，他劝慰兄弟，应当把自己的身份放低，六兄弟当年的创业故事已成为过去，对于现在的社会而言，这个过去也只是个喜剧题材。虽然人人都付诸了辛苦，但昨日的辉煌，终究只是时势造英雄，而并非六雄缔造了神话！

王启富，后成为海帝木业董事长，并将其打造成了中国木地板业的知名品牌。之后，他又创立富鼎和股权投资基金管理公司，主要经营地产投资。

谈起当年，王启富说："从时尚青年到时尚中年，我们一直走在时代的前沿，不断地去进取，不怕输，去争取胜利。因为怕也没有用。"

冯仑没有多说什么，只是回忆起当年，兄弟几人常去保利大厦前的小街上吃饭，潘石屹还因为一盘土豆丝的价格是 5 元还是 8 元而与饭店服务员大吵了一架。

话越说越多，不知是谁提起了潘石屹和冯仑当年的事。也许是年纪大了，也许是时间太久了，这种矛盾也被渐渐淡忘了，兄弟 6 人只是玩笑般地谈论着。

大伙都调侃潘石屹是个"大财迷"，钱到手了就不再撒手，而且守着北京，不给别的兄弟机会。潘石屹还是和平时一样，笑呵呵地回应着，他说："我确实比较财迷，如果一下子投入上亿元，我基本都持反对态度。当时按冯仑的想法，如果万通必须快速发展，那么万通投资的产业应该是像'拐卖妇女'一样，只要一转手就可以赚钱，而并非结婚生孩子赚钱。"说后，兄弟几人哈哈大笑，多年前的恩怨，也就此烟消云散，那段光阴也随即画上了句号。

曾经的游侠生活结束了，江湖的动荡也结束了。不管过去如何，重要的始终是当下。伴随着王功权的诗词，这次会面结束了，那时已是深夜，曾经的梦中人，如今已在梦中醒来。

回到宾馆后，冯仑对此番重聚没有太多感慨，只是在博客写道："谈到很晚，大家也吵得精疲力竭了，就各自回家，洗洗睡了。"

是啊，洗洗睡了，一觉醒来，也许就是另一个明天，曾经的那个万通时代，已不会重来。往日的笑容、话语，也只能出现在每个人的梦中。现实的万通，已是冯仑一个人独舞的舞台，他的未来一片光明，他也有信心在任何黑暗的背景中造出光明！

4

立体城市

房企"四大佬"

在 MBA 中,对强强联合的解释是:大企业间的联合可增加市场竞争力,并获得更多收益的经济现象。这么看来,如果中国四大地产大佬联合,将会造出何等让人难以想象的创世之作?

2012 年,在第十二届住交会上传出了一个震惊全国的重磅消息:冯仑、史玉柱、张跃、刘永好四大商业巨鳄联手,立下君子盟约。此次签订战略合作协议,主要是为了推进"立体城市"建设,并将冯仑所提出的"立体城市"项目推向全国。这也是六兄弟后的另一次聚义,新的"四大佬集团"。

此次与大佬联手,对冯仑而言意义重大,为其大声叫好的头排人物，正是中城联盟轮值主席、华远集团董事长任志强；而另一位业界老大哥、冯仑的学习楷模、万科集团董事局主席王石，也通过视频将祝福送到大会现场，可谓噱头十足，上演了一出地产界"老友记"。有了两位老朋友的站台打气，冯仑自然觉得胜券在握。

那么，"立体城市"到底是什么？它又有着怎样的魔力，居然能促使四位大佬进行联合？更重要的是，支持者都是地产界最资深、最成功的王牌企业家。当所有人都认为"立体城市"是天方夜谭的时候，这出娱乐大众的闹剧却被大佬们从梦想拉回了现实。

很早以前，冯仑就有了"立体城市"的想法，并有很多对未来建筑的计划和展望，他的描述中充满未来时空的味道。

假设在100万平方米的面积内，建立一个高密度建筑群，其建筑使用面积在600万平方米之内，且是可容纳15万至20万人口的绿色智能建筑。

其社区环境，均采用最先进的新能源技术和全方位的人工智能管理体系，同时加载先进的新能源技术和复杂的智能管理体系，集居住、教育、工作、休闲、医疗等城市综合功能为一体，让人们在生活中的每一个角落，都能感受到舒适便捷和绿色健康。此外，小区里的居民，可以实现"足不出户"即可满足工作、生活等各方面需求。

最让冯仑得意的是，按照预算，"立体城市"的房价将会控制在每平米1万元左右的亲民价格范围内，让所有人都能享受到"立体城市"为其生活提供的便捷，这即可最大程度地体现出"立体城市"在生活中的实用价值。

冯仑说，一个直观的比较，可以看出立体城市的优势，目前北京望京地区建筑面积也大约在 600 万平方米左右，房价在 4 万元/平方米，如果按照立体城市的社区建筑模式，则北京的土地使用率将提高 10 倍以上，甚至更高。并且建设周期也大幅度缩短，最主要的是成本减少到了过去的 30%。同时，城市生活效率的提升将是巨大的。要知道，据有关部门统计，在北京，单单交通拥挤的问题，每年带来的时间成本已经超过 600 亿元。

从很多侧面一样可以轻易看出，立体城市将会改变城市生活的速率。每年，北京在交通拥堵上浪费的时间用金钱换算的话，已超出了 700 亿元。因此，立体城市对大城市生活效率的提升将是意义非凡的。

那几年，冯仑一直都关注"城市病"问题，这是一个十分特别的社会现状。全世界大多数国家和发达城市，同样面临着或是正发生着这样的问题，有些城市的情况甚至更加严重。

日本爱知世博会场地规划总设计师原田镇郎，在中日两国城市化对比的调研中遇到了诸多"城市病"问题。他特别强调自己对立体城市的看法，他认为立体城市不仅可以解决发达国家所面临的城市病的问题，并且能对发展中国家起到预防的作用，不管是发达国家还是发展中国家，只要城市患了城市病，"立体城市就是一剂良好的解药"。

不过，立体城市也不是一点问题都没有。

立体城市对城市土地的使用率很小，这对中国城市化来说意义重大。冯仑对中国近 20 年的城市化数据做了分析，截至 2009 年，中国的城市化水平为 46.6%，而世界发达国家达到了 80% 以上。也就是说，中国城市化的发展还有很大的空间，路虽然长，但并不难走。

那么问题来了，在保障全国 18 亿亩耕地的前提下，能供冯仑实现"立体城市"的土地从何而来呢？

其实，这并不矛盾，立体城市的出现也正是为了解决这一难题。王石对冯仑的想法做了评价，他认为"立体城市"看似梦幻，但却很务实，冯仑是在用困难去解决困难，并且展现了中国企业家所负有的责任感和无穷的创造力。

冯仑一直被称作"商界思想家"，他是个具备极强历史使命感的成熟男人，所以"立体城市"无疑会将他和他的"朋友们"载入历史。

立体城市不仅拥有巨大的经济利益潜力，更重要的是，它给中国城市化道路开辟了一条捷径，在一定程度上也解决了百姓住房难、购房难的问题，因而这是解决中国各种复杂问题最稳妥且最高效的一种办法。

冯仑曾对阿里巴巴创始人马云提及这一计划，马云认为："不管是一个人还是一个企业，他的事业如果能够跟解决社会问题结合起来，就有无穷的生命力。"冯仑很认同马云的话，他觉得这就是商道的根本。

马云选择做网商平台，冯仑选择做立体城市，这都是针对全球化经济模式的一次思想探索，这不仅是一次挑战，更是一个历史性的变革。可见，城市化发展中的"中国模式"，有着十分积极的意义和价值。

冯仑联合刘永好、张跃和史玉柱，也并非强强联合或是造噱头这么简单。根据战略框架协议，刘永好能利用新希望集团的现代农业技术给予立体城市充分支持，参与并完成立体城市中的现代化农业项目建设，他对冯仑毫无保留，称这一次联盟将是"战略性的、全面性的"伟大协作。

张跃坦言，当他听冯仑描述立体城市的时候，就被这个奇妙的想法牢牢吸引住了，于是毫不犹豫地加盟其中，张跃及其远大集团所能提供的是"工厂化可持续建筑"。张跃说，在过去几年的科技研发中，"工厂化可持续建筑"技术已经炉火纯青，建一个1万多平方米的酒店只需一个星期的时间，并能在立体城市中实现更快的发展速度。因此，"远大的工厂化可持续建筑将能派上大用场"。

根据冯仑的计算，用这种先进的技术来建造一座600万平方米的立体城市，不到1年时间就可以完成。

张跃之所以加盟其中，是为了通过对立体城市快速建筑技术的加强、模数化建筑技术等相关研究，实现在全球范围内组织研发中心的目标。

史玉柱给予立体城市的，是网络技术上的支持，通过巨人网络对立体城市的网络虚拟化，来促进立体城市社区网络销售平台的实现。他断言："立体城市会改变人们的工作方式和生活方式。"

4位大佬各有各的想法，但殊途同归，冯仑足智多谋，各取其优，4人此次结盟也意味着立体城市将带动更多产业的全面发展。用刘永好的话说："如果立体城市在近几年就在中国的某个城市正式启动，大家也不要惊讶。"

资深经济学家及媒体相关人员认为，冯仑、刘永好、张跃、史玉柱的牵手，不单单是优势资源的整合，更是强大的整体资源配置。

4个人的公信力，在市场投资层面和运营层面，使立体城市在筹备期就获得了广泛认可，这也极大地提升了立体城市的市场影响力，对于在未来引进更多新型科技资源的加入提供了强大助力。

2009年年初时，万通立体城市就已进入商业模式研究阶段。冯仑把立体城市的研发中心设立在新加坡，同时在世界各地的知名建筑院校征集立体城市的设计方案，这极大地吸引了更多有潜质的年轻人。

立体城市的研发中，包括山地、沙地、丘陵、平原等各种地形地貌，同时在个性上设立了3万人、5万人、10万人、20万人等不同规模的各种方案。如此，便形成了一个"立体城市档案馆"，涵括各种地形情况和规模状况的备份，以供世界各地相关组织借鉴。

不久，冯仑带着"立体城市"举行了全球巡展，将立体城市计划推向了全世界。

很多城市的市场对冯仑的这一想法十分感兴趣，并开始了深入洽谈。其时，中国成都的"立体城市"规模、投资都是最大的，并正式确立了"田园城市"的规划，而立体城市也为田园城市提供了空中版本。冯仑说："立体城市不仅仅正在成为现实，而且也将会成为你生活的一部分。"

立体城市，似乎是冯仑一人挑大梁时期最大的手笔，这远远超过了"购置土地盖房子、销售房子赚银子"的意义。一如马云所说，只有能解决社会问题的事业，才具有无穷的生命力。无疑，冯仑正活在生命的巅峰！

梦想启航：立体之城

磁悬浮列车从远处驶来，急速穿过整座"无烟城"，叶荣添手中的报纸慢慢放下，露出他安然自若的面容和满头的白发，窗外的建筑忽闪而过，他沉浸在无限的成功喜悦之中。

5年前，叶荣添为整个城市的未来筹备着让人难以置信的计划——建造"无烟城"来满足人们对未来之城的梦想。城市内没有拥堵的汽车，没有轰响的嘈杂声，只有无轨电车和车身与空气摩擦的声音；水域接连着完全绿化区的市中心，人们正悠然地漫步在无边无际的绿色之中，似乎忘记了污泥的颜色和废气的味道。

巨大的游轮码头，承载着来自世界各地的游客，足以承办世界级比赛的超大游泳馆，把中国人的生活推到了世界的顶端；也许是5年，也许是10年，也可能是下一个世纪，要在此基础上为人类打造更好的民生设施，整合全世界最理想化的设计，让这些设计成为现实。一个城市衔接着另一个城市，让全世界都变成无烟之城……

这是电视剧《创世纪》中的场景，转眼间十几年过去了，这样的景象时常会出现人们的幻想之中，但电视剧中的辉煌似乎没有想象的那么容易走进现实，对期待这一切的人来说，似乎有些可望而不可及。

恰逢中国房地产处在迷茫时期，冯仑站了出来，带着自己跨时代的计划，使得全世界都为之惊讶。

冯仑不是中国最成功的房地产商人，却是中国顶尖房地产商人中的"领军人物"。他曾在童话之都哥本哈根讲述了藏在内心已久、在世界多人口地区构建理想城的美好心愿，在结盟地产三大佬后，他便开启了自己的创城之路。

作为一个企业家，作为一个用语言影响市场的人，一定要解决中等收入群体的住房难问题，并且在公共生活设备上做最大的努力来解决现有的问题和未来即将出现的问题。他为了表现自己的公信力，主动打电话给多家媒体，并对外界承诺：从 2011 年起，争取在 7 年内优先在北京建起这座梦想之城，让梦想成为现实。

冯仑说，他认为，现在来做立体建筑，就相当于 1929 年前后要做摩天大楼是一样的，当时大家也是不理解，后来就习惯了。

北京，是最需梦想之城来解决困难的问题之城。这是一座完美之城，立体式的多功能设施，让整座城充满了活力，冯仑要用一个社区来解决 3 万个家庭的居住问题，并承诺这样的顶级建筑不会开出天价，而是中国的中下水平，其价格不会高于每平米 8000 元。冯仑说：我们根据测算，按照这样 600 万平米的巨型建筑，我们做 3 万户的住宅，销售价格不超过 8000 块钱，这样就非常经济。

400 米高的绿色圆锥形建筑耸入半空中，阶梯式的结构设计，看起来就像是建筑在未来的金字塔，人们和植物共存于每层建筑上，这就是荷兰建筑设计所 MVRDV 为冯仑设计的未来城——"中国山"。

也即从此开始，冯仑称梦想之城计划为"立体城市"，他要在大约两平方公里的土地上，建造一座 100 万平方米、可容纳 15 万至 20 万人口的高密度建筑群。

其高度制高点可达 500 米，使用高度也在 400 米之上，相比同高度的现代建筑，容积率可达 5 倍之多，使用率极高。人们完全可以不跨出社区去工作，城市生活中所需的一切，在这个社区内均可得到满足。

冯仑一直都关注着中国的动态，从国情到经济，他都了如指掌。早在 10 年前，他就已经预见了中国的未来城市化问题。而今，中国城市化速度已名列世界前茅，在未来成为世界第一已可预见。1993

年时，中国的城市化率只有 28%，那时海南的房地产业足可以说明一切。

到 2006 年时，城市化率竟翻了近 1 倍，达到了 43%，于是冯仑走出海南，将万通的产业遍布全中国。但他心里清楚，中国的可使用土地是有限的，全世界也是如此。所以，不断地扩展产业范围并不是有效的解决办法，作为商人，唯有把赚钱和解决社会问题结合在一起，才会成为永远不死的神话。

想来，冯仑的计划若真能实现，对中国城市化问题来说自然是个极大的帮助。

经过一番周折，冯仑慢慢拿到了造城项目所需的土地，并在财务上做了大体的估算，精装修的民用住宅可以控制在 8000 元以内，这对于北京民众的住房购买力是极具吸引力的，而其地理位置也并不是在北京最边缘。冯仑此时最希望的，就是能尽快拿到政府的审批文件，并在两年后开始建设，让"立体城市"尽快走进百姓的生活。

冯仑做事从不拖沓，四大佬联盟成立的时候，他就已经注册并成立了"北京万通立体之城投资有限公司"。不过，该公司并不属于万通旗下子公司，而是完全独立的，因为这其中涉及的企业股份太多，为了能将成本压到最低，让立体城市的购买力达到普通标准，只能将这一桌"盛宴"变成"大锅饭"。

该公司成立以来，一直都低调行事，公司门口从来不挂名牌，注册资金也仅有 1000 万人民币，十足的小企业规模，算上四大佬在内，全公司不过 10 人。

那时，冯仑要承受的压力很大，对于自己的计划他是胸有成竹的，但从现实情况来看，却有些异想天开。他的初步构想是：用3年时间进行研究和申请，第5年开始进行建设工作。

至于建设地点，要看政府情况和土地资源来决定，而且房价忽高忽低，这些未来的问题只能暂时搁置。当务之急，应把重点聚焦在技术和政策问题上，政商的博弈才是关键之所在。

面对即将到来的问题，冯仑将视野放在了2020年，那时约3.5亿中国人将脱离农村，迁移到城市中，这会对城市用地带来巨大压力。因此，立体城市所发挥的作用，也应联系到中国城市化进程的模式上，虽然中国城市化很难实现低密度发展趋势，但可在土地的使用率上觅得新的突破口。

冯仑所期望的立体城市，是可在土地和资源上达到双丰收的效果的，即用最少的土地和最环保的能源来解决未来最严重的问题。

当然，这一切也注定充满未知。先不谈立体城市是否能满足人们对生活环境的正常需求，其是否如计划那样节能——超高的楼层和过量的人口密度究竟节能还是耗能——对此的争议一直都没有停止过，冯仑自己也清楚，这些争议都是自己所要面对的最实际的问题。

此外，冯仑还有一个担心的问题，人类亲水、亲近自然的天性如何解决？当时他一直在北京师范大学心理教育中心与学者共同研究和讨论，在他眼里，立体城市的设计将是实现居住和产业一体化的全能建筑，而非功能单一的"睡城"。

在上海，有492米高的环球金融中心和420米高的金茂大厦，同时632米高的上海中心也即将竣工。很多建筑专家都给过冯仑意见，从科学的角度来看，摩天大楼其实并不环保，就上海中心而言，电梯便已多达上百部。

对此，冯仑表示，从当前的情况来看，很多相关节能的技术正在研发之中，而立体城市与上海中心这样的摩天大楼在结构和材料上完全不同；前者追求的是有规模的效应，主要通过废物循环利用等措施来提供所需能源，这样在提供能源的同时，也减少了废物的排放，变相地达到了节能的效果。

此外，汶川地震时，冯仑曾专程去日本找到地震学家，请教了关于地震的防护救助措施。鉴于这样的经历，他在立体城市的防震思考中也做足了功课。其时，他从日本再次请来专家解决这个棘手问题，他们施用的方法是：通过液压装置，在大楼内部装置一个上百吨的重物，使整座大楼成为一个巨大的阻尼振动器。

这样一来，当面对地震波的频繁袭击时，其第一时间会将信息反馈到计算机的液压侦测装置上，并发出指令，使重物有规律地摆动，从而减小和抵消最强烈的地震波，起到缓冲的作用，使建筑更加平稳。同时，冯仑还聘请了上海环球金融中心的设计师担任立体之城公司技术副总裁。

依照冯仑的想法，立体城市在理论上是可以实现的，现在就要看天时、地利、人和是否能完美地组合在一起并产生化学反应了。

是时，准备工作均已陆续完成，可谓"万事俱备只欠东风"，而这"东风"又是什么呢？

梦想照进现实

人类因梦想而伟大，因实现梦想变得更伟大。而若梦想照不进现实，一切都将失去意义。在很多人看来，冯仑的"立体城市"如童话一般，美好却难以实现。其时，冯仑用历史资料做了"反驳"。

2010 年，哈尔滨市市长曾高调对外宣布过，松花江北岸将被开发，打造一个类似于上海浦东的发展新城。在同一时期内，天津等老城也开展同样的计划，个别城市已悄无声息地行动起来了。

越来越多的城市开始了大规模的城市改造，可他们似乎都忽略了同一个问题：城市平地而起容易，但在城市合理化建设上，又有多少城市可以重来？

很多专业人士经由调查和数据分析后认为，近 400 万平方米、投资近 100 亿的超大规模建筑项目，目前在全国城市范围内来看并不多见。如果冯仑的立体城市能如期完成，并达到预期效果，那么它带来的不仅仅是世界城市规划的一次革命，同时也是人类在高密度生活困境中获得的一次新生。

冯仑正紧锣密鼓地筹备之际，外界蜂拥而至的奇怪问题接踵而来。有专家质疑：如果每平方公里居住 10 万人会不会太拥挤？冯仑反驳："香港就是这个密度，也没有拥挤到活不下去的地步。"他同时强调："国外已经有立体农场，在一幢楼里种植蔬菜、水果。荷兰人也已经研究出在建筑里面养猪，让猪粪不臭的方法。"

另外，还有人对 400 米的高空建筑是否适合人类居住产生怀疑。对于这一问题，冯仑的回应是：历史上早就有类似的例子，在 20 世纪 30 年代，轻钢结构和玻璃的诞生，完全取代了木结构和石头等材料在建筑中的应用，高层建筑的高度也开始不断突破。

虽然社会科学家们仍担心人类很难适应在过高的建筑中长期生活，但历史证明了人类不仅能适应高空，并完全能在高层建筑中长期居住，同时带动科技的进步、发展。如电梯、空调、抽水马桶等设备的出现，不是给人类的生活带来了更多便捷吗？

对冯仑来说，立体建筑相当于 1929 年时要建筑的摩天大楼一般，当时大家不理解，也觉得是天方夜谭，可后来就见怪不怪了。冯仑知道，遇到一些无法理解的突发情况和人类无法适应的环境是很正常的，关键是要积极地去解决和调整，不然人类科技将无法进步。

冯仑不断地找来历史记录证明立体城市的使用价值。他看到，1989 年的"天空之城"因多方面的技术原因，至今仍是图纸上的空谈。可他并不担心，因为眼下看来，技术并不是最关键问题，立体城市的建筑容积率大约是 5，低于一般摩天楼的容积率 6，而且在高度上只有区区的 400 米；虽然在民用建筑上来说已达到了世界高层建筑的前端，但相比迪拜 800 米高的"通天塔"，可真的是小"屋"见大"屋"了，立体城市只到"通天塔"的腰部罢了。

曾有一位建筑设计师主动找过冯仑，他说，大多数人并不喜欢在过高密度的社区中生活。关于超级建筑城市的设想，在世界上也已经运行了很多年，但没有一个项目能获得真正意义上的成功。

这位设计师也是就事论事，毕竟眼前的现实可以证明一切，可冯仑从不会半途而废，更别说仅他人的一面之词了。

随着万通建筑在项目设计和运作上的逐渐成型，很多国外设计师对立体城市伸出橄榄枝。相对于与各位专家、学者打官腔、战口舌，冯仑更愿意把立体城市作为世界性的试验田，供世界各地的优秀建筑设计师们实现他们的疯狂想法和超时空的设计。设计师们的热情，也将给予立体城市无限的推动力，让整个团队雄心激昂，并对未来充满希望。

事实上，立体城市的真正壁垒是如何与政府部门沟通。很多方面并不是没有办法沟通，而是不知道应去哪里沟通。冯仑坦言，"跟现行的管理体制如何协调好，这不是秩序问题，是体制问题。你的规划、交通如何规范，这些东西都需要和体制去沟通去协调。"正因如此，冯仑给整个团队留出了 3 年的"对垒期"，专门用来申请、沟通。

值得一提的是，立体城市的"精简版"已经在韩国萌芽。2010年时，韩国首尔附近建造了一座名为绿色新城的社区，绿色新城的整体设计理念与冯仑的立体城市中的"中国山"如出一辙。"中国山"是一平方公里土地可容纳 10 万至 20 万人的绿色、低碳、可持续的立体复合之城，在立体城市中，被冯仑视为"梦想之城"。

同样，在荷兰建筑设计研究所 MVRDV 内，也有"小山梯田"一样的建筑模式，其是一种集合商场、商务、住宅等的综合性建筑，并同样配以超高的节能效果和环保的设计思路，韩国政府预计新城可容纳 7 万 7 千余人，并在 2011 年开工，预计 2016 年完成。

毋庸置疑，韩国绿色新城前期工作的实现，对冯仑"立体城市"起到了很大的推进作用，若他真的能在"立体城市"这个项目上为中国民众解决住房问题，那么将永久改变中国人的居住史。当然，即便他能改变中国人的居住环境，对于正在走向低潮期的地产行业，亦是无力回天。

2013 年"两会"结束之后，中央出台了新的宏观调控政策，主要针对过热的房地产市场，这对冯仑而言，同样是一个不得不考虑在内的关键问题。

随后，万通举行了一次高层会议，在会上就调控后万通的应对策略展开了讨论。最终的讨论结果是："吃软饭，挣硬钱。"在运营能力、资产管理能力上去竞争。冯仑说，首先要看清房地产，要把距离拉远了看，拉到 10 年之后，甚至是更长远的时间。

1997 年的房地产政策，已经明确地把房地产培育为新的经济增长点，成为日后经济的主要推进力，并转型为整个国民经济的支柱型产业。这样的政策，主要带来了两方面影响：第一，地方政府和中央政府，通过房地产在加大中国经济市场，从而促进银行金融流通，并解决一部分就业问题；第二，快速解决住宅商品化问题，加强房改，把住房的福利性功能取消，使其成为投资品、消费品，来满足市场内需，变相地通过按揭贷款增加银行的内需增长。

通过多年的房地产经验，冯仑对上述政策做了总结：在房地产调控下，万通不会与其他企业进行开发规模的比拼，而是在最终目标上获得成功。市场、政策、竞争对手，都是这场战争胜利的关键。同时做出了两个重要决定：一个是将每年经营额拿出一部分来作为立体城市的研发资金，另一个是每年都发布新的"绿色产品"。在企业发展中挣脱经济周期所带来的束缚，才能让最终的"吃软饭，挣硬钱"更加安稳。

所谓"吃软饭，挣硬钱"就是通过改革创新和变革，来创造一个更大的生存空间，也就是发掘全新的"蓝色海洋"，并在竞争环境上来排除对手，通过零竞争的市场环境来实现独赢。对于新的经济周期，这是一以贯之的新思路。用冯仑的话说就是"中期持有、能力导向、资本权益为核心、收入多样化"。冯仑举了个明显的例子，万通地产旗下的万通中心 D 座和服务公寓，在 2009 年 CBD 写字楼空置率达 30% 的情况下，仍然做到满售满租，而且租金变化幅度不大，并且租金在国贸之外的建筑中达到了最高。这就是靠软实力、服务能力挣到了坚实的利润。

此时，万通也正处在转型期，这同样需要时间。万通在美国模式的转型上已经实行了多年，当下有两件事获得了成功：其一是运营能力在不断提高，且十分显著；其二是负债有所降低。

从万通实业到万通地产，负债率全幅下降。当时万通实业的负债率只有不到20%，这样一来，万通的未来便会更有弹性，对立体城市的资金投入也会随之加大，这无疑增加了成功的砝码，加快了"梦想照进现实"的步伐。

立体城构架

憧憬，是对未来美好生活的期待与向往。就如冯仑倾注于立体城市之中的热情一般，他希望早日梦想成真。

二十几年前"征战"海南的冯仑，是否也憧憬过中国市场的美好未来？也许今天的现状是他始料未及的。但有一点很确定，冯仑在完成自己梦想的同时，也随之解决了社会问题。

民生医疗，是冯仑"立体城市"中的一部分，他用视角拉开维度，在这个国家崛起的同时，决定让万通在改革的大背景下与时代齐头并进。

中国的医疗服务产业，正在以"节点式"的发展特征迸发着，所要面临的政策环境已不只影响冯仑一个人，因为政策会带动整个市场，继而造成全局性变化；同样，在市场需求方面，供给达不到需求标准，且需求量越来越大，短时间内很难解决按需分配的问题；民营医院完成原始积累后，会展现出强大的竞争力和进取心；医生群体在医疗资源失衡的情况下，很难在自我价值意识上觉醒，导致了现行管理制度难以为继，且很多人都坚持称改变医生的意识是决定性的。

"立体城市"中医疗方面就是个重大问题。冯仑曾经诚恳地表示过："如果不是'理想丰满'的立体城市，自己根本不会把精力投放到医疗产业之中。"医疗健康产业，不仅是冯仑立体城市中的核心产业，同时他还联手新希望集团董事长刘永好、万好国际集团董事局主席翁国亮，一同组建了中国医疗健康产业发展策略联盟，将医疗行业中最具争议的"莆田系"医疗带到主流市场，并带入人们的生活之中。那么，冯仑将会与"莆田系"医疗产生怎样的化学效应呢？

在一个安逸的午后，冯仑把这个谜团用他的经历、故事和思考解开，展示给了充满疑惑的人。面对着医疗产业"三高一低"的标准，他参考了梅奥诊所所在的罗切斯特城的标版。

冯仑觉得，自己也不是看病的，很多事不可能靠凭空想象，更不会空穴来风地对一件事产生兴趣。眼下所做的一切，都缘自对"立体城市"的开发研究，这种新的城市规划模式，一定要对城市发展中的每一个行业动态加以了解、选择。

在城市发展的过程中，必然会遇到一些问题，究竟是房地产带动了城市化，还是产业带动了城市化？在历史沿革中，冯仑找到了答案：每一个城市的发展都会带来更多的产业，因为人的生活环境是由多个部分组成的，商业、教育、公共服务等，从而形成了一个自然的循环逻辑。

可是，这么多年来，很多地方都在提倡相反的逻辑，变成了卖地、搬迁、盖住宅，最后没有了产业，以至于资源被大幅度破坏，大规模的城市化变成了商业模式的房地产化。冯仑觉得，这等于是发展了一圈又发展回去了，就城市本身的发展趋势而言，只是一个简单的卖地 GDP，随后的可持续发展的产业并没有顺利建立起来。很多城市正在无限蔓延，导致空城数量不断增长，给人们带来极大的不便，这样一来，新城老城都很别扭。所以一定要坚持"立体城市"的城市化发展模式。

藉由这些角度，冯仑把问题引到了立体城市的主导产业到底应选择什么样的产业中。在理论上任何产业似乎都可以，但一个良性的充满希望的产业，势必要经过详细的筛选和思考，而且要找到一个合理的方法。

冯仑希望，未来的"立体城市"是小型城市、微型城市，而不是只具备单一功能的社区。这样一个 10 万人口的小城市，会有约 3万个就业岗位。如此，"就地取材"便可以解决就业问题、收入问题、交通问题等。

冯仑考察了很多城市之后便开始思考，针对"立体城市"在内的产业，不仅要提供生活所需的各方面资源，同时还要提供一定数量的就业资源。假定立体城市对所有产业都没有任何偏见，那么就要确定三个标准作为最后的选择标准：

第一，高就业系数。有些产业就业率很高，有些则很低，比如金融业。金融行业可以一人多职，一个人可以管理几千亿的财产，再加上一个助理，工作起来游刃有余；就业率系数很高的产业呢？比如餐饮业，每人收入相对较低，与住房购买力不成正比。因此，立体城市内的企业，不仅就业系数要高且所能提供的收入也要符合一定的购买力，这就是所谓的高端服务。

经过调研，冯仑发现，医疗产业中就业系数较高，而一个床位大概能提供4至6个就业机会，同时，从医生到医护人员的收入都比较好。

第二，高需求弹性。所谓高弹性，即是通过一次消费促进更多的消费次数。换言之，从一方面刺激出更多方面的需求。就像餐饮行业，不管这个人多有钱，她每天只吃三顿饭，这样的弹性便不是很大。而立体城市需要的是弹性大的行业，并且能吸引"城市"之外的人，以有限增长变为无限增长。

根据这一标准，冯仑再次把目光投向医疗行业。

医疗行业吸附力强大，并且市场是持续的，人无法逃避生老病死，这是人的一生都会需求的行业。健康的人不代表不需要医疗，他们需要有维系健康的东西，显而易见，医疗行业的需求弹性很大。

第三，高增长。在任何一个行业中都会有高峰低谷，但立体城市中所需求的是"循环式"，所以需要长期处于高增长的行业。医疗卫生产业，在未来的几十年都属于初期阶段。

根据历史经验，每当制度发生改变，就意味着下一次高增长的到来。但实际上，近几年改革出现了一个很有趣的现象——要素的市场化。要素一旦市场化，将会带来商业的膨胀期，并且快速增长。比如，早时土地是开放的，要素市场化之后便出现了巨大的市场。医疗正在进行着体制改革，很多要素市场化。市场经济的核心是人的市场化，所以医生多点执业必定会带来更大的市场容量。故而，医疗业未来将会拥有多达10万亿的市场容量。

冯仑对于"三高"的问题有了解决办法，面对"一低"，又会如何应对呢？根他介绍，所谓"一低"，即取代率低。

循环式的发展，不允许出现产业取代，否则立体城市两天就会换一个产业，违背了循环利用的发展模式。根据"三高一低"的择业标准，冯仑将医疗健康产业定为最佳标准，其高就业系数、高就业弹性、高增长的特点非常达标。不过，其低替代率的特性，才是立体城市最需要的。

冯仑曾说："我们的文化基因跟民营医院的文化基因是一样的。"所以在对医疗健康产业做了深入研究后，他决定把该产业作为立体城市的核心产业。梅奥所在的罗切斯特，在这方面就非常突出。

当具体到医疗产业在立体城市中如何规划时，冯仑找来了城市经济专家进行估测和预算。比如，城市规划有3000个床位，每个床位需4个工作单位，那么这3000个床位所能提供的岗位就有1万多个。这样一来，大大增加了就业机会，而除了看病还有其他业务，故此就业机会远不止于此。

同样，具体到空间结构上，有60万平米，7个项目。这些都是十分具体的，冯仑介绍说："目前，已经确定的医疗健康产业中有7个项目已经确定，包括三甲医院，万康国际医疗中心，护理学院，健康酒店，还有一个中药博览园等等。另外还有一些商业、娱乐的项目，教育以及立体农业都可以带来巨大的就业机会。"他表示："我并不是办医院的，国外的医疗投资发展体系特别像酒店，开发商、投资商、运营商是三者分离的。所以在国外这个模式发展得很快。在国内万通只是开发商，但知道全世界的医院是怎么设计的，在设计方面是可以做到最好；而莆田系的医疗机构是运营商，知道如何运作；最后保险公司等金融机构就相当于投资商。自然几个部分的合作，形成了互补结构。"

至此，经由冯仑的"腾挪转移"，使整个医疗健康产业在立体城市安家落户的难题，似乎迎刃而解了。

"莆田系"医疗

冯仑自创业伊始，就一直施展着自己的商业才能，市场远景与合作伙伴是他作为商人逻辑中最重要的环节，在他看来，能一事物同时兼具二者的非莆田系医疗莫属。在中国的医疗健康产业中，莆田系医疗有其不可忽略的特殊性。

莆田系医疗，在中国有着举足轻重的位置，是永远无法绕开的话题，因为其数量庞大，且以"野蛮生长"的方式迅速扩张，可也因此饱受争议。此外，医疗多年来一直保持着低调神秘的姿态，远离媒体，所以大众对莆田系产业并不是十分了解。加之经过二十几年的沉浮，莆田系医疗蕴含着的强大力量难以估计。

那么，冯仑到底看到了莆田系医疗的哪一点，让他如此执着？难道他对莆田系那些挥之不去的争议毫不在乎？医健联盟的秘书长蒋涛给出了这样的答案：医健联盟与传统行业组织完全不同，并没有具体管理，而且入会标准极高，目标十分明确。这个联盟，参照了中国城市房地产开发商策略联盟（即中城联盟）而建立。

冯仑最早提出医健联盟的时候，将其看作是立体城市医疗产业的落地踏板，同时还要通过这个联盟，重新塑造莆田系医疗的面貌——它起到的是助推的作用。冯仑在与蒋涛提到这个项目时，展示了自己周身上下的江湖气，言语中满是"带头大哥""江湖辈份"。说到兴起之时，干脆做起了抱拳动作——对冯仑而言，这是他所经历过的最真实的底层民间文化。

　　冯仑说："我看见的是生命力。每个人做事都非常痛快，这就是民间的力量。"随后，他便入驻莆田系医疗体系，与工作人员称兄道弟，研究、了解他们，也跟着一起学习、讨论。那时，关于莆田系医疗的争议实在太多，可这对冯仑来说，都不值一提。

　　眼下的一切，都是按照冯仑脑中民营企业发展的商人逻辑发展的。当所有人都觉得莆田系医疗不好的时候，他却看到了其最健康的一面。

　　冯仑游走于莆田系医疗，一走就是上百家，莆田系医疗一共有8千多家，他硬是在其中找到了他们的"领头羊"。他知道，这个过程并不难，每个民营企业都有带头的，只要找准位置，抓住带头大哥，和他们好好交流，就能得到想要的。

　　交流也没有想象中那么难，冯仑以"苦出身"为突破口，打出了情感牌，毕竟生长基因都一样，大家也都是在"野蛮"中生存，所以见面格外亲，很快有了共鸣。

　　冯仑先是介绍了"中城联盟"是怎么回事，再带着大哥们去了趟西安，就立体城市项目开了研讨会，一起吃饭，随后在车上又简单地讨论了一下，最后彼此有了一些新的想法——建立联盟。没有多少波折，事情就已办的八九不离十了。从西安回来后，冯仑找来翁国亮，开始筹备接下来的工作，后经两个月的时间，便把医健联盟组建了起来。

　　经过详细研讨后决定，按照中城联盟的形式来组建医健联盟。组建联盟就是为了先统一价值观，然后再解决发展中遇到的财务、人员分配等问题，以求未来的良性发展，为的就是把整个"游戏规则"研究透彻。因而，医健联盟的成立，使莆田系医疗建立了一个正确的、可持续的价值观，并在此基础之上成为一个特别规范的、拥有无限上升空间和发展前景的医疗群体。

有了这个联盟，立体城市在医疗健康产业的发展方面便等于有了落地的依托。虽说"莆田系"医疗不是立体城市的全部，但它却是中流砥柱。在组建联盟的过程中，让冯仑很高兴的一点即是工作中大家都很痛快，完美地展示出了民间力量，这是官场无法比拟的。

他说："组织联盟，第一点就得有足够的钱，刚开始做的时候，很多东西都不完善，只有一个翁国亮给的账号，大家什么都没问就直接往账号上打钱，一点都没含糊，这就是信任。"

而对他而言，接下来的工作是：除立体城市的相关工作之外，还要处理好整个行业发展的相关诸多问题。

第一，资金。获得了来自平安银行 100 亿的授信，这样就解决了未来发展的资金问题，这也是至关重要的问题。

第二，批准。获得了成立中国第一家 HMBA 的批准，即 Health MBA，并设立莆田学院。HMBA 主要用来提升莆田系的商业管理水平，其中招入的学员均以莆田系人员为主。一共有 1 万多家民营医疗机构，很大一部分人都需经过培训，这个 HMBA 就是培训中高层管理人员的。

第三，筹备。筹备即组建公司，主要针对未来三甲医院的管理，需先在工商管理处注册，随后还要筹备一个基金会。

短时间内，冯仑让整个莆田系医疗上升到了一个新的高度；更重要的是，它们彼此之间不再是竞争关系，而是互相学习，并有了积极、向上、健康、奋斗的统一价值观。这使得莆田系医疗在未来的市场上有了更长久的生存周期，也具备了更强的竞争力。

随着莆田系医疗整体形象的提升，社会和媒体对其看法均有了改观。冯仑还打算在北京开放莆田系医疗，让外界学习参观，目的是让莆田系从幕后走到台前，从神秘变得更加透明，让群众看一看它到底"是好是坏"。

每逢春节，冯仑还会专程赶到莆田去拜访当地的老神仙。因为春节期间人员相对比较集中，所以基本上可以见到所有当地德高望重的莆田系医疗界达人。

莆田人有一个传统：每逢春节，一定会回到家中与家人团聚，并且一般回家都要留至正月十五才离开。最有趣的就是，他们还自发组织了一些医疗器械展览会，各厂家届时都会赶去现场做个规模不小的交易会。

入乡随俗，冯仑随着百姓的习惯，一起串门走亲戚，甚至还参与了几次相亲会。莆田人的联姻方式都是本家族结亲，模式十分传统。不要小看这些习俗，谁和谁结婚了，会决定下一年的民间医疗走向，所以这里的春节既有趣又极具商业价值。

女眷，在莆田作为维系关系的重要因素，被敬重为"女神"，所以女性在他们的精神世界里起到了至关重要的作用。他们认为，一个家族的收成、后代，都和"女神"有着莫大的关系。

最早出来做"女神"的开山始祖，已有六十多岁了，江湖隐退已10年有余，她当时主要负责照顾大小庙宇以及庙中的各位"女神"。管好这些"女神"，就能保住整个莆田的发展，这相当于抓住了莆田人的精神，而想要抓住精神，就要先抓住这里的女人，保证她们每年都回来。

这时，冯仑看明白了，原来领导们所管的就是：未来、精神、价值观，然后合并统一思想，实现一把抓。

表面上看，冯仑强制性地把自己和医疗、莆田系等词语联系到一起，似乎有些偶然，其实这也是他万般无奈后的唯一选择。政府管理的公立医院和国外的医疗机构，在合作方面十分麻烦，且困难重重。如此，莆田就成了民间留给冯仑的最佳选择，也是唯一选项。

对于莆田系的好与坏，冯仑不敢妄自评价。他觉得，自己没有评价的资格。实际上，莆田系医疗和大多数民营企业一样，都是要经历一段历史过程的。这些企业早期难免粗糙，市场上充斥着各种假冒伪劣，但这也仅限于早期。如今，市场上出现的很多东西都是民营企业制造的，难道所有的都是劣质的？想来，是不能一概而论的。

莆田系医疗在早期存在一些与生俱来的问题也属正常。客观来看，其一样有优有劣：优点是生命力顽强，市场氛围好，服务好；缺点是部分单位过度医疗、过度促销，为了获得短期的暴利而破坏了原本的良好口碑。

在过去的几十年里，整个莆田医疗系统衍生出了一批具有前瞻性、专业服务精神理念，并拥有优秀管理的大型医疗机构。冯仑看准的是莆田系医疗未来的发展，他知道莆田系医疗最需要的是一个带头人，以便让他们成为一个互相促进的整体，使莆田系医疗进入健康成长的新时期。照目前的形态继续发展下去，在未来的50年后，莆田系医疗系统成立一个哈佛医学中心这样的机构，是完全有可能的。

"乌托邦" 风险

任何"力"都不会永存，终有消耗殆尽的一天，所以"永动机"是违反能量守恒定律的，它一直都是一个不成功的设想。

冯仑的立体城市，在一定程度上有些近似于永动机理论。他以立体城市产业为主导，打造"产城一体"的永动新型城市，在城中居住的居民可以实现就地就业。

"乌托邦"式的完美构想，似乎与今天城市建设的实际情况背道而驰，但冯仑始终坚信并一直保持着极高的热情。自 2009 年北京万通立体城市投资有限公司成立以来，他先后选择了廊坊、成都、西安、温州等城市作为立体城市的试验田。但是几年过去了，从外在环境上看，仍看不见立体城市的雏形，这几个城市的项目进展情况也都大同小异，难道立体城市真的要成为梦幻泡影吗？

从成都出发，驱车一路向南行，经过麓山国际大道和万安镇交接处，便能看到高饭店村。根据历史记载，苏东坡常在此地歇脚，品尝这里出名的粗粮，稍作饮茶，再赋诗几句，于是这里便有了名气，被当地人称作"粗粮古村"。

历经千年风霜，岁月的凛冽让这个小村变得安静祥和，虽不知苏东坡到此小村的情景，但此时鲜花盛开，满山遍野的青翠，让人不得不以为这里就是钢筋混凝土之外的世外桃源。

万通的思想狂人冯仑，已将这个安逸的小地方规划进了自己的宏伟蓝图之中。这个地产狂想家，此时要改变人类的住房历史，投资 500 亿元来打造一个可住进 10 万人的摩天乐园，成都立体城市的所在地，就是此处。

　　然而，事情的进展并没有计划的那么顺利，原本被众人期待的项目却屡遭磨难，成都立体城市现已有了框架，但远未达到计划中的预期进度。时光飞逝，万通尚未取得成都项目中的所需土地；随后问题急剧恶化，由于发展过于缓慢，因停滞不前而造成的损失越来越多，随时有可能面临13亿元的信托资金将要到期的兑付风险。

　　尽管冯仑一再强调，其团队已投入了大量资金在前期的准备工作上，在技术支持和数量模块方面也进行了极其周密的研究，但立体城市仍只是地产业内部的一个崭新概念，对于外界和政府部门来说，始终是一个没有被完全接受和信任的高风险投资。

　　冯仑面对这样的现状，仍保持淡定。在面对外界不断变大的质疑声时，他用一贯擅长的"段子"做出了有力的回应："不要觉得洞房里没有动静，大家就都想扒开门看一下。目前，项目进展一切顺利，天府新城的详细规划已经通过，其中包括成都立体城市的下一步计划。"

　　虽然冯仑这样说，但明眼的人都很清楚，成都立体城市自开建以来，始终都没有放出具体的开工时间表。而西安、成都、温州三地，耗资近千亿元的资金压力仍是个巨大的问题，对于立体城市概念所提出的5年计划，目前没有任何具体的产品面市。在这样的情况下，冯仑又定下了入驻北京和两个未知城市的惊天计划，在计划中，成都立体城市中1.3公里的城市核心地带，周围拥有4.5平方公里的高级绿化林带，主体建筑可容纳10万人口，人们居住在20层楼，而30层楼的位置将打造空中花园，40层楼则修建酒店大堂，50层楼用作西红柿农场……对外界来说，这不禁引来了业内人士的鄙夷，他们纷纷对其不断扩张的计划表示怀疑，普遍认为这只是又一个"乌托邦式"的造城计划。

2010 年时，冯仑在成都举办了"立体城市、未来中国"的全球巡展，当时任四川省委、成都市规划局等均有领导出席了展览揭幕仪式。

2011 年末，北京万通立体之城投资有限公司与成都市双流县正式签订合作协议，将"天府生态健康城"作为主要投资合作项目，至此，冯仑与成都双流县政府握手言欢。遗憾的是，虽然合作表面进展得如此顺畅，也得到了政府的支持，但时至今日，项目却仍未获得关键性的土地。

一时间，关于冯仑的立体城市，众说纷纭。从曾经的"神奇城市"变成了现在的"隐形之都"，很多人曾去探寻过这个未来之城到底藏身何处，但最后都败兴而归。对于慕名而来的到访者，高饭店村村委会负责人这样回应，几年前就听说立体城市要过来，我们还担心这东坡故地将会不保，但大伙儿又都想看看这"立体城市"到底是啥样，可是一直都没有动静，既没有动工，也没听说要拆迁。

双流县政府也因强烈的舆论和媒体压力作出回应：对于具体的规划和相关的合作意向，县政府方面也不是很清楚，如果这个项目真的在这里，一定是作为天府新区全力支持的重点项目，"立体城市"一定由四川省和成都市政府带头来做。然而双流县只不过是为立体城市提供施工地点，具体的决策意见也都是依照上级安排，上面让怎么做，我们就怎么做。

据相关部门介绍，双流县属特殊地质地区，所以在此地实施建设项目，要按照程序将此地先变成农业用地，才可以施工，而"调规已经申报到省厅"。

事实上，冯仑早在中城联盟成立的时候就已表示过，如此巨大的占地面积，在规划上一定要不断地进行调整。

早在 3 年前，"立体城市"选在成都双流时，双流县政府就已明确表示过，成都立体城市的问题不要再提及了。更换领导之后，启动了"北改工程"，使得"立体城市"不得不为其让路，这也是造成立体城市项目悄无声息的一大原因。

随着整个事件的面纱越来越厚，冯仑不得不出面做出回应。在亚布力企业家年会上，他很认真地对所有媒体说："其实一切都在顺利进行，天府新城的详细规划刚刚通过，其中包括成都'立体城'。"

而关于信托基金兑付风险问题，冯仑并没有给出太多回应，"做项目，最重要的就是有钱，要是钱上出了问题，我还在这谈什么做项目！"其实，早在项目成立初期，冯仑就已与刘永好及投资商谈过关于信托基金兑付风险的问题，他和刘永好做了详细的安排，并承诺整个工程绝不会出现任何"问题"。

几年过去了，该项目只是偶尔跳出几条无关痛痒的消息，到底项目推进如何，无人知晓，而今时今日，"立体城市"到底坐落何处，也已成谜。

曾有知情人士透露，该项目当时只和政府谈了一个意向就崩盘了。申银万国的一位行业分析师曾在媒体上谈到过冯仑的"立体城市"，他表示，每一个计划项目的占地都很大，动辄数平方公里，想要从政府手中拿到如此规模的土地面积的可能性几乎为零。如此，对立体城市而言，刚要迈出第一步，就发现下一步是一片汪洋大海。

在此之前，冯仑也出面表示过，鉴于"立体城市"的项目建设在房地产开发领域还没有先例可循，相关法律也没有详细的说明，所以地方政府随时可能爽约，万通目前对于项目的执行周期完全处于零控制状态。

的确，时间上的不可控制性，导致了万通在此项目上的无限延期。过多年之后，当地政府换了领导班子，之前的沟通又要重新开始，许多发展计划变得异常尴尬，这无疑让事情本身进入了死循环。对于冯仑来说，这才是最大的挑战。

好事多磨：冯仑大梦

5 年播种，仍未发芽。

其实，成都并非冯大师"立体城市"的首块试验田。自立体城市在 2009 年于哥本哈根"中国商界气候变化国际论坛"公开之后，从未停止过前进的步伐，虽然没人看到有何进展，但冯仑始终坚持称，一定可以一步一步变为现实。

2010 年时，冯仑信心满满地在媒体面前公开表示，万通首个立体城市计划将在廊坊启动，计划在 2011 年年底开工。当时的规划和冯仑初期的计划大致相同，在 1 平方公里土地上建造 600 万平方米的建筑，项目总投资将达到创记录的 530 亿元之多。

可惜，廊坊项目似乎没有什么"福气"，最初的两年，几乎相关立体城市的报道都在主打"廊坊"，但最后却以"夭折"告终，这让所有关注立体城市的人不知应为此失望，还是叹惋。而这是否也意味着，其他城市的立体城市计划即便是避免了廊坊项目早早夭折的问题，也会在推进的过程中遭遇不可预知的变数？

"无独有偶"，位于温州的立体城市项目，于 2012 年 9 月签订了投资意向协议，可至今仍未得到任何进展的消息，其总投资额达 210

亿元之多。藉由此，立体城市目前停滞不前的状态就不难理解了。

相较于廊坊、温州两地项目，位于西安的西咸新区属于后起城市，鉴于前两座城市的失败，新项目制定了一定的应对策略。从整体情况来看，西咸立体城市从签约、拿地到开工，进展得还是相对顺利的。

2014年4月，北京万通旗下子公司耗资1660万元拿下了秦汉新城地块，这块地也是为立体城市做准备，这当属有史以来迈出的最坚实、最具实质性的一步。此地出售时，只报了一次价，冯仑就毫不犹豫地买了下来。他用自己的坚毅证明，这块地就是不折不扣地为立体城市"量身打造"的。

同年7月，立体城市项目正式进入施工阶段，这是该项目分别在4座城进入正式施工阶段以来走得最远的一次。本次购地只有11680平米，约17.52亩，耗资1160万，与整个项目总用地面积3.81平方公里和总投资300亿元相比实在不值一提，这仅是西安立体城市迈出的一小步。

西安项目正在如火如荼地进展，成都双流项目也迎来了重新启动的消息。冯仑表示，已经与新上任的领导进行过沟通协商，并达成一致后做出了决定。成都立体城市总投资高达500亿元，预计居住人口9.7万余人，由曾设计迪拜塔的美国设计公司参与设计。

廊坊项目的失败与成都项目的重新启动，让立体城市的实现更为扑朔迷离，没人知道该项目何时会停滞，也不知其何时又将继续。也许，一夜之间，冯仑名垂千载又或者一步踏错从神坛跌落。

有人说，廊坊立体城市计划失败的原因，主要是后期与政府的直接冲突造成的。冯仑对此说法做了评价："这样说无非是'黑子'

们自己臆想出来的结果，自己多年来一直都是以事缓则圆的方式闯荡江湖，怎么会与政府发生不必要的矛盾，自己是做房地产的，得罪了政府就是砸自己的饭碗，这是再简单不过的道理了。"

随后，冯仑带着立体城市计划进入成都、西安、温州三地，虽然阵势庞大，但终究是纸上谈兵，"计划能登天，实际下地都难"，到现在也没有任何具体成果发布。

冯仑用"生孩子"的段子来向人们简单介绍了立体城市目前的进展："最近一段时间，大家见了我就问怎么样了？就仿佛在问一个孕妇。立体城市就仿佛是那个孩子，你'怀'了4年，这个孩子到底有没有'出生'？后来，我就告诉他'生'了，一拍屁股出声了，活着！只是这'孩子'还躺着。什么时候站起来，一年以后站起来，目前的立体城市就是这样一个情况。"

其实，"立体城市"在业内是被很多资深人士认可的，兰德咨询总裁宋延庆就曾表示过对其的看法，他说："冯仑的立体城市的确具有跨时代的前瞻性，有他的优势和特点，但在实际情况中要想做起来，确实要面对很多'壁垒'，比如政策、土地、生态、能源、技术、商业模式等等，不仅需要考虑的问题多，还要适应这些问题随时的变化。"亚豪机构市场总监郭毅也认为，立体城市需要的时间不是一年两年，而是一个需要长时间等待的漫长周期，这不是在完成任务，而是在改写历史。一点失误，就会让一切夭折。

然而，面对疑虑，质疑声虽然一浪高过一浪，但业内部分专业人士依然对"立体城市"充满希望，其中就有国家规划院、中科院予以支持。有了它们的助阵，让一切都变得更具说服力，冯仑对此也颇为满足，不管怎样，得到国家的支持和重视已是很大的进步了。

冒着几千亿的风险来挑战大自然，冯仑的这个梦势必会因资金而倍感压力。在几个项目落地后，投资资金相对普通地产项目高出3倍以上，普通项目一平方公里的投资约为80亿至100亿元，而"立体城市"则要消耗300亿元以上，甚至更多。根据万通公开的统计数据来看，成都、西安、温州三地的整体投资将会达到1010亿元。

如此大数目的资金，在冯仑眼中其实并不算天文数字。

首先，资本支持。万通会对该项目予以投资，虽然两者是彼此独立存在的。此外，还包括基金投资、其他上市公司投资、银行等大型金融机构的扶持，这即能形成各类财务组合，以缓解立体城市的财务压力。

其次，合伙人支持。立体城市三大股东分别是冯仑、刘永好、王兵，其他成员还包括红杉资本沈南鹏、易居中国董事长周忻以及诺亚财富总裁汪静波等。有了这些财团及金融机构的支持，资金方面不会成为不可跨越的门槛。

事实上，对于立体城市的探究，归根结底地说，便是如何赚钱。与这点相比，质疑之声其实并不重要。

从赚钱的角度看，立体城市是一个十分冒险的投资行为，但在冯仑眼里，这是开辟新市场的举措，以此便可找到新的蓝色海洋。

在传统的商业模式运作中，不断创新是赚钱的唯一途径，能赚到的钱是有限的，但赚钱的途径却是无限的。当然，创新未必马上会见到利润，但不创新有可能迅速死掉。立体城市项目自开展以来，在概念规划方面就已花掉了几个亿，这对很多传统企业来说是难以想象的。

所有人都在质疑，冯仑不断往立体城市项目里砸钱，却又不见立体城市的庐山真面目，换言之，最终砸进去的钱要怎么收回？打水漂吗？

对于盈利模式，冯仑闭口不言。

他说："赚钱的事不能告诉你，一旦告诉你，其他投资人就该有意见了，不让往外说。那么多投资人，怎么赚钱，自己都有算盘，赚到以后肯定告诉大家。"

宋延庆曾分析过，他觉得立体城市的盈利模式一点也不复杂。

首先，万通作为土地的一级开发商，熟练土地、规划和概念打造，再把土地转让给二级开发商，这样就会得到土地开发环节的溢价。

其次，在"立体城市"项目背后一定还有其他自留项目，比如住宅、办公区域及其他产品销售后带来的溢价等。其实，冯仑已经留下了很多线索，只是很多人没有意识到。成都立体城市基金路演说明书中就提到过，成都立体城市项目的土地成本为每平方米240元，最终出让的平均土地价格将会达到每平米1000~1200元。

若将各项成本放在一起计算的话，即使土地成本继续上升至每平米1000元，土地转让预计价格仍在每平米1900元以上。按照这个定律推算下去，万通仅在土地方面的收入就已达到了100亿元之多。除去成本，一个"立体城市"的利润可达45亿元左右。

目前，冯仑并未停止"立体城市"打入新城市的计划，在西安、成都、温州三地之后，随后也与北京相关部门会面并沟通了关于北京立体城市的诸多计划，而落实已指日可待。与此同时，还会有另外3个城市加入到"立体城市"计划中来。

这般看来，"立体城市"的温度不降反升，且大有愈加狂热之状，难道如此铺开盘子，冯仑不怕不堪重负吗？其实，他自己也承认，当下还不是"扩张"的时候，全国遍地开花，自然也会如履薄冰。故而，当很多城市向其发出邀请后，他都婉拒了。在他看来，以万通目前对立体城市的了解，很多城市还不适合这一项目的发展，但北京肯定要去，至于其他项目的归属地问题，尚不能确定。

或许，在冯仑的思维中还有着"输赢"的世俗之道，毕竟到了北京，就能与潘石屹、易小迪切磋一番了。

而立体城市本身这一概念虽已不新，可若某一天遍地可见拔地而起的"空中楼阁"，想来也是蔚为壮观的。这是冯仑的大梦，可谁能不说，这也是一个时代的大梦呢？

后万通时代

勇闯"自由塔"

2009 年，"土匪头子"冯仑又有了新动作——万通公司正式进驻"自由塔"，这是他人生中最自豪的一笔生意。作为中国民营企业的万通，却以一号租户的身份，拿下了"自由塔"的最高五层，在"抄底"美国的同时，布局"中国中心"。自此，这个草莽男人在美国的心脏插上了"中国国旗"。

纽约的世贸大厦遗址对于美国人来说意义重大，这不仅是"历史的耻辱"，也是美国昔日经济巅峰的象征。在外界看来，这是对资本主义敏感地带的肆意撩拨，但冯仑却认为，这并非出于民族主义情怀，只是一次赚钱的买卖而已，是中国企业国际化的新篇章。

这天，骤雨暴降，冯仑在自由塔顶层签下了"中国中心"的一纸合约，就像是骤雨过后的彩虹，在未散去的阴暗天色中的一抹彩色。早在2003年，冯仑就已经注意到这个重建项目了。

"9·11"过后，世贸中心遗址废弃多年，特殊的原因、特殊的身份，让此地一直充满着人权的尊严和反战的信仰。不久，自由塔成立的消息放出，冯仑第一时间赶到美国，但事情没有想的那么简单，谈判进行一半便夭折，直到2009年才完成了这"伟大创举"。

冯仑心里清楚，中美关系这么多年来都是"纸上谈兵"，尤其在经济方面十分敏感。但实际上，这是一个一拍即合的结局。在他看来，若能在美国中心的自由塔顶端建立五层办公空间，这不仅是建立在"9·11"事件废墟之上，同时还具有无与伦比的商业价值和历史价值。

"中国中心"总建筑面积达1.76万平方米，年租金逾1.06亿元，对于各个领域来说，如此空前绝后之举都是一个引起争议的焦点，既讽刺又丰满。

然而美国政府对此给予了冯仑极高的认可，且极力促成，在超高的签约金之外，更多的是对政绩的追求，以及美国历史成功的佐证——英国很早就在美国建起了英国中心，德国的德国中心和歌德学院以及"中国之心"之前的中国的孔子学院。

2003年的世贸遗址还是一片废墟，在情理上很少有人敢去触碰这块敏感的土地，加之美国相关法律等诸多原因的影响，其价格异常低廉。冯仑是全世界第一个来到这里谈关于这块土地的外国公司。当时很多美国官员都很震惊，他们惊叹的不仅是第一家来此的公司来自美国之外，还因其来自中国。

在恐怖袭击事件之前，"世贸中心"大楼一直归政府所有，业权在政府手上，但是主要经营权却被一个叫拉里·西尔维斯坦的犹太商人掌管，他买下了99年的出租权利，成为了世贸中心重建的关键性人物。冯仑直接找到了拉里，拉里很爽快，提出的条件十分合理。

"中国中心"所在位置过大，出租起来自然十分困难，因此，万通作为最大的商户，一举拿下两万平，整个市场瞬间沸腾了。

然而好事多磨，新建1号楼位于曼哈顿区南部，原世贸双塔北侧，2006年开始建设。新世贸中心包括6座摩天大楼，分别为在建的1、2、3、4、5号楼和已经落成的7号楼，全部工程定于2015年完工。在一切按照预想计划如期进行的时候，经历了两年多的谈判却戛然而止。冯仑满心欢喜地带着4500万美元信用证赶往美国，准备进入下一部签约的时候，拉里却单方面宣布中止合同，并对世界媒体宣称，万通谎报财务资源，并对万通在7号楼内施行餐饮、住宿等改建计划不予通过。

餐饮和住宿对于"中国中心"的整体构建和经营计划来说，是整个增值设想的关键。纽约是美国的旅游及商务要地，并且是世贸遗址和新世贸中心的所在地。巨大的客流量将会给只剩下半条命的纽约带来无限生机，其商用物业项目，自然会带来意想不到的效益。

而此时的突变，对冯仑而言，无异于将万通的商业计划置于死地。冯仑无计可施之际，传来了一个好消息：美方政府命纽约港务局斥巨资对世贸进行重建，其中大部分资金将用于世贸区域地下工程的基础设施建设。

这是绝对的亲民政策，可以更有利地与"中国中心"结合到一起，实现利益最大化，也是冯仑以及万通决定在此投资的关键原因。

其投入资金将达到 102 亿美元之多，纽约港务局便是我们所说的一级开发商。

在外界，冯仑的形象一直都是保守、稳妥、谨慎，而这次撼动世界的举动，却让中国很多地产商人为之撼动。冯仑对未来的无限憧憬在脑海中不断闪现，但他未被这样的美好景象冲昏头脑，他很清楚这个过程会十分复杂。为此，他指派了一名经理，带着一个精英团队，主要磋商万通与世贸合作的诸多事宜。

随后，万通与纽约政府及世贸相关方面就前期工程的合作展开了紧锣密鼓的谈判。仅商务条款的谈判，便从 2005 年 5 月至 2006 年 1 月，用了大半年时间，可见谈判过程的复杂程度。

接着，冯仑参与了法律合同的相关谈判，一转眼谈了 5 个月，这让博闻强识的冯仑也不得不为之称叹。双方共出动了 10 名世界顶尖律师，演绎了一出前无古人的顶尖房地产项目合作的"律政之战"。

过程是惨烈的，但每一步结果却让所有人看到，这次合作是必然会成功的，而双赢是最终结果。故事没有一帆风顺的，事件也总会随着剧情的发展而此消彼长。就在冯仑刚刚落下负担时，新的问题又出现了。

2006 年 1 月，变故骤然加剧，世贸中心的市场预期价值大幅上升，这对于当下谈判中的万通来说，则不是什么好消息——这个条件必然会成为美方在谈判中抬高租价的砝码。

不出所料，美国的气势逐渐升温，额外要求一个接着一个，其中让冯仑最为头痛的，就是美方在安全考核当中提出诸多不安全因素，并以中国为高人口国家为由来要求"中国中心"的进入人数。这样一来，对万通以旅游带动服务的连带经营方式造成了非常大的阻碍，预计每年损失达 500 万美元之多。

2006 年 6 月 30 日，逐渐被添加的条款及限制组成的合同正式文本达 200 页之多，合同副本更是夸张地达到 1200 页。

取经之路九九八十一难，哪里这么容易就通关？之后的问题更是完全不在冯仑的计划之中，美方竟要求万通在 10 天内提交 4500 万美元的信用证，并且拿到纽约港务局对合同审批的结果，但正常工作流程最快也要 60 天到 90 天。一时间，儒雅的冯仑也儒雅不起来了，在美国人听不懂中文的情况下，曾多次大爆"粗口"，看着老外不知所以的表情，冯仑哭笑不得。

随后，冯仑回到国内，由国内银行开具手续并由香港上海汇丰银行担保作为转让行，送到美方业主手中。回到总部的冯仑立即召开联合会议，在会上他说的第一句话就是：我脑海中有一种不祥的预感。刹那间，他那凌乱的脑内神经好像被撕扯过一样，一下想起之前与拉里会面时的对话。

当时，冯仑对拉里就中国批文一事解释了很多，最后甚至于到了除根深蒂固的中国思想外，完全没有办法再解释的地步。拉里疑惑，作为民营企业为什么还要有批文，到底怎么批？

冯仑知道，这是两国经济体制的基本差异，所以便用画图的方式给拉里做图解，但画来画去，越画越乱，最后自己都蒙了，光是画简单的步骤就要十几道甚至是几十道程序。冯仑把最简单的步骤图解画好后，本想给拉里看，但伸出去的手又拿了回来，他笑着拍拍自己的脸，坐在沙发上叹了口气。

整个过程实在是太复杂，别说他是犹太人，就连诸葛亮来了，一时半会儿也未必能看懂，除非拉里在中国待上十年八年，才能理解这其中的"苦楚"。

实际拉里完全不需要明白中国式程序的复杂度，只要他能发现问题和错误就可以了。这一点，完全证实了拉里是个成功的商人，冯仑自认不如。拉里还提出了一个十分专业的问题，即财务上的"超长周期"。

冯仑用尽各种办法，最后用了3周时间把所有文件都交到美方手中，但美方认为，关于之前的问题，早已超出约定时间，并再以此为由终止合同。如此，冯仑要如何攻克这个致命难题呢？

打造"中国中心"

美方要求万通在10日内提交所需文件，其实是一种恶意刁难，这导致冯仑超出了约定时间。问题的出现，首先是国内的问题。根据美方提议，万通要面对两家银行，两家银行又都是国家特殊部门，要想让他们坐在一起来办理这个文件是完全不可能的。

按照"游戏规则"，先后关系都是十分讲究的，对于美国严苛的办事顺序要求，冯仑只能将大量的时间放在与各部门之间的妥协上。在海外施行贸易投资，一定要经过政府的批准，并且审核通过才能执行，就万通的案例而言，其中最主要的部门就有7个。

相比之下，拉里在美国办这些事情，几乎不需要和任何人打招呼，这就是拉里不理解冯仑的最主要原因。

再则，就美国的问题而言，很明显，美方不想把这只"肥羊"轻而易举地让给中国。甚至说，就算冯仑真的在10天之内拿来这些文件，美方还会用其他借口来毁约，所谓"欲加之罪，何患无辞"。更何况对于美国来说，中国的诸多问题都"匪夷所思"。

冯仑曾这样假设过，如果这次顺利在 10 天内完成，美国就会夸大"错报财务资源"。在国内，开具信用证是需要其他企业来担保的，但在美国的商业规矩中，相对要人性很多，既然是有信用的企业，为什么还需别人来做担保？难免会让人觉得这是在"自圆其说"。

冯仑回去翻看了些书籍，整理了一下自己的思路。其实，几乎全纽约的人都支持冯仑，从政府官员到商人都和拉里进行过多次交涉，就连拉里的朋友都曾多次出面帮忙说话，因为大家都知道，这对于纽约的经济产业是有极大好处的。市长亲自致电拉里，可拉里就是不买账，原因很简单，这块土地的价格在飞涨，7 天之内已经涨了两次，拉里就是吃定了冯仑着急的心理，才不紧不慢地"躲避"着。

原本拉里正愁没有反悔的理由，冯仑却在提交文件时迟到，索性其借题发挥，什么州长、市长，统统不给面子，"拉老板"小手一挥，潇洒地开着游艇游玩去了。此时，冯仑一下子明白了，拉里就是想多捞些钱。

拉里在业界是出了名的认钱不认人，这件事要追溯到"9·11"的索赔官司。早在"9·11"3 个月前，拉里就给自己买了一份特别的保险——专门来预防恐怖主义行动所造成的各方面伤害的保险。

当时，很多人都以为拉里是杞人忧天，甚至是土豪的神经病发作，毕竟从来没有人买过这种保险。随后，"9·11"事件爆发，拉里要求保险公司索赔，保险公司点头答应了。不过他仍不依不饶，认为"9·11"事件炸毁了两栋楼，并且爆炸是分两次发生，其间有两分钟的间隔，所以是两次恐怖袭击事件，自己应得到双倍赔偿。对于这样的说辞，保险公司自然不能同意，因为这样的保单搞不好会把保险公司搞垮，所以保险公司一再坚持"9·11"是一次爆炸事件，只赔偿一次。

拉里不满意，便与保险公司互相起诉，一来一回，谁也不肯松手。冯仑在谈完"中国中心"的项目后，曾用这件事调侃过拉里，说他要是在中国做这样的事情，早就被口水淹死了，因为此举在中国，一定会被认为是无良企业在大发国难财。

可事情毕竟不是在中国，美国的政策让冯仑羡慕不已，眼看着拉里对政府不屑一顾，他也说不出个所以然来。在冯仑眼中，拉里就是这样一个天天吵着打官司的人，不管舆论给予怎样的压力他都不在乎，而且只要打起官司，他还肯定赢。

拉里如此嚣张，其实是因手里有政府的"把柄"。他手握世贸的主要经营权，因此在重建过程中扮演着极为重要的角色。是时，他眼看着房价一天天飞涨，所以一直拖着这件事情。

对美国了解得越多，冯仑对拉里看得就越明白，拉里不出声，他也不出声；他知道，最后逼急了，美国政府一定会想办法。因为美国政府要发行债券，还要给补助，要是不给，拉里就会以没有钱做借口不建新世贸。

对此，美国政府"压力山大"。一转眼，"9·11"过去5年了，政府在此期间下发的补助多达102亿之多，眼看都要完成的项目就这样"卡壳"了。政府迫切希望大楼可以建起来，首先是"自由塔"——曾经的最高标志性建筑物，而且还占了"自由"两个字；其次，楼高1776英尺，寓意美国1776年建国。

就这样，拉里和政府之间的小账算了一年之久，冯仑也跟着着急了一年多。眼下的问题，从冯仑与拉里之间的较劲变为拉里与政府之间的纠缠。

美方政府和拉里经过谈判，要求他把经营权退还给政府，并且由政府出钱买下 3 号楼的经营权，这样一来，政府就可以先把自由塔建起来了。最终，商谈了一年之久，政府拿回了全部经营权，拉里则从政府处拿到了超过 1 亿美元的补偿。

这下，冯仑算是长见识了，他充其量算是个"文明土匪"，此番见到的这个拉里，可称得上是"野蛮土匪"了。既然拉里都能为了利益跟政府撕破脸皮，那么万通也不会有什么优待。冯仑看了下资料，发现 1 号楼也是拉里·西尔维斯坦家族的，7 号楼没谈成，估计 1 号楼情况也差不多。

冯仑一边学习，一边找对策。时间飞快，转眼就到了 2008 年，这是全球金融危机之年。拉里和政府同时受到影响，这才是真正的峰回路转、柳暗花明之时。2009 年 3 月时，政府成功买回了开发权，对于拉里，除了赔偿就是赔偿，拉里的态度很明确，自己占不到便宜绝对不行。最终，他选择以套现的方式退出。

拉里这个混世魔王退出后，一切都变得简单了很多。冯仑的机会又来了，于是再次到纽约港务局进行谈判。这一次，他早早准备好了信用证，不给美方任何退避的机会，并担心美方出阴招，谈判前在纽约放了一大笔现金，但这其中也出现了不少风险，美国金融危机十分严重，好多银行都传言要倒闭，冯仑有些害怕，便带着身边的员工连夜把钱取了出来，转去中行。

曾经的麻烦过程，现在都不需要了。由于金融危机，美方的态度来了个 180 度转变，由刁难转为热情，看来"谁有钱谁是爷"的道理，在国际上也一样具有说服力。至此，万通与"自由塔"签约成功。

万通新版图扩张成功，冯仑用自己的"野蛮"创造了后万通时代的辉煌，巩固了自己在中国房地产业无法逾越的地位，并在国际化的世界之战中争夺了一席之地，他不仅没有怯场，还显露出了"大哥"的风范。

冯仑本来的计划是，将纽约新世贸的"中国中心"打造成与"北京前门23号"功能相同的综合性建筑，均系由商务办公、休闲活动、娱乐会所组成的综合空间。一个是在中国北京的中心，一个是在美国纽约的中心世贸旧址。

冯仑每每讲到"中国中心"的时候，都禁不住满面笑容，他总是意犹未尽地说："一家中国公司把红旗插上了自由塔。"不过"自由塔"（Free Tower）这个名字已经被弃用了，新世贸被命名为"世贸中心一号"（One World Trade Center）。他要把这样的经营模式一直持续下去，不仅在美国有"中国中心"，还要发展到日本和欧洲。冯仑很清楚，这次成功并不是一个结果，而是一个新时代的开端。

我的野蛮谁能懂?

在冯仑眼中，"中国中心"并不是因出身而遗留的英雄主义结果，这不过是到目前为止，遇到的一个极富挑战的买卖而已。当然，这个买卖并不容易做，当真要倚靠"野蛮"的方式才行。

事实上，冯仑最终能成功拿下"自由塔"，不是单单凭借商业手段和资源配备，他骨子里就是个"野蛮人"，他有属于自己和万通的野蛮方式。藉由这种方式，冯仑不仅成功在"自由塔"插上中国旗帜，也一步步践行着万通的"前瞻式反省"。

2001年9月，冯仑正在西安，打算和王石一起开车去西部旅行。

当天夜里，接到河南建业董事长胡葆森打来的电话，胡葆森说自己身在台湾，看到了纽约世贸大厦大楼被飞机撞到，于是就想告诉冯仑——世界正在发生变化。

冯仑怎么也想不到，自己和万通以及"中国中心"会在日后，被记录在美国现代史之中。当时，他没有想过要和这个历史事件有任何关联，但"中国中心"的建立，注定会成为一个历史事件，并被世界关注着，被公众质疑着。

2003年，恐怖袭击的声音渐渐在人们的耳边散去时，冯仑悄然来到纽约。当他站在世贸中心废墟上时，却被一个犹太人的占有欲所讽刺，他就是冯仑在美国最难缠的对手、拥有世贸中心99年经营权的犹太商人——拉里·西尔维斯坦。拉里曾经的一句："在你的上、下、左、右、任意方向，三百六十度内，你所能看到的空间，都是我的。"正是这句话，挑起了冯仑身体里那根最渴望被挑衅的神经，同时，也激起了他深藏已久的征服欲。

1994年年初时，万通曾在西安买了一块地，正在筹备商业计划。一天早晨，冯仑和潘石屹跑去一家即将拆迁的小餐馆吃饭，两人蹲在地上畅快淋漓地吃了一大碗面条。当时的冯仑心里一直都坚信着，吃完这碗面条，命运之船就将重新起航，要是他们两个写一张支票，这里所有人的命运都将被改变。那时，冯仑才35岁，这是万通六君子分手的前一年。

到了2009年，50岁的冯仑征服世界的步伐仍在稳步前进着，他变得更加慎重，不再是那个文艺的诗人，也不是满心大事的愤慨青年，更不是爱慕虚荣的上流人士，而是一位实实在在的商人。冯仑一遍一遍地阅读着即将签署的合约，午餐的时候都不曾放下。

签约当天，冯仑在记者招待会上压制着自己的情绪，强忍着心中的喜悦，因为他已过了燃烧的年纪，不再需要用外物来证明自己——这既是永久性的张扬。

"中国中心"在天时、地利、人和方面的优势已经说明了一切，其所在地点是这个地球上最吸金的地方之一，其15公顷的使用面积，超过350亿美元的资金投入，甚至可以比肩奥运会的工程。作为北美最高的建筑，重建于世贸旧遗址之上，加上恐怖主义色彩和政治矛盾关系的渲染，让这一切看起来都噱头十足，同时也极具危险。

5年的谈判，让冯仑唏嘘不已，中美政商的差异拖慢了谈判进度，而且美方的刁难，也让迟到一周递交的信用证成了租金翻涨一倍的不平等"借口"。如果当时没有花这些冤枉钱，那么眼下的收益会更上一层楼，但长远价值却始终是不可估量的。这充分说明了冯仑当时的眼光和商业创造性。

冯仑曾在《野蛮生长》中感概："一个想要有所作为的人，一个负责任的企业家，应该有这样一个历史的意识：经常在历史中确定自己的位置，然后寻找未来的方向，留下过去的足迹。""中国中心"所体现的价值，恰好与冯仑的想法吻合。

抛开利益看发展，"中国中心"在侧面体现出来的另一价值则是："美国模式"对万通来说是一个绝好的学习机会。"美国模式"这一提案，是冯仑在进入商用不动产领域之后，于2003年提出来的，主要是为了突出其商用价值的核心地位和迎合品牌"万通中心"。冯仑认为，这会是万通地产即将迎来的新的"蜜月期"。

在当时，这还是国内未曾出现过的新概念，与"全能房地产开发商”的传统地产模式是截然不同的。

　　冯仑认为，传统民用住宅已经逐步走向道德化道路，这对于传统地产商来说是无法承受的束缚。他说："相比起来，商住不动产方面被妖魔化、被道德化和被政府过度管制方面比较少。"由此可见，商住不动产将会是万通挺进未来的又一条可行化道路。

　　操作商用不动产的公司就像是制片人，在"主开发商"的位置上，策划、协调、连接各领域关系，有效地控制了各方面的风险范围，增加其可承担能力，并达到最高的效益回报率。

　　万通将目标定在人均GDP6000美元以上的城市，加快城市建筑综合体——"万通中心"连锁式扩展的同时，创作出新的经营模式，培养出更多的商用物业人才，从而避免了商用地产对资金的大量控制及占用，解决了资本市场对企业短期提交回报的困难要求。

　　这5年来，"中国中心"项目不断为万通提供新的教材。通过对学习资源的善学善用，万通拉大了与国内商业不动产企业之间的距离。这些都依赖于冯仑的高瞻远瞩，万通地产在主战方面学习了"托尔兄弟"，在商业管理方面学习了"铁狮门"，这两家企业都是美国名列前茅的地产能者。

　　冯仑表示，万通地产在国内5大城市的万通中心内，正在同步操作，在团队、财务、模型和运营商配置上，全都可以模仿和学习美国。

　　当全世界都以为冯仑荷尔蒙发作、肾上腺激素分泌过多、试图征服美国的时候，他本人暗自高兴，因为他最得意的是"别人看不明白他"。

　　冯仑总是站在未来的角度来为今天做打算，他把这样的思想贯彻给整个万通。万通多年来都是提前两三年甚至更长时间来做完善的计划安排。很多旁观者看不明白，有时就连万通的员工也会为冯仑的做法感到不解，当他们向冯仑发问时，冯仑则回答："现在你不懂，半年之后可能就会懂。"

几年前，冯仑曾和天津泰达进行过合作，由于泰达是国企，所以好多人都在质疑冯仑为何不自己控股，而是转给外人，是不是万通有问题。

原因很简单，冯仑看到的是中国私企的现实状况，在彼此的是非之中，混合经济要适应社会转型的需求，为了保证在转型过程中能够维护制度的安全，所以必须如此。

明天安排今天，"冯大仙"难道真的有这样神秘的"占卜"能力？这种"占卜"在万通有一个很上档次的名字——"前瞻式反省"。近几年，万通所有的商业计划及安排都是按照这一方式进行的。

不管是什么事，都是人一点点做出来的，当我们每做一点时，就要慎重地考虑下一步，并思考自己是否要改变现状，因为社会的变化和环境的变化，使得我们必须预先做出计划。也许这个简单的道理与"知己知彼，百战不殆"道理相通，欲征服必先"前瞻式反省"，而后"野蛮"出击。

新"黄金三角"

数字"三、六、九"，从古至今都极富深意。古代人认为，万物起于一，极于九。"三"为"数之小终"，大可包罗万象，小可微乎至极；"九"为最大"阳数"，为帝王所用。也就是万物皆在其中，这三个基数无所不能。"三"和"三"的倍数，也在无形中显露出权之重、位之崇。

那么，冯仑与这些数字又有什么关系呢？

万通六君子聚义，创造万通辉煌，随后冯仑在"自由塔"顶端建立"中国中心"，在美国的心脏插上了中国国旗。此次征战海外，直入纽约腹地，其实并非单枪匹马，而是经过新一轮的江湖选拔，组成了后万通时代的"新三剑客"。所以说，冯仑一直与这些数字紧密地联系在一起。

那么，冯仑的二次兄弟聚义，又是如何在世界经济舞台上演绎中国式的商业传奇的呢？

世界经济危机全面爆发，形势不断恶化，房地产业的衰退也已经是必然。在如此反周期的情况下，冯仑"捞底"美国，并在纽约中心位置成立"中国中心"的布局，是极具战略意义的。这不仅能进一步促进美国以及世界各国与国内企业的商业合作，还提供了更为全面的商务交流平台。对于万通来说，增长了国内的万通中心产业的利益价值和商业地位，也是一次宝贵的学习机会。虽然学费昂贵，但收获无疑是巨大的。

通过"中国中心"项目，不难看出冯仑的全球观、专业程度以及万通的实力，都是毋庸置疑的。此时的冯仑已50岁有余，到了知天命的年岁，在全新的合作关系上，他致力于打造"黄金三角"，鉴于"万通六君子"分手的例子，此番他并没有追求江湖情义，而是针对企业的贡献和企业的需求。于是，他找来杨建新和许立，其实两人在海南时期就已"追随"冯仑了，只不过那时还是小弟，没有实现价值的机会和空间。

新万通在 2007 年年初已基本成型，在资源分配和人员管理上更加完善。最初的六君子分开后，万通部分资产被剥离，这也成了万通地产上市的主要原因。此时，在冯仑心中唯一的总经理人选便是万通实业的总经理许立，他任其出任万通地产总经理，这是万通成立以来首次更换总经理，而接任万通实业总经理位置的则是杨建新。

冯仑一直都是以高级知识分子为组队标准。许立毕业于清华大学获得硕士学位，1993 年时，冯仑组建北京万通地产，当时许立是万通广场房地产有限公司的总经理，同时担任北京万通实业股份有限公司（现更名万通控股）总经理。后来，他被冯仑重用，升任为北京万通地产股份有限公司董事、总经理。如今，则是北京万通地产股份有限公司董事长。

在万通的十几年中，许立一直以房地产业的创新者和开拓者辅佐着冯仑，并与冯仑开创了万通地产的"美国形式"，更在冯仑征战"自由塔"时，实现了"反周期理论"，且以"低投入，高回收"的经营战略发展住宅及商用结合的新型业务体系，使万通成为开发与运营双栖发展的地产公司。他用稳定的收入和全面的反周期能力，在冯仑最困惑的美国时期，给予了其巨大的帮助。

而杨建新要比许立更早进入万通，算是万通的新晋"元老"。在万通初期，冯仑便开始吸纳贤才并重点培养，以补足万通日后因变故而导致的人员缺失，其中冯仑看中了三个人，一个送去香港，一个送去日本，第三个人，即是被派去美国的杨建新。

最终的结果是：被送去学习的三个人，一个自己创业，一个没有回国，只有杨建新从美国学习归来之后回到了万通，并全身心地投入到万通的大业中。

其实，当时委派三人去学习，也只不过是冯仑一时的突发奇想，但他万万没想到，正是这33%的概率，把他从滑落神坛的下坡路上拉了回来，并重攀巅峰。

那时，杨建新24岁，刚从福州大学计算机专业毕业，意气风发之状被冯仑看在眼中，此后他一直为杨建新提供无限的便利条件。那时候还在海南，杨建新就已经开着凌志到处威风了，手里的"大哥大"更是羡煞旁人，而且是北京、海南各一台，让周围同学羡慕不已。

冯仑觉得，杨建新随"六兄弟"参与过万通的创建，见识过风云际会的惊天场面，身上散发出的轻狂不羁也是时候修剪了。他曾批评杨建新："这不是好事，年少得志肯定毁人。"故此，他安排杨建新去美国学习，也是为了打磨他身上刺眼的棱角。工作没多久就要去美国圣塔克拉大学攻读MBA，这让杨建新有些受宠若惊。

冯仑找来杨建新谈话，说："你得出去学点东西。将来拼的是管理，（学好了）回来，把万通做得更有档次，更有生命力。"杨建新不解地问学什么，冯仑告诉他，去学一个叫MBA的东西，据说这是个好东西，学完之后对企业管理帮助很大。其实，当时的杨建新脑袋里也没有什么概念，完全不清楚，稀里糊涂跑去了美国，攻读起了MBA。

毫无疑问，许立和杨建新是冯仑最依赖的新搭档。对冯仑而言，两人不是被自己倚重的左膀右臂，而是灵活自如的左右手。即分左右，两人的风格自然截然不同，这从万通实业和万通地产的办公室设计上就可见一二：万通实业的室内设计更加精致，有细节且创意十足；万通地产的办公室则设计得更有规模、有气魄。

　　万通旗下人才济济，冯仑的选择有很多，但许、杨二人的胜出，则是由两人的工作细节所决定的。在刚组建这个三人团队时，冯仑给许立和杨建新创造了不少合作的机会。两人关系很好，在共同的工作中产生了很好的化学反应，而且两人在不同时期所体现出的作用也各不相同。

　　许立负责上市公司，所以在经营方面要做到持续、稳健，而他的性格正是沉稳、品质高尚、道德崇高的，不管什么问题，经过他时，基本就已处理得干净利落了。他很能吃苦，从来不会坐下来和冯仑谈钱。在冯仑心里，许立像是个未知数，每天都会有新的改变，并会为万通带来新的价值。

　　杨建新负责的万通实业则是投资公司，更需要其充满激情的工作态度和天马行空的创造力，这也是最被冯仑看重的。

　　冯仑是这样分析"新兄弟"与"新江湖"之间的关系的：虽说折一根筷子容易断，十根筷子则不易断，但十根筷子总是需要一个外力来控制的，需要手来握住它们。就像当年的"万通六君子"，团结的时候坚不可破，而当"外力"（冯仑本人）不能控制时，就变成一盘散沙。

　　相反，许立和杨建新则结合成了一根筷子。虽然两人都有超强的战斗力，且各具特色，但与冯仑结合后，却体现出了难得的稳定性，这大抵是"万通六君子"缺失的。

　　北京万通实业股份有限公司，成立于1993年，从最初由冯仑一人担当，到后来"分家"，再由许立接任潘石屹，可想而知能接替潘石屹位置的人其实力是多么深厚。再到后来由杨建新接任许立，这更是棋高一着的表现。这样有凝聚力的三人强强联合，是足以推动整个万通乘风破浪的。

为什么把万通实业作为衡量老万通和新万通团队特质的标准？主要原因在于，万通实业不仅拥有房地产开发的相关业务，同时还涉及工业、商业、综合园区开发、基金管理及资产管理等多领域业务，同时其处在国内同行业先锋位置。

在园区开发方面，万通实业与 TCL 合资成立了天津万通；在基金管理方面，万通的中国基础设施基金超过了 100 亿人民币，在国内同类型行业中是第一个设立私募基金的企业，并已在运作中；在资产管理方面，万通实业拥有"北京万通新世界商城有限责任公司""北京万通鼎安国际物业服务有限公司"以及美国纽约的"中国中心"的主要负责权。

故此，不管从哪个角度来看，万通的新格局、新构架，在冯仑、许立、杨建新组建的万通新时代"黄金三角"的手中，都会以稳步之态阔步向前，其已迥异于"万通六君子"，并展露出超越之势。

大哥的唐僧心

冯仑对兄弟们的"慈爱"已经达到了一定程度，但慈爱之外更多的是扶持，而非传承。回想当年"万通六君子"的分崩离析，绝非简单的三言两语就能说清楚，但对比一下"新三兄弟"和"老六兄弟"便可看出，原六兄弟的地位相对平等了很多，没有任何"恩、报"关系，所以最后的分走，只是情义上的矛盾，不偶然，但也不必然。相比之下，杨建新和许立与冯仑之间则是另一种兄弟情。两人从茫然走向成功，几乎都得益于冯仑的帮衬，这一点是杨建新和许立都会主动承认的事实。在冯仑眼里，两人既是兄弟，也是师徒，杨建新像是个思想上遨游寰宇的单身贵族，许立则是个稳扎稳打、钢筋混凝土一般的居家男人。

　　冯仑的年岁比两人没大多少，但对事情的掌控能力，绝对会让两人甘愿叫一声"老师傅"。冯仑和无数的自主创业者、投资者一样，在关于企业制度及管理的问题上，他就好比一辆行驶在高速公路上的司机，若换成别人，这辆车就跑不起来了，搞不好瞬间会变自行车。

　　每年3月，万通公司都会在内部举行"感恩日"活动，冯仑每一年都会提前出席。一次，有一个员工的孩子突然跑到冯仑面前，张口就叫了他一声"冯爷爷"。冯仑心想，自己这么年轻，外人都看不出自己到底多少岁，为什么一个孩子就可以？就算是外人会因奉承欺骗自己，但自己照镜子的时候总不能自欺欺人吧？思来想去，冯仑觉得最靠谱的答案应该是自己的行为。冯仑意识到自己的行为举止已经渐渐"老人化"了——此所谓的成熟后期的最佳表现。相反，杨建新和许立却依然像两个创业热情高涨的激进青年，所以冯仑时不时地还得对两个"大龄中年人"叮嘱几句，劝勉一二。

　　尤其看到杨建新，冯仑那种"过来人"的经验就控制不住地从口中喷涌出来，有时候把杨建新念叨得抓耳挠腮。冯仑常对杨建新说："我跟你说的那些事情，你二十多岁的时候不信，三十多岁的时候不信，现在你四十了，差不多信了吧？经就应该这么念。"

　　这位老大哥时常会在员工和下属面前玩上一个cosplay，扮扮唐僧教导几句。冯仑自己都承认，他并不是"权威的老板，而是导师型大哥"。他从来不用自己的老谋深算与下属打交道，他清楚将计就计容易防不胜防，所以主打感情牌才是取胜法宝。换言之，不停地说，说到你不听都不行。可说归说，冯仑说过别人的他也会去做，而且做得更加出色。

许立记得，1995 年"潘老财"离开万通的时候，冯仑就任命他接任北京万通总经理的位置，他当时说这是典型的"无知者无畏"。就当时的情况来说，面对的压力是难以想象的，这或许会让 30 出头的他招架不住。不过，既然连"死"字都不知道怎么写，怎么还会怕死呢？而每到许立顶不住的时候，冯仑都会递上一张小纸条，上面是一些温暖的话，用以安慰许立。此后，许立每遇困境，都会想起这些小纸条，也会沿用这样的方式安抚自己的下属。

往日的诸多告诫，今天都已逐一验证。在杨建新和许立眼中，冯仑不只是个需要尊重的大哥，还是一个需要回报的老师。除了"兄友弟恭"的美德，还有"知恩图报"的情怀。

这么多年来，杨建新和许立会一如既往在前门 23 号院子的草坪上说话。杨建新是典型的"海归派"，西装笔挺，外表上从不会草率，头发总是精心打理，一副意气风发的姿态；许立比杨建新年长几岁，在穿着上和杨建新一样严格，深色的夹克，平整的休闲裤，未沾尘土的球鞋。

相比杨建新，许立的每一件衣服都是"好衣服"，但穿在一块却不时尚。冯仑总是调侃许立的穿着是"典型的清华男"。杨建新在说话的时候，脸上会不停地变化着各种表情，还会时不时地拍打着许立的肩膀，许立则只是微笑地回应着。

冯仑眼里的两个人，就像两个整天到处惹事的小孩，杨建新是先锋，冲在前面，许立则是幕后指挥，暗处使坏。杨建新的经历很多，所以外表和性格上都更有戏剧性。关于杨建新的故事，冯仑总是津津乐道。每次见到两个人也都会想起这些故事，见一次说一次，开启"唐僧模式"。

杨建新在去美国学习之前，整天开着"凌志"，拿着两台大哥大，春风得意，羡煞了无数年轻人。但一到了美国，马上变成一个半工半读的学习生，每天都在餐馆打工，这是冯仑特意给杨建新安排的，因为他当时根本不知道什么是忍辱负重。

半年以后，杨建新要离开饭馆的时候，他硬是要求冯仑请自己坐在老板面前吃一顿饭，最后吃完饭的时候，还要告诉老板，他不是来赚钱的，只是来实习的。冯仑每次提起此事，都会笑着对许立说："他还是要最后这么爽一下。"

从美国回来后的杨建新变化巨大，首先是法治观念上的改变，从过去在各位大哥麾下无忧无愁，对法律不以为然，到现在连开车都规规矩矩，宛若另一个人一般。冯仑总是问杨建新，到底打工餐馆的老板扣了他多少钱，怎么回国之后变得这么抠？

虽然冯仑总是用这样的玩笑调侃杨建，但大家心里都很高兴，毕竟在过去，杨建新是绝对做不到的。杨建新就读于圣塔克拉拉大学，在商业方面有很多新的看法，并且学会了以自身为出发点主动思考，继而扩展成探讨项目，再进行深入的发掘分析。无疑，这是成长的表现，更让冯仑意想不到的是，杨建新竟然有耐心一个人开车去西藏。

多年来，万通经历了太多起落，万通的故事也更加耐人寻味。20多年的走走停停，培养了潘石屹、易小迪这样如今已在房地产领域叱咤风云的巨鳄级人物。由此，万通被媒体称作地产界的"黄埔军校"，冯仑也被称为"教父"，可他并不接受这个称呼，而更希望大家能叫他"校长"。

是时，新万通中的冯校长只有两个得意门生。他有事没事就会给杨建新和许立打电话，念几下"紧箍咒"，叮嘱二人要多学习，要简单专注地做事，要做大象不做狮子……只要能把这些都做到，公司就能持续发展下去，有继续扩大的机会。否则，就可能会出现不平衡——有了金钱没了贞操，但若是只守贞操不要钱，贞操不保也是早晚的事。

冯仑把自己的人生原则带到了美国，他希望美国的团队能脱离"冯仑体系"，他教育美国团队成员："一辆车，要是换了个人就开不动了，那不是汽车，那玩意叫马车。"同样，在团队构架上独立成长，这样就不会像"六兄弟"时代那样。"这样走人也简单。不像以前，走个人比离婚还复杂，又是委屈，又是写亲笔信。其实一个伟大的事业总要委屈三分之一到二分之一的人，走和留都是正常的。"

三个人一起讨论"CEO选拔"的时候，冯仑希望这是一个制度性的决定，而不是人情上的安排。他说："这是我最后要做的事情。不会抱很大的绝对希望，但我们就努力吧。最后结果也可能仍然是不理想的，可能万通长青，但是人类嘛，总是这样的，需要不断努力。"

冯仑把这个过程比喻为自由塔："人类永远在攀爬自由，向上爬，即便这过程可能又把自己陷入困境。追求自由的过程又形成一种奴役，所以叫'自由的奴役'，甚至过程就把自己给摧垮了。这是非常难解的一个题，我觉得要意识到商业机构永存的困难性。"

三兄弟是新的，但路也一定不能老。冯仑、杨建新、许立，三人的关系中始终有坚实的利益基础和思想基石，这才是冯仑一直想要的"君子布堂堂之阵"。

有了"六君子"的前车之鉴，冯仑心里很明白，对于"小兄弟"，要和他们谈理想、谈未来，而不是谈钱，还要和他们一起冒险，他们迷茫的时候你指路，他们闹腾的时候你思考，他们失败的时候你要承担责任，如此，兄弟们才会心甘情愿地跟着你。当然，分钱的时候绝不能小气，钱永远不是一个人去挣的。

民企代言人

冯仑一直都被认为是民营企业的代表，他致力于解决 150 年来都没有解决的"民营企业的周期率"问题，他希望突破这个周期率魔咒，同时这也是万通的奋斗目标。

冯仑在海南时期的经历，要比在西安时野蛮的太多，那是一个"山寨地产"的野蛮生长年代。那时冯仑是大哥，肩负的责任重，觉得一切都是艰苦的历练。而作为小弟的许立，在当时只需要听大哥的话，努力做事就可以与大哥们分享收获的喜悦。

如今的许立，已是万通地产的总经理，但仍向往曾经骑着摩托车上下班的岁月和追求老婆的美好时光。而当时让冯仑发出"年少得志肯定毁人"之声的杨建新，也被送去美国深造，攻读 MBA。

其实，冯仑刚到海南的时候是很茫然的。他牵着老婆的手，走在青石路上闲散地走着，有意无意地问起老婆自己到底像是个什么人。太太告诉他，他像个落魄书生。冯仑听此，便哈哈大笑，便成竹在胸度对老婆说，站在你面前的是一个一定会赚大钱，并且即将赚大钱的生意人。

没过多久，冯仑的这番豪言就真的实现了。那时的海南赚钱太容易，生意人见面的问候语几乎都是在讨论赚了多少钱，并且说着一些让人生气却又真实的话——不好意思，今天又不小心赚到钱了。

不久，海南房地产的"幻想泡沫"被捅破，大批房地产公司陆续倒闭，坚持下来的屈指可数。2009 年，冯仑在三亚奥林匹克国际村项目的投资会议上，重遇了很多当年同时期在海南创业的企业家。谈及当年，冯仑发现这些公司整体状态和 10 年前竟大同小异，他们不做组织结构的改革，10 年前是皮包公司，10 年后还是皮包公司，如何做风险投资？另一方面是资本的问题，若始终没有资本，很难进行多方面的同步投资。就像是一根线吊着一个飞机，这时候它不是飞机，而是风筝。

对此，冯仑总结：这一切应是重建公司"贞操"的过程。冯仑所说的"贞操"，是相对于企业运营的合法性。在这样的情况下，冯仑只选择做两件事："我们现在只做两件事情，一个是组织变革，一个是团队架构。最好是能够减少是非，简单做事。"

在经历了而立之年的兄弟分家后，今天的冯仑格外重视企业的合理、合法性问题。多年来，他一直都坚持对公司更全面的审查，每年 4 月，公司的高层才能拿到上一年的年薪。这样一来，有效防止了腐败。

冯仑还打算将公司的历史博物馆翻新，把万通一路走来所遭遇的困难都展示在员工们的眼前，以创业时期的借据为例，警示 80 后的员工们，万通能活下来的关键因素在哪儿，企业未来的道路在哪儿。"不做亏心事，不怕鬼敲门"，万通的钱是借来的，而不是抢来的，更不是偷来的。

冯仑的这种做法，源自其独到的见解，他说这是一种在求生中所创造出的智慧。民营企业在中国商业历史上有个周期律，当经济发展到困难期的时候，就会放开民营企业，使其继续生存下去；当经济稍有复苏，便继续打压；在熬不住压力的时候，就再放松一点。

那么，为什么今天的民营企业还能赚钱呢？冯仑一直以来都在疑惑不解。与此同时，其他民营企业也都有相当多的不解，并对自己未来的道路担忧，其创业时期的设想和热情都大幅度衰减。因此这是所有民营企业在现实社会生存的一个巨大挑战，尤其在全球经济危机的情况下，任何一个国家都有遇到压力的时候。

几十年来，冯仑在上班的路上都有在车上看新闻的习惯，但这个习惯并没有给他带来多少快乐。他经常看到一些朋友因为没有保护好"贞操"而出事，所以心情会受到影响，很多东西都是对自己未来做错事情的映射。冯仑说："包括最近发生的很多事情，对民营企业界都是议论很多，汇源、黄光裕、兰世立……中国的民营企业有个宿命——1949 年以前，民营企业发展超过 15 年的非常少。改革开放 30 年以来，有些民营企业超过 15 年了，这对于中国 100 年就是非常大的贡献了。"

虽然，这一切并非冯仑的初衷，也并非上天赋予他的使命，但他却始终扮演着这样的角色。作为中国民营企业的形象代言人，他把自己作为一个标识，把万通作为一个目标，他表示过："我不欲做成最大的公司，也不欲个人成为最有钱。作为一个商业组织，除了满足股东收益的天然使命之外，我是希望探讨，在发展企业的过程中能为中国的民营企业在制度转型当中树立一个积极的形象——我们是一个正派的、有责任的、守法的，同时在专业领域又是不断进取的，跟周边的社会包括自然环境又是可以和谐相处的公司。"

冯仑把新万通总结为"全球观、中国心、专业能力、本土功夫"。他要做的，就是要全国人民都相信，民营企业对于中国未来长期的经济发展起到的是积极向上的作用，没有道德上的悖论，并且是正面的。作为正能量，为更多社会上的优秀青年、有理想的人创造机会，能让他们参与其中，感受到民营企业的发展过程。

这对冯仑而言只是一个巨大而又崇高的理想，他并不是让自己成为一代伟人，而是想解决这个150年来都没有解决掉的民营企业的周期律问题。他认为，自己并没有不自量力，想法很简单："第一，你创办了它；第二，你设计完这个游戏规则你就撤了，最后这个东西延续200年。"

话里话外，冯仑似乎都在表达他退隐江湖的意愿，不过他本人表示："没有倒计时间表。我在安排这个事了，并不是说退休，而是说转换角色。"或许，他会像柳传志一样做一个投资家，或像王石一样做一个生活家，又或许他会满足自己拍电影的愿望，做一个电影导演，续写曾经的"不朽传奇"。

6

带领万通做 "好人"

蓝海之中觅绿色

    人的一生之中有两种人最难遇到，一是良师，二是益友。若是能在短暂的人生旅途中多遇到几个良师益友，自然是无比畅快之事。对冯仑来说，一路走来，良师益友数不胜数，但最得他心的人，则非王石莫属。

    2008 年，一个戴着小眼镜的中年男人正在认真地做笔记，这个人就是冯仑。此时，他正坐在成都市南部新区一座超五星级超豪华酒店里，参加中城联盟轮值主席的投票选举活动。

    这次将在台上做主体性发言的人正是王石，他是该组织的主要创始人之一，这对他来说算是一个例行之举，台下所坐的是各企业的老板以及董事会成员，所有人都竖着耳朵，准备听一听在没有记者参加的会议中，王石能说出多少"真话"，对行业做出多少货真价实的评判。

王石缓慢地走上台，打开自己精心制作的 PPT，这应该是他提出"拐点论"的数个月之后，万科在价格之战中小有所成，销售额在第一季度结束时已突破了 101 亿元。这让冯仑十分震惊，他觉得这其中必有奥秘，所以王石的每字每句，他都详细地记录下来。

王石的演讲进入正题，冯仑一抬头，对眼前呈现出的画面感到一丝意外。大屏幕上出现的是"乞里马扎罗"的自然美景，这是王石几年前在坦桑尼亚攀爬高峰时拍的照片。照片中呈现出美轮美奂的自然风光，景色绝妙，让人神往，但王石却一直在用悲观的语气描绘着照片里的内容。

随后，幻灯片停在一张照片上，这是他在几年前已经被他征服的南美最高峰，王石说："几年之后，它的雪线已经下降到令人惊心的地步了。"幻灯片跳到下一张照片，两张照片产生了鲜明的对比。

会议进行了一个小时有余，王石一直在描绘着温室气体排放的问题，以及针对中国政府经济政策和对中国建筑业的影响："我们必须认识到这样一个道理，中国政府为了践行对国际社会关于减排温室气体 25% 的承诺，必然会拿出相应的行动。建筑业每年贡献了超过 40% 的温室气体。"他还表示："未来很可能会出现政府要求不达标地产项目停工的局面，作为国内最大的住宅发展商，万科将受到最大的影响。"

坐在台下的冯仑，心有所悟。多年来，王石一直是冯仑的良师益友，早期，两人并不熟悉时，冯仑就已经把当时的万科作为万通地产的奋斗目标和学习榜样了。

冯仑遵照了万科的作战方针，以战略清晰、判断敏锐见长。在王石对中国房地产行业提出这一警告后，冯仑已在心中为万通地产做好了精心安排和完善的应对策略，以求走得更高、更远。故此，冯仑被王石"以身试法，以身作则"的一番话感动了。

回去后，冯仑开始寻找答案，并为万通制定了一个万全之策——绿色公司战略。2008年11月，中国世界住宅交易会上，冯仑首次对外公布了自己一年来坚持实践的绿色价值观。

早在2007年全国房地产业进入调整期阶段时，冯仑所掌舵的万通地产，就已提前做出了应对。这是一个关于在恶劣外部环境下如何改变思路，并且加速进行，在力量、想象力与预测性方面自我拯救的故事；但对冯仑而言，更像是一次事后的演示和总结。

冯仑提到了"绿色世界"和"蓝色世界"两个新鲜的题目。什么是"绿色世界"，什么又是"蓝色世界"呢？

蓝色世界即为蓝海战略，2005年时，有一本书在商人们手中传阅率极高——那就是由W. 钱·金和勒妮莫博涅二人合著的《蓝海战略》。所谓蓝海战略，就是当企业遇到困难无法突破红海战略的残酷竞争时，将部分精力转移，一部分用来牵制竞争对手，而另一部分主要战斗力则全部放在买方一边，并创造企业价值，使其在最短时间内，以最快的速度实现价值飞跃。因此，这可以开创全新的"无人竞争"的市场大环境，在侧面摆脱竞争对手，完成适合自己畅游的蓝色海洋。

其实，在冯仑读到《蓝海战略》一书的时候，首先想到的并不是王石和万科，而是最先离开万通的潘石屹。从潘石屹的角度来看矛盾是一方面的。这是为自己创造个人战略空间，本身想法是很符合"红蓝对抗"性质的，其以出走的方式来避开兄弟之间的竞争，创造新的领域实现自身的超高价值。因此，冯仑不得不为潘石屹超前的经济头脑折服。

随后，寻找蓝海成了冯仑一时最明确的方向。他一直在思考，这个蓝色海洋到底藏在哪里呢？思来想去，他觉得战略领先的公司具备综合实力和基础经济，可以对未来进行计划安排、做完善的布局，即为了未来做建筑。

不过，能拥有这种实力的公司毕竟是少数。万通所要打造的绿色公司战略，要先于同行业竞争者的步伐，来进行更加贴合市场需求和未来建筑需求的转型。只要企业发展，迟早会进入蓝色新型海域，到那时，万通就可以提前享受红利带来的红色战略的胜利，也意味着蓝色战略的获胜。故此，万通当前最需要做的就是转型。

绿色公司战略，意味着冯仑和万通要放弃之前的市场缺什么就做什么的地产模式，并告别"山寨"地产，从野蛮生长逐步转化成"细致生存"。这将是万通进入下一个成长期的最佳捷径。

冯仑告诉许立，真正好的绿色产品具有庞大的市场需求，而绿色战略有其隐藏含义——优良的绿色价值观为方向。万通上下进行全方位的立体改革，实现三维度的立体超越。

转眼到了2008年，全国地产处于一个空旷期，楼市的调整为冯仑的未来计划提供了便利条件。在这一年里，绿色战略逐步完善，做市场好人、资本好人的溢价渐渐显现出来。

在冯仑十分担心的A股几近丧失再融资功能、银行仍保持着对地产惜贷的情况下，万通列入了"获批发行公司债"的十家公司行列之中，同时公司债的审批速度也大大加快了，工作效率明显提高，这使万通呈跳跃式发展。冯仑解释道："君子布堂堂之阵，实现了广义均好，获得了真正的各方认可，我们就可以不战而胜，这就是万通所讲的不争即争。"

同年 10 月底，冯仑做了详细的财务报告，在全国多家公司中，万通地产表现的十分抢眼，其第三季度财报上，1 至 9 月实现了3.78 亿元的净利润，相比较 2007 年整体增长了 181%，第三季度实现 9550 万元的利润额，同比增长 55.44%。

除了财报数据跑赢行业走势外，越演越烈的裁员及财务安全危机等问题，万通地产均未出现。冯仑对于这一方面的控制，令业界内的竞争企业及各大媒体都刮目相看。

自从开启了绿色战略之后，国内各大同行企业，如万科、富力、金地、龙湖等均出现被迫裁员等问题，面对这一雷区，很多公司曾多次上演极端事件。对此冯仑表示："我的竞争对手不是房地产企业，他们都是我的学习榜样，而不是竞争对手。竞争对手是真主和上帝！"这是冯仑在施行绿色战略、寻找蓝色海洋时，对对手的定义，听上去禅意十足，充满了玄机。

"学习"的基因，是冯仑和万通在发展中可持续辉煌的关键因素。在万通历史上，"学习万科好榜样"，一直以来都是谨守的口号。

时至今日，冯仑每年都会派侦查小队去万科"偷学"经验。近年来，绿城、龙湖等企业突飞猛进地发展，创造了不少优秀产业，并以品质取胜，因此也得到了冯仑的青睐，而后不少开发出经典项目的地产企业也都陆续进入了他的"学习名单"中。

在冯仑眼里，每家公司都有独到的经营方式，能存活下去就一定有其独到的致胜法宝，故而都是值得学习和借鉴的。然而，真正需要面对的，则是市场的瞬息万变和毫无预料的突发风险，但这些都是"上帝"需要操心的事，自己要做的就是做好准备，迎战一切。

在未知中给万通找到可持续发展的方向、寻找清晰的未来，使万通不再迷茫，这或许是独属于冯仑的蓝海。

绿色战役

冯仑的蓝海世界，仍然在完善和发展，万通有了独属于冯仑的蓝海后，他又开始将目标定位到绿色战役。

经过研究，冯仑发现绿色战役的第一步就是形成绿色的竞争环境，具备绿色竞争力。绿色竞争力包括产品、服务、道德等三方面的竞争力度。当这三方面达到了至高点，别人就没办法再和你比了。为了使公司具备绿色的竞争力，冯仑开始站在明天安排今天。他在龙山学校给开学的第一批学员培训的就是关于绿色战役的相关内容。

冯仑给万通定义的"绿色"其含义广泛，主要有两层意思：其一，万物共存，人与大自然和谐相处；其二，人人平等，彼此间和谐共存。冯仑认为，企业与社会的共同进退以及企业与人之间的共同生存，是相互制约的。

而后，在现实实践中，冯仑在北京五环45公里外的河北香河收购了800亩土地，进行专门的生态园林建设，以周边包围城市的战略将绿色带入市中心，逐渐从外走到内。

另外，在天津，万通与天津中新生态城投资管理有限公司一同开发生态园区，签订了合作开发的战略框架协议，并已陆续启动了多个项目。同时，在奥运文化遗产项目上，万通大力投入到三亚奥林匹克湾中，用最高端、最优质的绿色生态产品改善园区，并在现有基础之上进行更完善的规划和建设。

冯仑没有把万通的"绿色"单纯地限定在绿色思想和绿色产品上，更多的则是以"绿色公司"建立全新的绿色价值观，从日常生活管理上，对员工、客户、投资人、合伙人，甚至是股东等各维度进行"绿化"，以绿色为基础来制定新制度，并在管理和产品上进行整合，通过对价值观的提升，来改变行为方式，最终以高标准的绿色产品进行投放。

2008 年 4 月，万通成立了北京万通公益基金会，以"生态社区改善"为主要目标。2012 年的时候，已经在覆盖北京、天津、杭州和成都等城市的五十多个社区资助实施生态社区项目，其中台湾抗灾过后，将在重建中建立台湾生态社区。

冯仑组织员工施行"员工带薪参加公益事业制度"，让每个员工都有法定假日以外的 4 天假期，主要是为了鼓励员工们能带着薪水，拿出一些时间来做公益。

冯仑知道，万通地产若想在地产业以常青树的姿态存在，就必须依赖"绿色"，为万通未来所创造的美丽新世界提供"绿色动力资源"。

冯仑不仅将绿色带入产品，还将其带到了企业文化中。

首先，绿色战略在另一方面是思想道德上的建设，也就是合理、合法性建设，这种"道德绿"被冯仑称作"占领贞操的制高点"。

10 年前，企业诚信就已是最重要的道德标准了，但在经济发展如此蓬勃的今天，信贷关系也不再是首要的诚信问题，企业贷款必须准时还。然而，绿色环保在这一新时代中，取代了金钱，成为了企业竞争的新的道德底线。

冯仑认为，不管什么时候提出绿色保护计划都不会晚，就算是大张旗鼓地宣扬也是值得的，其战略意义是对未来的判断性和可预见性。很多人都觉得绿色战略和房地产发展没有太多根本上的利益关系，但是如果万通坚持做 10 年，甚至是更久，那么后来者将失去任何追赶万通的机会。

在王石发表演讲之后的几个月，地产业逐渐萧条，导致一些企业到了难以支撑的地步。很多地产同行在上一季度还信心满满，在下个月就已经感叹世道不昌。

这些现象警示了冯仑，他意识到这样下去势必会裹足不前，就连说话的时候也要降低两个音调。于是，他开始暗中筹备自己的营销攻势，决意在苟延至今的"售楼处之战"中分得一些果实。

其实，万通地产在行业内是少有的能够稳步前行的公司，相比凤毛麟角的几个泰然自若的公司，还是有很大的潜力和优势的。随后，冯仑找来了泰达集团进行合作，一笔将近 4 亿人民币的交易，稳固了万通在天津的绝对话语权。

冯仑见势头不错，趁热打铁，又以 2.1 亿元增资成都交大旗下公司，增加了将近 80 万平方米的土地储备。几个月后，万通地产公布了公司的融资计划，这一计划已经获得证监会的允许，并在不超过 10 亿元的范围内。

与此同时，万通在商用物业领域的发展也相当顺利，最标志性的应是万通中心，在冯仑眼中，这是新一代办公商用写字楼的发展趋势，并在成都、杭州等地相继投资建设。

让所有投资者兴致倍增的，是一项商业数据统计：2008 年的冬天，万通地产财务数据稳定上升，一路呈良好态势，其在 A 股百家同行业地产上市公司中，各项数据均名列前茅，排位一直保持在 11 位之前。相较于 2007 年万通地产在各项数据排名均在 17 位的排名，自然是更能让投资者安心。

事实上，在 2009 年，冯仑提出"立体城市"一词，并且一直兜售至今。外界对于"立体城市"一词的质疑就未曾间断过。既然冯仑提出来了，那么就必须在商业实战中证明它。

若干年后，冯仑在"立体城市"之后，先后发明了诸多行业内的新鲜名词，并使这些词语成了万通地产的标志性符号，如：美国模式，万通价值观，滨海新区以及最被冯仑看好的"绿色公司"战略。

绿色战略，是一个曾被万千吹捧却从来都名不副实，甚至哗众取宠的敏感词汇，从来都没有人真正做到过，至今仍被看成是另一个满是噱头的妄言蜚语，即便其所描绘出的未来景象真的会在若干年后出现。

行业逐年低沉，伴随着寒冬的来临，所有人都明白，这个时候只有保持成交量，并且有充足的流动资金才是王道。不过，冯仑仍笃信绿色战略，那么，它真的能在短时间内创造奇效，并解决远水不解近渴的忧患吗？

在冯仑看来，万通的"绿色"是"广义绿色"，不只是单一的提供绿色产品和环境保护等表面行为，亦包涵社会、企业、个人之间的和谐共生。这个"绿色"，是由良好的环境指标和社会指标相互协调组成的。所以说，绿色公司对万通来说，是冯仑对社会、对大自然甚至对人类的自我承诺。

　　绿色战略逐渐取得战略优势，一切安定后，冯仑把绿色战略的接力棒交到了许立手中。2008 年 11 月 30 日，万通召开关于绿色战略的新闻发布会，台下数百名观众，其中包括经济学家赵晓、全球气候组织大中华区主席吴昌华、清华大学建筑学院教授秦佑国以及多位地产界的风云人物。这时，万通地产董事总经理许立缓步走上了前台，意气风发，信心十足。其时，许立已成为万通集团绿色公司战略的首席宣讲者。

　　许立没有让冯仑失望，在冯仑原有的思想基础上，其对绿色战略进行了新的核心分析：“绿色公司战略的核心是三句话：第一句话是绿色价值观，第二句话是绿色行为规范，第三句话是绿色产品与服务。在绿色价值观上，我们追求绿色环保与公益参与；在绿色行为规范上，我们关注投资者、雇员的利益；在绿色产品与服务上，我们将使自己的产品节能环保，很中国，亦很现代。”

　　不久前，冯仑和王石一起去滑雪，两人聊天的时候谈到了一些关于人生胜败的话题。冯仑对王石说：“世界上有三样事情是只能赢不能输，大家都比较认账，其他比如当官了，走红了，都有人会说是因为运气好，但有三样事情不太敢说是运气。第一件，做世界冠军，世界冠军就是全世界跑最快的，而且此前他 95% 的比赛都必须是赢，这是硬碰硬的。第二件，做战争中的将军，谁敢比？他一定 90% 的仗都是赢，否则就死了。第三件，做一个长期盈利的中国的好公司和全球的好公司。长期是多长？至少 15 年。这不能吹牛，因为报表在这儿，一年一年可以检验。”

　　显然，冯仑就是想把第三件事做好，做得漂亮。绿色战略，或许就是他为万通搭建的一个弹向世界级好公司之列的跳板。

事实上，万通所提出绿色公司战略，与万通所追求的做好人理念是有异曲同工之妙的，因为这一切都出自冯仑一人之脑。一如他本人所说："我们今年提出的绿色公司战略，与万通追求做好人的理念一脉相承，我们不仅要在企业公民中做好人，在行业众多公司中做好人，还要在资本市场上做好人。"

绿色战略——"贞操"

执行力，对于个人而言，简单说，即是这个人所具备的办事能力；对团队而言，其更像是凝聚在一起的战斗力；而对企业而言，则是具体的经营能力。这种能力，是人人可以具备，却并不容易真正落到实处的。

接过绿色战略接力棒的许立，首先具备的能力就是执行力。在许立的底气背后，万通并不只是召开一次新闻发布会这么简单，也并非高喊倡导环保、建立绿色生态环境的漂亮口号就可以敷衍了事的。在过去的一年中，万通地产及旗下企业、楼盘等均依照绿色战略持之有据，行之有方的方针稳步前行着。

2008 年 11 月 30 日的新闻发布会，主要是针对万通地产最新宣布推出的"新股东文化"措施，对公司进行董事独立、关注中小投资者权益等做出了更加有保障、负责的制度性安排。万通地产是国内较少以高调姿态并拥有新文化创举的上市公司。此时，万通正处在盈利的上升期，吃着螃蟹的万通眼看着国内地产股市、楼市均陷入了迷茫时期。

冯仑就在这个时期推出了此计划，将万通打造成"公开透明、股东至上"的新型民主且绿色的上市公司，这一美好愿景，在大力推行之后，得到了各位股东的认可及同行企业的追逐效仿。随着成效逐渐凸显，新股东文化辅助万通在地产界树立品牌形象，并且在新资本市场中稳步前行，越走越快。

冯仑从来都不会做顾此失彼的事情，在推行政策得到股东青睐之后，他将目标转向了小股东，将小股东的形象卓然树立。这是其追求的最为成熟的公司管理方式，也与其内心对公司的治理追求相吻合。

事实上，万通地产在早期时，就已经鼓励大股东增加所持股份，并启动多轮高管增持股份行动，聘请国内外专业权威机构"市值管理"进行调研工作，同时在万通的核心管理层中进行"市值管理"等金融专项培训。在并不完善的经济环境形势下，大、中、小股东患难与共的态度格外受人追捧。

之后，万通地产推出"客户价值倍增计划"第三个版本，通过此版本研究"万通地产绿色产品标准"，使绿色产品不断地更新换代，达到最新的绿色形式。

冯仑找来专家，组建了国内最具权威的专门团队进行企业绿色建筑体系研发。他打算在下一年，实现万通"绿色建筑原型屋"的落成，并在北京万通天竺项目中推向市场，其中包括万通绿色建筑系列的下一代产品的所有相关技术及标准。

对于这些计划，冯仑感叹道："大道理永远造就伟大的公司与伟大的人。但是，大道理10年以后才起作用，而不是说当时起作用。今天我们说绿色地产，我们要建绿色公司，万通地产不是做一个虚的东西，讲一个空泛的道理，我们相信这样的大道理会在今后10年得到验证。"

不久，冯仑计划已久的"北京万通公益基金会"获得批准，在北京成立。万通曾在媒体公开承诺，万通地产每年会有 0.5% 的税后利润用于万通公益基金会，同时万通实业每年也将拿出 1% 的税后利润。

由于此举效果卓越，冯仑的不少业界友人纷纷追随，其好友、浙江南都集团董事长周庆治，将股权悉数套现给万科后，成立了 1亿元的公益基金。

万通公益基金会成立时间短，规模不够大，所以当时并没有制定太大的目标，但冯仑一直想做点务实的事情。随后汶川发生大地震，损失惨重，于是其将全部力量投向了汶川。

当时，万通公益基金会成立尚不满 1 个月，就组建了赈灾志愿团，其中包括全部主力员工以及万通部分人员，共 320 人次的强大团队前赴地震现场，其义工赈灾总计 8216 小时，并捐款三百余万元及物资。灾情过后，万通公益基金会得到国家的赞许，被评为抗震救灾先进单位，成为唯一拥有此殊荣的企业基金会。

冯仑命公益基金会出资，将部分灾区孤儿接到北京，为他们举行为期 15 天的夏令营。期间，基金会全面开展支援行动，并启动了"蓝天剧场"的项目，邀请北京动动鞋子儿童剧团前往灾区现场，为灾区儿童演出，希望能通过这样的方式对他们进行心理疏导。

随后，冯仑前往日本，代表万通公益基金会与日本神户大学组织翻译神户大地震后重建的相关文献资料，并制成完整的中文版本防灾手册，全部费用均由万通公益基金会赞助，出版后将全部手册捐赠给政府部门，在灾区普及地震重建和救援的经验教训。

冯仑的举动，彰显了一个企业家的良知。赈灾是冯仑公益心的体现，而绿色环保对他而言，是一项利在千秋的伟业。

冯仑接触的环保型产业越来越多，所以在不断的学习中掌握了新的绿色经济的思考模式。多年前，他开始接触"低碳"这个概念的时候，就提出过关于碳关税的问题。他认为，低碳对未来而言，并不是能与不能的关系，而是一个必须的关系。

没有人能保证今天会不会制定出有关碳排量的相关税收，但是5年后、10年后，谁能保证没有碳关税？如果没有碳关税，必然会出现国内一直都在讨论的关于碳排放增加税收的问题，比如北京要针对汽车加收碳排放附加费。如今，在出租车上已经证实了冯仑的这一论点。

冯仑作为一名房地产行业成功者的先锋代表，他表现出了对待"绿色"异乎寻常的认真态度，在开始做绿色公司发展战略的时候，他就已制订了两个大方向。第一个需要考虑的问题就是"绿色战略"，其本身就是一个在讨论价值观的问题，故此他将其称为"碳贞操"。既然将问题的价值提升到"贞操"这个层次来讨论，就需要执行力发挥作用了，不能光说不做。

"绿色"应该是一个国际性的语言。冯仑在几年前参加哥本哈根的活动，随后到达美国的时候，竟意外发生了一件极有趣的事情。当时，冯仑受联合国开发署的邀请，参加哥本哈根的环保会议，同时也邀请了一名国内的明星，但这位明星在出行之前不断为自己造势来拉赞助。其中包括联合国，还有参加会议的各企业老总都被其要求赞助。不过，赞助费用从50万降到15万，最后没有人给他钱了，他看没有钱赚，就根本不去了。

而后到了奥尔良考察绿色建筑的时候，冯仑意外发现这次活动的发起者竟然是美国大明星，他将绿色建筑投放在穷人的房子上，这样便把救灾和推行绿色建筑更有机地结合在了一起。冯仑觉得，这个美国明星在"贞操"上已经实现了超越自我的价值观，奥尔良绿色建筑无疑是美国最大的白金级绿色社区。

冯仑的第二个方向，就是绿色产品及开发技术。对他来说，万通正在研发并大力开发绿色产品、技术等，所涉及的产品标准有国内的，也有国外的；国外的分为美国标准和欧洲标准，国内的有建设部推行的绿色三星标准。

两个标准不仅在本质上不同，而且实际实行成本也不一样，国外的成本相对少一些，每平米住宅面积最多需要300元至400元人民币，但依照建设部的绿色三星标准，则要在每平米的基础上再多加300元至400元人民币，即翻了一倍。这样的成本增加，对普通的经济适用房来说是极具压力的，甚至是无法接受的。

对于商品房来说，每年房价逐渐增长，这样的上升区间是完全可以接受的。如果按美国标准，到白金标准则要达600元至700元人民币，甚至更高。故此，冯仑在这个问题上再次思考，首先对外界，万通应表达一个解决问题的态度。在随后推出的产品，都是按照国家绿色三星标准来做的，但价格却保持在最低标准，并且在考虑到成本和原有价格的基础上，按照美国的标准、白金的标准来做。同时，在未来所推出的建筑产品均按照绿色建设来做，使所有产品都以低廉价格达到三星标准，少量达到美国标准、白金标准。

冯仑认为，从公司层面、行业层面看，必须要把绿色放在一个更高的位置来看待，不仅是对未来的观望，也是未来必要的可持续发展的行为准则。所以，将"绿色"和价值观混合在一起，才能奉献出对得起社会的高尚"贞操"。

请叫我"淡定哥"

滚滚红尘、物欲横流，人一旦有了欲望，就会变得像疯狗一样，死追着名利不放。然而，把内心修炼得清澈如水，并在一定程度上遇任何事都表现得从容、优雅，就会淡定很多。

王石，就是个淡定的人。

冯仑一直都很欣赏王石，以万科为学习目标是一方面，对他本人来说，他更希望像王石一样，做一个"淡定哥"。

2014 年，王石出了一本书，名为《道路与梦想》。但这一次与以往不同，不是他想出书，也不是某些人为了炒作特意来吹嘘他的书，这是一本还原一个历史现场，记录最真实的影像，表述"地王"时期王石的所言所行，并且在流年之后追忆和思考的书。

冯仑很喜欢王石的这本书，他觉得这书有其独特的味道，并且百分百真实地还原了过去，让原汁原味的故事带给了人们感同身受的激情。这是一本读起来不会辛苦的书，就像王石这个人一样，温婉谦和，但却意味深长。

身在高位，放轻自己，总是用最亲切的言谈感染着所有人，这就是冯仑眼里的王石，几十年来一如既往地真实，从没有模糊的印象，虽不清澈，但一眼见底。这也是冯仑最欣赏王石的地方。

冯仑作为一个企业家、高层领导者、成功者，却始终严苛地要求着自己，为自己制定目标，以求不断进步。此时要做公益了，作为公益人士，头脑中就一定要有更加宽广的思考维度，同时，抱有作为一个成熟中年男人所应该具备的淡定和睿智。企业家、公益男、淡定哥，这才是一个成功者最真实的形象。

有些事情不能看其大小，而要看结果所造成的影响，王石在细节上所展示出的能力，一直影响着成功后的冯仑，他开始思考：如何在成功的狂热中冷静自己，让自己更加淡定？

一次，冯仑和王石同去一个有名气的企业参观考察。这个企业的领导、员工似乎对自己的产业很有信心，说起话来底气十足，领导自豪地向冯、王二人炫耀一共有多少常委到访过，并表示现阶段已经开始培养后续接班人。

当时，王石的一席话让冯仑在内的所有人都印象深刻："我们其实并不复杂，没有任何特别大的领导到万科去参观过，而且我也不会培养接班人，我只是管理企业，把制度都做好，让制度去筛选人、培养人，让制度去决定谁能做、谁做得更好。"

纵观万科发展史，正如王石所说，万科内部的确有着一大批非常成熟的管理人才和技术人才。王石就像是孙猴子，员工就如他身上的猴毛所变，在实际工作意义上，很难分清楚哪一个才是王石的分身，或是他的传人。

回到万通后，冯仑把全部精力都集中在人员的筛选机制上，从管理制度到公司治理方面，尽可能地把事情做到极简的程度。

冯仑觉得，要是把事情做的复杂了，就要拿出一些精力去培养新人，天天看着，就像自己的孩子一样，这样一来哪里还有哥们了？哪个也不会像你的兄弟！而且养孩子是件极其消耗精力的事情，这样迟早会将自己消耗殆尽。说白了，这样来挑选接班人就是在复制自己，必然得不偿失。要像王石那样，拒绝复制自己，而是让制度去在原有基础上培育出一个新万通。

冯仑把从王石身上学来的东西嫁接到了自己身上，他用一个企业家的身份强调，当企业家稍有成功的时候，会在不知情的情况下变换多种角色，就好像喜欢唱歌的人一样，出了名就变成了歌唱家，要是喜欢参与一些社会事务，那他就变成了活动家……以此类推，其身份开始多样化。

当到达瓶颈期的时候，各角色之间会因彼此的"身份地位"争风吃醋，然后相互纠缠，最后模糊到了一块，傻傻地分不清楚。因而，冯仑从来没有把自己的各种角色过于复杂化，不去试图做一个先驱人物，也不去挑战道德楷模的位置，更不在企业家和文化人之外的范围挑选角色。

他要做的，是真正单纯、纯粹、有节操的企业家。不仅是个人，对于整个社会，这也是值得企业家们深思的。

选择了公益的冯仑，势必要从公益的角度去分析，使其更加宽广，并把资源范围和眼界最大限度地放大。因此，冯仑的性格和相处模式也逐渐在公益事业中变得更富有弹性。

一次，冯仑去万科"取经"，他发现从 2007 年至今，万科一直都在关注绿色、节能环保，并且重视程度逐年增加，于是冯仑做了相关分析。他认为，这其中既有偶然性，也有必然性。

王石经常带领行业中的企业不辞辛苦地进行着各式各样的学习讨论，特别是"中城联盟"。因此，冯仑将这些一一记录下来，回到万通后，取其优势，开始执行。

王石组织"中城联盟"中的各企业负责人到深圳聚餐。在此过程中，他一直在强调怎么做绿色、怎么做好环保、如何才能做到真正意义上的节能，他希望每一家企业都是戴着环保这顶引以为傲的帽子在发展的，随后，一部分企业当场成立了中城联盟的绿色建筑委员会。

一时间，在国内住宅中，被建设部授予"绿色三星"称号的2/3的企业都来自中城联盟。后来冯仑发起新型战略关系，与美国绿色建筑委员会合作，通过积极的合作交流，帮助中城联盟的所有企业都成功地带上了帽子，目的便在于实现中国地产一片绿的青葱势头。

冯仑认为，企业的社会责任就是把所创造的价值和绿色环境有机地结合在一块，形成良性的互动关系，在不牺牲经济利益的前提下，使得企业获得更长远的发展空间和更扎实可靠的市场竞争力。

冯仑一直在观察着不知疲倦的王石。2011年，王石开始逐渐放弃匆忙的工作，而到哈佛做起访问学者，并在此长期学习。

刚开始的时候，很多人都不相信王石居然能放弃整个万科在哈佛静下心来学习，都认为这是他一时冲动的行为，也许过不了多久就会"回心转意"，重返忙碌的工作中。冯仑并不这么想，以他对王石的了解，他知道只要是王石做的决定，就是无需怀疑的，王石必然可以做到，只要安静地等待最终的结果就行了。

看着王石这样折腾，冯仑多少有些不甘心，所以经常跑去美国与王石见面。两人聊天的时候，冯仑渐渐地意识到王石的思维空间较过去已扩大到不是自己所能想到的范围了，而且心灵不仅宽广，其深度也在被无限地开凿。

二十多年前，冯仑带着王石去硅谷，他们第一站就选择了苹果公司，那时候王功权在美国做风险投资，可谓风生水起。王功权给王石介绍了很多关于互联网的事情，回国的路上，王石对冯仑说："回去后，别的先不管，一定要学会上网，而且整个万科要实行网络化管理，让公司全部互联网化。"

当时的冯仑听王石这么一说，自己就先"傻"了，王功权在美国那么多年，自己来来回回到美国那么多次，为什么自己就没意识到这个问题？

究其原因，事实上是当时的环境误导了冯仑，让他觉得做事情没必要一直那么过分执着。

或许是两个人性格不同的关系，王石回到万科后便提出，如果万科不能够在互联网上工作，那么他将第一个选择辞职。

如今的万科，早已完成了适应互联网时代的转型过程，并在管理和发展上实现了网络化管理。从那以后，王石变成了"网瘾中年"，从博客到微博，只要你关注过王石，保证上网就能看到他。

冯仑一直在感叹王石拥有比自己还要超前的时代意识。如今的他，也是个不折不扣的"网虫"，可相较于王石，却难以望其项背了。作为一个地产界的先驱者，却被科技时代所遗弃，他并不甘心。于是，他决意要做一个新新人类，想要褪下智者的风范变得更加淡定，并且与时代没有丝毫的隔膜。于是我们看到，他和王石一样，每天都坚持写作。

冯仑的身上，一直散发着睿智的光芒，让接触他的人倍感亲切。随着年龄的增长，有人说他变得更祥和了，有人说他变得更柔软、更智慧了，也有人说他变得更悠远、更宽广了。此时的冯仑自己也渐渐地意识到，曾经的那个"冯野蛮"现在已经变成了"淡定哥"。

一路向西

公益是建立在感性基础上的理性行为。

在第五届"SEE－TNC 生态奖"会场上，冯仑仍然坚持着 8 年前阿拉善 SEE 生态协会成立之初时的公益理念——"特殊性催生影响力"，并坚持奉行非赢利性原则。

"SEE"是由中国近百名知名企业家出资成立的环境保护组织，以推动人与自然的可持续发展为目标，遵循生态效益、经济效益和社会效益，来实现三者统一的价值观。

随后 SEE（生态协会）与 TNC（大自然保护协会）合并，并设立了"SEE–TNC 生态奖"，用来鼓励那些为公益事业做出贡献的企业，记录着他们在中国环保过程中的"博弈"和"掣肘"。

冯仑说："公益的参与和投入，使得你在社会责任和盈利动机上会做一个很好的平衡，且一旦行为端正，眼光就可能很独到。"他以"SEE"轮值会长的身份，诉说着作为一个"九二派"代表的中国企业家，在经历了中国商业从蓬勃发展走向低谷后开启了自己的公益人生，并续写了他"野蛮生长"到"理想丰满"的后续之路。

阿拉善，是中国最大的沙尘暴源头所在地，在内蒙古的最西端。如果放纵阿拉善地区环境继续恶化下去，北京将被黄沙淹没，人们将为亵渎自然付出惨重的代价。

2004 年时，首创董事长刘晓光提起了公益联盟的想法，那时候冯仑正是绿色攻略的蓬勃期。因为阿拉善问题过于严重，并且没人出面治理，他便联合刘晓光，将阿拉善的整治计划引入到企业公益之中，并在全国推行绿色攻略，把阿拉善沙尘暴源头的问题作为企业公益的首要问题。随后，"SEE"应运而生，任志强、潘石屹、王石等近百位企业家一呼百应，相继加盟。

至此，冯仑开启了"一路向西"的征程。那个时候的冯仑，对公益的理解还没有现在这样深刻，更不用说上升到价值观的高度。

每年，每位参与者将捐款 10 万元作为环保公益事业的基金，用来推动阿拉善治理的承诺，用企业人的姿态，向社会证明环保价值远大于金钱的价值。

时至今日，"SEE"已经成为中国最大的民间企业环保机构，冯仑将企业公益发展到每一个角落，将"企业公益"变成了"企业的贞操"，并且走到哪里做到哪里。这是企业家与公益行为的最高结合，也是"SEE"8 年来稳步前进得来的"感悟"。

回想"SEE"成立初期，处于一个十分"拧巴"的阶段，但对待公益事业的时候十分认真。冯仑说："所有人都不看好，都认为这个事乱哄哄，都认为这是一个乱哄哄的机构，这帮人吃饱了没事就在这里吵架。"其实他心里有数，"SEE"至今的发展，已经让绝大多数人"大跌眼镜"。在透明机制下，吃饱了吵架的企业家们，要是真的吵出了公益贞操也是值得的，但最重要的是"贞操"之守。

因长期从事公益事业，冯仑从中深刻地体验到："贞操是和痛苦成正比的，当一个人越痛苦，器官越不自在的时候，越能获得高的道德评价。"当一个人的行为越来越端正的时候，对问题的看法、对事情的判断力都会随之改变，这样就会留意到更多的利益相关者。正因如此，才能更好地克制，并在社会责任和盈利动机间保持平衡。

在第五届"SEE－TNC 生态奖"颁奖前夕，冯仑曾在香港中文大学教授萧今新著《生态保育的民主实践——阿拉善行记》的发布会上做过简短的演讲，他自信地总结了自己在"SEE"中的实践成果："中国民间环保组织里每支出 100 元，SEE 就有 50 元~60 元，所有民间环保资金阿拉善占 50%~60%，中国民间草根环保组织三分之二均接受过 SEE 的投资。"

冯仑多年来都在坚守着各式各样的"贞操"，其中的坚守之困，并非每个人都可以承受。冯仑倒是无所谓，常年游走在贞操原则的边缘，早就适应了这种压力，但其他成员却因贞操的"苦难年"，使得"SEE"成员每年都会有大规模的变动。

到2013年，已经有近500名大大小小的企业老总参与过其中。机构逐渐强大，并非单单局限于成员的多少，而是每个成员的意志是否能达成"合理善治"的共识。只有在此共识之下，才能寻得冲破公益事业困境的突破口。

冯仑曾公开透露过，其实社会上想做公益的人有很多，但各地的草根公益组织由于各方面外力的制约，所以面对政府的时候，在沟通上出现了非常大的困难。大多数时间需要和有关部门进行主动沟通时，就算是给最低级别的相关人员打电话，都可能要打几个月才能打通，不是不知道电话号码，就是不知道哪个"门"能走对。

也许，这也是冯仑把更多精力聚焦于公益上的一个因素。在公司和公益面前，冯仑只能在不破坏生活的前提下，让三者尽量平衡。

面对媒体，冯仑从来都不说自己是做慈善的，也不赞同一些人的"随意式"四处发钱，他只是希望有一个合理的制度来规范一些行为，让那些需要慈善机构帮助的群体不再受到伤害。毕竟，最大的公益就是让这个社会不再需要公益机构的帮助。

在他眼中，传统慈善机构更像是在考验人们的道德含量，成分高一点的就会积极一些，成分低的就用外力去动员，根本没有发掘人们真正意义上的公益动力。

经过了社会贡献、公民组织、NGO、企业改革等多方面的工作后，冯仑意识到自身的公益责任感在逐渐增强，钱应该贡献到最需要的地方。他觉得自己能够参与到公益中，完全是依赖自身认知的觉醒，这不是"贞操"的留守，而是在坚持公民社会建设问题的重要性。

几十年的公益事业，冯仑已身兼数个公益组织的重要成员，其中有壹基金这样成功的民间公募基金会，也有保护民族文化传承的故宫文物保护基金会，以及全世界大大小小的未来基金会。作为多个 NGO（非政府组织）的从事者，在参与公益活动的过程中，冯仑创造了中国公民在海外公益事业的新形势。

每当冯仑谈到公益的时候，就难免和政府扯上关系。在他看来，公益和政府之间的关系就像是孩子与家长复杂的情感纠葛，"又爱又纠结"的情绪让想做的事情都变得苦难重重。"家长"做多了，容易缚手缚脚使自己内心还得不到"满足"；而作为"孩子"，又想要闹一下来满足自己，但又担心闹得太掰。所以，想要体谅"父母"，就得受尽"委屈"。绝大多数情况下只能面对现实，在这种复杂的关系中进行博弈，对于草根来说这是可望而不可及的。

那么，为什么要以企业家的身份参与公益？冯仑在参与公益的过程中得到了这样的结论：当与地方政府沟通的时候，企业家会因为身份的原因换得少许便利。从侧面分析，企业家更懂得如何与政府进行良好沟通。

冯仑在阿拉善的治理过程中，发现由政府贷款支持的污水处理厂从未运作过。为了解决技术上的问题，"SEE"派出相关技术人员对其做了详细的调查和分析，并且在财务方面，冯仑出面和当地政府进行商议，愿意出资金解决污水处理厂不工作的问题。但这些钱只是借的，当政府拿到钱的时候需要立即归还。

曾有人质疑过冯仑的这种做法，冯仑则觉得这并不是威逼利诱，只是手拉手一起走，我们都是好朋友。冯仑并没有把彼此看成简单的对立关系，但也不回避各方面对其施与的压力。毕竟，在中国做民间公益，他还是很有信心的。

2013 年 10 月，冯仑卸下了"SEE"会长的职务，将更多的精力放在"名嘴"崔永元身上，一起做一档口述历史相关基金会的栏目，冯仑说："这个多一点，那个就少一点，公益对我们做企业的人来说，行有余力不妨多做。"

人的生活，是随着自身成长而逐渐丰富的，在这个过程中，做起事来势必要八面玲珑，如果固执地认为真实性是唯一单面，结果只会抑制自身能力的发掘和完善，使自己很难分清虚伪和真实，这也就违背了冯仑的"贞操价值观"。故此，相比较企业家、公益男、淡定哥这些身份，冯仑更像是一个"多面体"。

几十年的商海奋战，把棱角分明的冯仑变成了一个圆润的多面体，在兼具理想和现实的特质基础上，他用务实主义实现了理想主义中的利益价值观。在他看来，做公益就像是在改变自己，而不是去制约别人。如此，才能真正地做好一路向西。

7
冯仑的未来

窒息式死亡

"未来"这个词很抽象，人们在不断成长的过程中，"未来"的重要性也会变得越来越模糊。当人停滞不前，不知道应该选择放弃还是继续坚守的时候，"未来"一词更是有着不可承受之重。显而易见，进退两难的"未来"似乎最让人头痛。

"冯仑的未来"这一话题，已经成了所有冯仑粉丝的共同话题。当万通的发展显露出些许"疲态"，冯仑的未来职业走向也就存在很大的变数，很多专家及业内资深人士也都对此有了判断。他们共同认为，冯仑若是有一天退出万通，则会出让自己万通地产的全部经营权；如果继续留任，那么可能会将所有精力和财力都放在"立体城市" 的发展上。

2014 年 9 月 19 日, 北京万通地产股份有限公司董事会出现了人员变动, 其最大的变动无疑是许立让出董事长的位置, 而由北京嘉华筑业实业有限公司的江泓毅接任, 并出任万通地产第六届董事会董事长的职务。其中, 新出炉的董事会成员名单上不仅没有许立的名字, 就连 "万通" 元祖冯仑也未在其中。至此, 答案似乎揭晓了。

此次变动, 被视为万通系 "冯仑帮" 全部退出的征兆, 新万通进入了 "去冯仑化" 时期。这一话题饱受争议, 自 2014 年 8 月份以来, 一直被炒得沸沸扬扬。

其实, 万通地产董事会重组的消息传出后, 并没有引起太多的关注, 外界本以为只是新股东加入。但董事会后, 成员从 7 人减至 6人, 让所有关心万通的人又都回过头来再次对这次董事会人员变动予以关注。万通控股董事长冯仑通过股权转让, 将自己呕心沥血半生的万通地产的股权随手丢给了别人。

不过, 离开万通的冯仑会就此销声匿迹吗? 他会不会继续坚持 "立体城市" 的建设, 以此进行二次创业, 继续书写传奇的房地产神话? 也有很多人认为, 冯仑此次离去, 很可能退隐山林, 偶尔出来讲两个段子, 然后说的多了就写本书, 走上他钟爱一生的文学之路。抛离这些猜测, 退出的冯仑到底会干什么?

同年 8 月 8 日, 万通地产 2014 年度第五次临时股东大会如约而至, 大家心里都很清楚, 虽然是临时的, 但绝对会出现天翻地覆的变化。果然, 最终的结果是冯系三人退出, 江泓毅方面的嘉华实业 2人入驻, 也就是说, 新的 6 人董事会, 有一半以上的人员都来自嘉华实业, 嘉华实业成了万通的当家人。

冯仑很清楚，在资本市场中，董事会人员出现巨大变动，股权也会因此在结构上出现变化。眼下的这一切，似乎都是冯仑早就想好的事，所以他的葫芦里到底卖的什么药，谁也不清楚。从资料上很容易可以看出，上市公司万通地产的最大控股股东是万通控股，其总持股占 51.16%。

最初，万通控股的第一大股东是持股 25.9% 的天津泰达，第二大股东是持股 23% 的嘉华实业，第三大股东则是万通御风。随后，通过交叉持股、个人出资的方式，冯仑建立起了自己的"冯式持股体系"，成为万通地产实际控股人。到了 2013 年，"冯系"统一行动，将所持股份达到 28.32%，超过了天津泰达，并一举成为实际控股人。

而如今，冯仑却大量减持自己的股份，并分股份给嘉华实业，使其成为万通控股第一大股东。究其原因，他命"冯系"让出董事长的职位完全是一种主动行为，因为他从来都不需要一直守着一个上市公司的"虚衔"。

上海易居房地产研究院研究员严跃进表示，卖掉股份就相当于出兑自己的企业，是主动撤出的理智行为，把现有的经营权让给新的实力团队继续经营，这也是一个"别无选择"中的最佳选择。

的确，很多人都认为，这是冯仑的无奈之举。易信城市与产业研究院院长陈宝存向外界透露，冯仑减持是因为他实在没有办法了，谁也不甘心自己的"孩子"一直朝着下坡路走，万通想要继续发展必须要转型，所以面对持续下滑的业绩，冯仑必须做出"减持"的无奈选择。

确实如此，从万通地产 2010 年～2013 年财报上来看，这 4 年中的收入一直都在下滑，虽能维持在 30 亿～50 亿元的规模，但对万通这一级别的企业来说并不多。

2014 年上半年时，万通的经营额只有 3 亿元，同比上一年同期下降约 52%；实现净利润约 4800 万元，同比上一年同期下降 60%。加之万通在"立体城市"上的投入从几百亿增至几千亿，按照当下的经营状况，整个万通势必会坐吃山空。

此外，冯仑从未向外界透露过冯系与天津泰达及嘉华实业之间的矛盾。冯仑一边是无心持家的一家之长，一边又是个无法看着利益受损放任不管的股东。他是个稳健的人，所以总希望能有更多的资源被集中，并支持创新业务，寻找未来的"增量"，实现"立体城市"的梦想。然而，泰达和嘉华实业则希望把企业做大，以提升业绩为主。这样的分歧有点像当年冯仑与潘石屹之间的矛盾，但不同的是，冯仑是为了万通未来做打算，而泰达和嘉华实业则是单纯地希望花最少的钱获得最多的利益，并分到更多的钱。

此时冯仑肩膀上的万通，不只是内部分歧的问题，更现实的是，房地产业内部的生态环境出现的巨大变化让他有些招架不住。

2014 年，行业再次进入轮换期。搜房网数据监控中心数据显示，沪深港三大证券交易所上市的所有房地产相关企业，有六成以上的房企均出现利润大幅度下滑的现象。其中最被人看好的万科，同样出现了 4 年以来的首次利润下滑。在如此不乐观的市场中，恒大集团开始了多元化、多领域的发展计划。

霎时，中国房地产业第一批崛起的企业家们纷纷告别了自己的看家行业，开始在不同的领域中找寻新出路，万通的部分股东也同样寻思着尽快把冯老大一手拉扯起来的企业从淤泥中拯救出来。

万通必然会做出一些乍看匪夷所思，细品却让人大彻大悟的事情，管理层的更新也是必然的。

其时，外界传出了万通开始"窒息式死亡"的说法，冯仑对此并没有作出回应。他其实很不甘心，毕竟在地产界，他与王石、潘石屹是齐名的。只是，万通的经营水平，似乎总达不到他的"思想水平"。

2003 年时，万通地产资本金和年度营业收入均进入中国房地产业前十强；但 10 年之后，万科和万达在争夺头把交椅之时，万通却只能在二线房企中迷茫徘徊。这种现实让冯仑很难接受，他是个负责任的成熟男人，怎会不自责？

2014 年，冯仑在北大国家发展研究院在职 MBA 班《创新管理》课程上表达了自己的反思："2002 年后，万通刚刚还完债，我们不想高负债，用高杠杆来撬动市场，结果万通失去了一段发展的好时期。虽然在这个时候万通依然赚钱，但是万通的创新没了。于是慢慢地，安全变成了企业最大的目标，万通开始了'窒息式死亡'。"

冯仑在总结万通的时候，觉得之所以错过最佳发展期，是因为根本不懂得如何"借用资本市场"。自万通 1993 年成立以来，一直都没有进入资本市场，直到 9 年后才意识到资本市场是万通的必经之路。可是，由于当时所持股份比例过低，导致万通实业核心房地产资产无法上市。万通真正登录 A 股市场，已经是 2006 年之后的事情了。

另一方面的原因则是，万通当时资源整合不均，并且匮乏，在购买土地的时候暴露了很多短板。冯仑表示，万通作为一个民营企业，竟然不擅长利用政府资源，这是企业发展中限制公司的最大瓶颈。

用万科与万通作对比，就更可见其短处：万科在 1991 年便进入了资本市场，在 2008 年以前，万科利用 A 股 IPO、发行 B 股，并通过定向增发等多种融资方式获得大量资金。随后，在 1990 年到 2007 年这段时期，万科收入增长了 170 倍之多，净资产增长了 700 多倍。

冯仑见此，怎能不羡慕？怎能不去万科拜师学艺？

万科并未止步于此，而是继续创新，在 2008 年 A 股市场融资拒绝面向房地产企业的时候，万科开始利用合资伙伴的投资来弥补融资方面所无法获得的资金，并且得到公司内部之间的信用互保的方式向银行高额借贷，同时更有了大股东的支持。万科主要针对中高档住宅市场，其业务覆盖达 53 个大中城市之多。

那一时段，冯仑也现学现用，想出了出奇制胜的一招——"傍大款"。

2004 年，万通引入了战略合作伙伴天津泰达集团，泰达是天津最大的"土豪"。冯仑认为，两强结合是"联姻式"，作为万通控股的最大股东，天津泰达一直扮演着提款机的角色，其派出的干部以审计和财务投资为主。

对于万通来说，在土地和资金上得到了巨大的支持，除了能依傍泰达这个靠山站稳天津房地产市场，亦能与泰达强强联手，互通有无，而他们之后在北京、杭州等地继续合作的事实，也证明了冯仑这一步走得的确明智。

只是，两者的合作多有些虎头蛇尾的意思，虽然此后多年来万通一直都在赚钱，可发展的脚步却十分缓慢，如此挪步般地匍匐向前，本身就是一种后退。毫无疑问，在创新层面看，万通已经在吃老本了，且朝着吃光的方向一路走去。故此，"安全"已成为万通当下最大的目标，"窒息式死亡"，似乎也成了万通无法逃避的现实。

冯妙手的"回春术"

尽管冯仑提出的"傍大款"模式在某些方面弥补了万通的短板，但这与其倡导的"稳健发展策略"是相矛盾的。

冯仑在提出反周期的反战策略时，万通已经处于逆生长状态，即繁荣时期卖产品，萧条时期买土地。这样一来，万通并没有在2007年市场的狂热时期获得更多的收益。而且，"稳健"策略导致购地过多，反而成了负担，使得万通地产一度受困。

到了2013年末时，万通正在施工的项目有13个，施工面积达到126万平方米，总销售面积达23.3万平方米，账单开出40亿之多，所有销售业绩均收益于天津地域的销售，其中泰达在销售过程中起到了不可忽视的作用。

冯仑总是以理想化姿态示人，人生中充满诗情画意。他的这种特质，在万通后期的经营和发展中被明显地体现了出来。他在《野蛮生长》一书中，也表现出他出身体制的中规中矩。因此，万通在业务发展上得不到突破，并形成了依赖性，反而少了他独有的"野蛮"气质；如果房地产企业没有了咄咄逼人的气势，是无法扩张的。

所有业内人士都认为，冯仑的思维、理念都是超前的，但在应该务实的时候，却选择盲目地扩张。而王石的万科与冯仑的万通相比，则更接地气，凸显出稳扎稳打的态势，这样能更牢靠地抓住市场。相比较下，万通则在超前的业务理念中因力求放长线，使得资金无法循环利用，造成了大量滞留资金，成为限制万通快速发展的主要原因。

2003 年到 2013 年，是房地产行业最辉煌的 10 年，融资、拿地被称为获利的"最佳利器"。不过，冯仑却在刚进入这一黄金时期时提出转型，从最早的"香港模式"转为"美国模式"，从开发商转型成为房地产投资公司。

万通地产为万通控股贡献了大部分营业收入，但单纯的盈利却没有被冯仑用在地产领域的扩张上，而是改投其他新型零经验产业。

今天的冯仑似乎有些梦醒，回忆起过去 10 年黄金时期，便禁不住感叹："传统房地产开发业务虽然为万通集团的发展立下汗马功劳，却始终不受重视。"

冯仑不得不为这样的残局做些计划了，他预计 2013 年—2015 年期间，万通集团的基金业务及直投业务将会发挥作用，并做出一定的贡献。

在利润方面，很有可能超过万通地产为万通所创造的收益。但是，如此纸上谈兵的理论在现实中却难以实现。也许正是冯仑过于自信，才对万通发展造成了制约，他在新业务上的投入很大，但是新业务的营业收入只占万通总收入的 3%，同时，"现金牛"仍是万通地产住宅开发的主营业务。

不仅如此，除新业务之外，"立体城市"、部分海外业务，均占用了大量的流动资金，这让万通集团的财务指标不得不亮起红灯。

2013 年时，万通集团总资产已经较上一年下降了 2.29%，长期负债增加 17.30%，流动比率下降 6.45%。到了 2014 年时，万通所有项目所产生的现金流量俯冲式下降，由 2013 年的 4885.87 万元变成 -10.56 亿元，如此之大的经济压力，对任何一个企业来说都是很难承受的。

如今，万通"日新月异"，冯仑难免会想起"六君子"时期的辉煌。对于兄弟散伙的事，冯仑总结道："解决危机的唯一秘密就是牺牲，每次危机都有利益权衡，不敢牺牲就没有胜利，中年男人要保持这种牺牲精神，坚持理想是唯一的心理支撑。"

虽然这样说，他本人还是有更多想法和看法的。当所有人都质疑他淡出传统房地产住宅业务的时候，他却为自己腾出了更多的追梦空间。他把"立体城市"的辉煌作为"自己人生下半场"的唯一赌注。他像个孩子似的，迫不及待地想要看到未来城市的样子，在跟随时代潮流的同时，也发现了传统项目中更多的弊端。

然而，从"立体城市"目前的状况来看，则是：有钱没处花，有劲没处使。克而瑞城市运营事业部总经理高晓伟则表示，冯仑的想法很有远见，但是却忽视了脚下的路。一个新型"城市"，不管构架在何等载体上，只要服务好、居住环境优良、产业配套完善，就会有人去住。

最让地产商无可奈何的问题，就是万事俱备却没有土地可拿。冯仑就像是站在孤岛上拿着望远镜的人，看得远，但是迈不动步。

在万通走下坡路的时候，冯仑仍坚持着自己的想法——在互联网上搞建筑，他曾提出过"自由建筑"的观点，随后与思源经纪达成协议。但目前来看，依然没有成效。

对于"自由建筑"的暗淡，冯仑很清楚问题出在哪里。他很清楚，若是在国外，这个设想很容易实现。国外的土地多是私有制，开发商所提供的定制服务可以根据要求选择客户所要求的土地、好的位置、好的环境，以及现成的配套设施，所以在完成客户需求上相对有更多的自主性。

在中国，这种方式太小众了，开发商的土地都是固定了，选择范围很小，所以只是单纯地网上订购而已。并且在中国土地公有制模式下，土地拥有问题是最关键的，大规模、大面积地推广也很难实现。对于万通的"改朝换代"，不少业内资深人士认为：尽管房企躺着赚钱的时代已经过去，但养老地产、旅游地产、商业地产等没有获得正常发展。未来，非住宅业态将获得更多的发展。与此同时，三四线城市，各种业态房地产的发展还处在初级阶段，对这些城市来说，最好的机遇还未展现。

冯仑在关于万通未来发展如何定位的问题上做了很明确的指引，不进入常规住宅，主营中高端产业，详细划分市场，在行业中先坐稳领头羊的位置；并且在开发区域的选择上应该慎重考虑，将资源尽可能多地投放到空白城市圈，避开一线企业，占领自己的优质资源，并为日后万通万年计划的发展积攒资源项目和立体城市的开发。这样一来，万通将紧握后来居上的难得机会。

在新一轮的房企争夺战中，"京津冀一体化"逐步成为主流走向，万通也开始了自己的动作。在2014年北京秋季房展会开幕的当天，万通地产住宅事业部市场推广总监吴磊公开对外宣布，万通接下来的计划主要是跟随着国家政策执行整合策略，其品牌线、产品线能够得到真正的发展空间。

此次展会，万通推出了三个项目展台，分别是万通北京怀柔新新家园和天竺新新家园，以及河北香河的万通·新界，此举突显了其对京津冀的精耕细作。

万通经历了后万通时代后，已经迎来了"去冯仑化"时代，万通也将开启新一轮的挑战。在万通刚开始走下坡路的时候，冯仑就已做出周全的准备。嘉华实业如今成为万通最大的股东，并且成为董事会话事人，这绝不是偶然。

在作战方针上，嘉华实业一直以"提升产业发展速度，使业绩稳步增长"为业内称道；在此期间，万通地产将过去在住宅系列上形成的名称系列化逐渐转型为"建立标准化"的产品。

故此说，原来的第二大股东嘉华实业强势上位而成为最大股东，很可能就是万通未来的真正转型，为了提高万通的业绩，在未来的时间里，万通将会迎来嘉华实业更多的资产注入。这样一来，万通就很有可能从"窒息式死亡"中起死回生。

这也许是冯仑在所有等着看万通"笑话"的人面前，摆下的又一盘扑朔迷离的棋局吧。

互联网地产

创造奇迹和改变历史的共同点，或许就是把不可能变成可能。

在所有人都在为房价飞涨而挠头的时候，小米 CEO 雷军曾问过万科总裁郁亮这样一个问题："你们盖的房子价格能不能跌一半？"郁亮的回答有些模凌两可："有可能。"但是在冯仑眼里，这种可能即将在他手中变成事实。

冯仑对互联网领域垂涎已久，一直都想将房地产与网络结合在一起。2014 年，万通推出了全新的房屋销售方式，买家可以通过互联网购买到自己心仪的房屋。这是万通版网络房地产"自由筑屋"的测试版，并非正式发布。其中，为用户提供了 10 平方米以上的住房，主要面向年轻消费群体。

冯仑在 12 年前，就曾尝试过将网络融入房地产，当时还没有现在"自由"，所以叫"万通筑屋"。刚开始的时候，完成了一些业务，其中包括北京后海地段的亥四号院项目，当时的建筑报价为 5400 万美元，一时间引起了不小的轰动，但由于当时人们对网络销售的认识还不够，以及市场、技术环境等多方面不成熟的因素，冯仑未能再继续"万通筑屋"项目。

此时再返回头做筑屋，冯仑自然是有备而来。他思路清晰，把"自由筑屋"模式定义为：互联网地产的商业创新，同时也是共创家园的社会考核，用户可以直接互动讨论；每一位用户和卖方的部分交互信息会出现在公共平台上，供其他用户参阅，买卖双方是完全公开透明的。

这样一来，互联网对于房地产行业来说，不再只有单一提供广告宣传的功能了，很多方面都能影响到从业者的思维，还可以通过互联网构筑的虚拟空间，来呈现一个全新的虚拟开发平台。对于卖家来说，可以根据需求量和要求进行设计，这样可以将损失降到最低，不需计算浪费成本；对于买家来说，可以用最低的价格买到自己最满意的房子。冯仑在"自由筑屋"模式所提供住房的销售价格上并没有给出明确数字，但是他很认真地表示，最终价格要根据市场来决定，但心中估算着至少是别人买房子市场价格的八折至七折的样子，这样才能看到优势。

互联网在房地产领域的作用范围逐年增大，很多领头房企都将"土地嫁接互联网"视为一种崭新的销售思维。在冯仑眼里，互联网思维是房企"入网"的唯一目的。

首先，王石的一句话，是冯仑奠定互联网意识的关键："淘汰你的不是互联网，而是你不接受互联网，是你不把互联网当成工具跟你的行业结合起来。"其次，冯仑看重互联网的另一个因素，即是其特殊的表现形式，既可以提供电商服务，还能销售家具产品和其他社区生活服务，实现连锁式销售。

眼下条件成熟了，网络科技十分发达，几乎每个人都与网络密不可分，这样一来，通过网络实现房屋定制就很容易了。

2014 年 4 月，冯仑决定通过虚拟的网络平台来建造房屋，并成立地产网络公司，全力开放"自由筑屋"系统。按照冯仑的设想，万通在陕西西咸"立体城市·新渭城"的项目与"自由筑屋"实行捆绑，拿出 10 万平方米的建筑面积作为"自由筑屋"第一期网络定制销售房屋。

购房者可以在万通"自由筑屋"网站报名，将自己的需求提交给平台，当定制房屋数量达到建筑标准后，即立刻开建。其全部设计及规划，将全部由立体城市及其他的相关业务平台来完成。用户只需要提供自己的需求，即可买到满意的房子。

冯仑给"自由筑屋"设定的标准为：户型面积均在 120 平方米以下，主要针对 80 后消费群体，尽量让房屋的最终造价精装修后每平方米在 4500 元以内。

相比较传统房地产开发商的主导方式，万通"自由筑屋"在根本上改变了整个商业结构和销售模式，从过去的选房子变成现在的定房子，把主动权交还给买房者，让他们真正享受到了"顾客就是上帝"的优质服务，这在地产业内尚属首例。

倘若"自由筑屋"销售模式真的能够实现，万通将会改变房产销售的历史，使房屋市场竞争更加激烈，在短时间内很可能垄断整个中低端房产市场。那么，"自由筑屋"为什么会有如此强大的竞争力？

"自由筑屋"的基本模式其实很简单，主要是以筑屋线上平台为依托，用户可以进行交互式的信息交流，并提前参与到所购买产品的设计中。这就像是团购，当购买数量达到卖家所能接受的利益范围，这种销售将会达成。

这样一来，所形成的群体性订单，就可以借助于网络的公开性，对目标地块的地理位置和产品详细信息做更大的改善，既可以降低成本，还能节省建筑空间，并创造出形式多样且社群化的定制楼盘。而对于买方来说，优质的产品、合理且够低的价格才是至关重要的。

同时，对于一些有卖房需求的用户或中小企业，也可以通过这个平台获得用户资源和提供房屋资源，以及对用户有帮助的专用服务资源，轻松地成为开发商的"大哥"，让其围着你的意见转。故而，这一设想，对土地资源较丰富的立体城市项目尤为重要。

冯仑认为，这是一个双赢的销售模式，尤其对一些实力匮乏的企业和项目，将会使其得到最佳效果。"自由筑屋"所生成的订单可以降低项目的风险，并能获得更大的用户利益空间。

冯仑说："当年是超前，今天是正好，正因为有了当年的超前，我们今天才可以抓住这个正好的机会。"

他觉得，要想让消费者心甘情愿地把钱拿出来，就得让消费者参与进来，眼见为实，才能死心塌地。2014 年 4 月 23 日，冯仑便再次举行"自由筑屋"的新闻发布会，其主题为"人人都是开发商"。

冯仑对于"人人都是开发商"的解释是：通过自由筑屋平台，用户们可以在房屋构建之前参与到设计之中，由用户自己决定自己的邻里群体，提前做出室内设计风格，相当于自己做自己的开发商。

从专业的资源数据来看，除万通地产全部相关资源之外，万通"自由筑屋"平台中还整合了业界的先进工程、相关的项目管理、房屋设计等相关配套资源。同时在土地方面冯仑也承诺，在全开放的网络互动平台上不仅可以看到"立体城市"、万通地产，还可以看到万通之外的房地产企业的相关信息，这些信息是根据用户在平台上进行群体性产品定制时，由后台系统自动筛选并提交给用户的，这更方便了用户的需求选择。他解释说："我们考虑问题有三个基本原则——是不是符合用户利益，是不是符合用户需求，是不是具有良好的用户体验。"

冯仑觉得这样的平台，就是用户最信任的平台，但不管他怎么说，"自由筑屋"就是在变相地推行"立体城市"。如今，"立体城市"没有外力支持，已经走不动了，冯仑自己也承认，有了自由筑屋，"立体城市"的发展会被加速，只是快与慢的区别。

潘石屹对大哥冯仑的构想既不支持也不反对，他觉得冯仑的思想天马行空，只要和大哥聊过几句的人，都会在内心中燃起一团烈火，他就是有让人积极向上的正能量。

很多人都说冯仑不切实际，"自由筑屋"只是他老酒换新瓶的套路，"立体城市"吆喝不动了，所以跑出来个新概念，从"拯救世界的唯一办法"中重新编织出一个更有想象空间的网络梦境。

质疑归质疑，任何负面评价都无法掩盖冯仑是个有远大梦想的商人的事实。他每次面对采访的时候，都会信心十足地重点提及"立体城市"。虽然"立体城市"从目前的情况来看，已经是一潭难收的覆水，但冯仑倒觉得，那些说自己和"立体城市"不行的人都是害怕他成功的。一旦实现，这些人将会颜面扫地。

在"自由筑屋"发布会当天，冯仑身穿由"例外"公司设计的灰色定制 T 恤，手腕上佩带着流行的手机腕表，酷劲十足，一副时代先锋的模样。他在上台讲话时说："我们欢迎有情怀、有远见、有担当的好企业、好品牌一起来。"

在外界看来，"自由筑屋"已经失败了，冯仑这样说只是想拉拢更多的人来认同他的想法，并与他一同组建梦想中的"乌托邦"。但无论如何，当一个人没有放弃的时候，永远都不要质疑他下一步是否会创造出奇迹。

放眼新视野

人要学会放眼新视野，这样才会有更多的出路。正式退出万通的冯仑，再次出现在公众视野中时，人们发现他卷土重来，主要是为"房宝宝"摇旗呐喊。

房宝宝——由团贷网首家推出，主打国内一线城市房源并精挑细选高端房产的众筹产品。更直白点说，它是与互联网挂钩的，这大抵是热衷于把房企与网络结合起来的冯仑决定为其推波助澜的一个原因。

冯仑觉得，"房宝宝"有三点最靠谱的地方：第一，无论做什么行业，卖什么产品，一定要有良心，要有人情味。"房宝宝"就做到了这一点，它是为年轻的"漂"们量身打造的，这就是人情味；第二，这是一个众筹项目，拥有一定数量的支持者，不管是国内还是国外，成功案例有很多，向用户推荐的产品都相当出色，而且在全力打造房地产业务上是绝对值得相信的；第三，以互联网为载体，能使房地产减少与政府之间对话所消耗的成本。

冯仑直言："'房宝宝'是在与人打交道，越是靠近人，生意就越靠谱，即使不能替代传统的房地产，这种模式也绝对有相当广阔的市场，尤其对年轻人是很有吸引力的。"

冯仑话里话外透露了他很有可能与房宝宝合作的信息，并会继续推行自己的"自由筑屋"。此时的万通正在开发全新的"定制"项目，冯仑很早就有转战 VC 的念头，想把精力消耗在一些"靠谱"的事情上，寻找一些"好玩"的公司进行合作。

这样看来，"房宝宝"很可能是冯仑下一个合作目标，通过对其的研究，他或许能用网络思维结合房地产上的不足，并在"自由筑屋"上实现新的突破。

冯仑说："我们这一辈已经老了，房地产也不可能永远是主流，以后还是要靠年轻人的。"其实，这句话中的含义有很多，"年轻人"有可能指的是商界的后起之秀，也可能是未来的新兴产业，更可能是房产界全新的商业运营模式。

当今网络发展日新月异，冯仑便又开始谈论起互联网思维，遗憾的是，互联网硬是让这个老江湖自叹"我们一看有一点懵了"。在中国各行各业的老一辈企业精英中，冯仑是用户体验思维最活跃的企业家，做房地产的这些人中，愿意消耗宝贵时间去世界各地看好的房子、学习经验的只有两个人，一个是王石，一个就是冯仑。

冯仑之所以"懵了"，其背后也是有原因的。传统企业近年来发生了翻天覆地的变化，这样的变化一直在冲击电子商务消费行业和银行，例如马云支付宝中的余额宝。

2014 年之后，受到剧烈冲击的应该是房地产和汽车产业，尽管这两个行业暂时来看都很赚钱，然而却是山雨欲来风满楼。

冯仑曾表示过，地产公司一直都觉得地产是个很靠谱的事情，在过去几百年的房地产历史中，房地产市场是如何变化的，他认为已经非常清楚了，并说过："我自认为我很勤奋，我跟东升一样，因为全世界所有最牛的地产公司我都去过，所以房地产行业的创新、路径、瓶颈在哪儿是很清楚的。这个天空我非常清楚，有几片云、怎么走，什么时候下雨我是知道的。"

然而，如今天上的云好像不再那么听话了，它们变得让冯仑不知接下来该怎么办。他坦率直言，"我们现在真有一点懵"，"现在坐不住了"……不知不觉间，冯仑脑中又出现了互联网，他知道，互联网可以改变一切传统行业。曾有那么一段时间，地产联盟的核心企业都开始和网络打起了交道，2014 年 2 月的时候，万科的郁亮就带着公司的高层，马不停蹄地拜访了互联网公司阿里、腾讯、小米等。

冯仑和那些大鳄稍有不同，他选择了小米。

在小米内部，所有人都在创新和研究，到底如何将互联网以主动方式去影响并改变房地产？于是，冯仑一时茫然了，小米已经开始做房地产了，自己却还在用人脑去思考网络地产是否可行。很快，小米派出了专业团队执行一早制定的方案。

小米的特色是，简单极致，以其强大的粉丝经济群和优质服务称霸市场。小米无疑在展示着互联网思维，虽然所有的一切都在萌芽期，但这股力量是强大的，足可以颠覆冯仑等房地产元老。此时的冯仑在思考，自己头上这片天空接下来应怎样变化？云朵还会像以前那样跟随自己吗？能否再见到雨后的彩虹？

在风起云涌的商业浪潮中，最凶狠的变化是商业模式的颠覆。传统商业模式在互联网面前，瞬间变得不堪一击。冯仑曾和郁亮、雷军一起聊过当今的房地产行业，雷军的一句话让冯仑有些不知所措："能不能把房价拉下来，靠服务和增值赚钱？"他有些想不明白，一直以来自己对互联网的印象还不错，但现在看来，房地产行业已被互联网搅和得连自己这个老江湖都变"浆糊"了。

渐渐地，冯仑开始明白，互联网思维的本质就是用户思维，用户思维也就是销售行业的基本服务思维。他觉得，小米如今涉足房地产领域，还搞得地产界人心惶惶，主要是他们不擅长深耕用户，这是一种"只按摩不收费"的行为，在行业内早已有人尝鲜。

循着这样的思路，冯仑把这种想法复制到了物业上。他解释道："有一个网站提供服务，以前房地产行业的物业服务是不赚钱的，特别是管住宅。这样一家公司很简单，进入所有的社区不收物业管理费，只按摩不收费。因为这又不给钱还要天天给你按摩，所以他横冲直撞进入到所有的小区，一下子建立了几百万个家庭的用户，然后开始按摩不收费，卖精油收费，递毛巾收费，于是在社区里几百万的家庭用户开始用互联网配送所有家庭需要的东西，这个公司一年赚一两个亿，而且越来越大。还有房地产的中介，还有智能家居在互联网的整合。"

显然，冯仑似乎开窍了。

2014年9月17日，全民营销开始席卷地产界，冯仑为万通"自由筑屋"指出的道路是：始终坚持通过用户市场拓展销售渠道。很快，万通"自由筑屋"与思源经纪在北京达成战略合作计划，冯仑认为，思源经纪是一个重量级的优秀网络渠道合作商，随即双方联合推出了全民营销工具——"万通房通宝"。

"房通宝"作为全民性质的网络营销工具，有三个特点：第一，"房通宝"并不是中介公司和代理公司的产物，所以在功能上，更便于用户使用，将优秀的中介公司和代理公司作为最主要的对象，使得自由经纪人的收入低于或等于机构经纪人的收入；第二，房源较同类服务有很大的不同。"房通宝"上出现的房源是主要集中在"自由筑屋"平台上的项目，同样拥有"定制"特色的房源，给用户提供更多的自主选择空间，从侧面丰富了经纪公司和经纪人为用户提供的推介房产资源；第三，根据最终成交结果进行费用结算，这样可以有效地使经纪人在不打扰用户的前提下，提供更精确、更有效的优质服务。

冯仑将经纪公司完全控制在"自由筑屋"范围内，所有"房通宝"的经纪公司都要与万通签约，并由旗下经纪人在其网站注册，成为签约经纪人。当经纪人推荐客户成功后，根据不同的项目佣金条件领取相应的酬劳，这样一来，就可以在后台随时来监控旗下经纪人的整体业绩表现，以及用户对服务质量的反馈信息。

冯仑弄得风风火火，可在外界看来，"房通宝"只是万通"自由筑屋"的又一噱头。但实际上，这是冯仑根据市场需求，使万通"自由筑屋"通过移动互联网对接全国各地有定制需求的客户的解决方案。通过这样一个渠道，使用户参与到"自由筑屋"，按照自己的意愿来定制自己的房子。

当下，为了能实现更快捷的客户拓展，各大地产商纷纷进行跨界合作，与网络公司"联姻"成了流行趋势。万通推出房通宝之后，万科便携手链家地产进行战略合作，链家地产在自己旗下的所有门店内为万科设立独立展区，对万科进行详细的产品介绍，并有针对性地实现一二手联动销售。

冯仑选择思源经纪作为万通"自由筑屋"的战略合作方，主要是看中了其由数千名具有专业知识的优秀房产经纪人组成的超强战队。这样能更高效地面向有需求的用户，进行一对一的产品介绍，使用户更深入地了解自由订制的产品细节、风险控制等，这将成为定制服务的直接催化剂。

不管在何种领域，冯仑始终坚持着强强联合的战略计划，通过此次与思源经纪的合作，万通房屋自由定制将获得一条线下的拓展客户的优势渠道。相比其他全民卖房的企业，万通的"自由筑屋"挑选的都是具备超强专业支持的房产经纪人，不管是机构客户还是普通客户，都能为其提供最专业的服务。

万通"自由筑屋"与思源经纪强势合体，在未来的房产销售道路上，两者必将携手进入持续增长、多领域的定制市场，而后各取所用，各展所长。显然，冯仑欲持"自由筑屋"再次改变历史，至于结果是否如期待的那般美好，还尚属未知。

被扶正的互联网

冯仑是房地产界的"老油条"，老兵一般的战斗经验，让他成为了一个时代的佼佼者，也成为了市场大潮中的第一批优秀分子。

对于地产行业，冯仑是倍加信任的，他把地产事业视为最靠谱、最踏实的事情。身经百战的他，从来没有停止对未来的创新研究。然而，他万万没想到，瞬息万变的新时代却创造了"互联网"这个新兴产业，这不禁打乱了他原有的行业价值观，让其不得不感叹

——互联网太厉害了！

2014 年 12 月 9 日，冯仑在上海出席了股权投资基金论坛并发言说："互联网对于房地产而言是什么？互联网就是仲夏之夜，在你身边一闪而过的'小妖精'，即魅惑，又妖娆。每个人都觉得自己看清楚了她的模样，但最后却没有人能完全形容出她的本来面目，有的看见了头发，有的看见了穿着。"

对于冯仑而言，互联网这个"小妖精"已经把全世界每一个部位都搞得很混乱了，接下来她还要占领房地产人的身体，继而占领整个未来的房地产行业。

与冯仑一样，任志强也对此做出了回应，称中国房地产商应该对此做出改变，要从"制造型"转变为"服务型"。

对于今时房地产和互联网交织的局面，中国国家发改委对此做出了回应，房地产研究中心主任刘琳在此次论坛上表示，2015 年中国房地产将进入一个新的时代，房地产市场也将实现软着陆。

冯仑很早就已经说过，近几年，很多房地产公司都在"变脸"，以万科为代表，最先提出要做与城市的发展同步的服务型开发商，并加大配套服务力度。恒大集团也同样做出改变，在进行多元化投资的基础之上，拓展了更多的商业领域。这样一来，房地产行业不再是过去的单一模式，住宅也不再是房地产行业的核心产品。

自从在美国见识到了互联网所创造的科技力量的神奇后，冯仑便开始转移自己未来的发展方向，并认为把互联网力量应用在地产行业之中，是一件比做地产行业本身还要靠谱的事情。

几百年来，人们一直都在地产行业不断地创新，而冯仑也认为自己是最勤奋的，游走世界各地，去过所有最牛的地产公司。他十分清楚房地产行业到底在做什么，房地产的喜、怒、哀、乐他都了如指掌。

过去二十多年来，整个世界变化巨大。冯仑看在眼里，也知道这种快速变化一直都保持着匀速之态。可近几年，这种变化让人摸不着头脑了，稍一变天，冯仑也不知该如何应对。

当互联网一步步走进冯仑的世界，他开始意识到，互联网是改变所有传统行业的强制性武器。这并不是危言耸听，他手上有很多这样的例子：比如酒店在行业竞争中的诸多方面都不复存在了，正是因为互联网的介入，让传统酒店行业时刻遭受着难以料想的重创。冯仑说："举一个例子，房地产行业已经被互联网搅和得可以了。现在如果你有房子，如果是公寓或者一个标准的房子，可以跟这个网站签约。签约以后，合约规定你要短租一天半天或者是十天，这个网站签约了非常多这样的房子。"

这样的方式自然很方便，为你服务的人就在那里等着你，进入房间之后，一切都和酒店一样，而且还可以自己做饭。这样一来，在不用担心隐私被暴露的前提下，亦能享受到最完善的服务，较之快捷酒店，价钱更是便宜了很多。如此，小规模的快捷酒店被逐渐排挤出基层酒店服务行业的竞争范围。

除此之外，冯仑再次提到物业这一行业。在过去的几十年社区经营中，物业并不挣钱，但很多新兴的物业公司却通过对互联网的应用，为用户提供所需，每年收获颇丰。

大部分人都会觉得，不管是酒店还是物业，这些也只不过是与房地产相关的附属行业，并没有真正影响到民用住宅这样的核心房地产领域，所以对房价构不成威胁。对此，冯仑会很直接地给出答案："你错了！"

自从小米放出要造房的消息之后，冯仑并没有自乱阵脚，反而整装待发，对互联网进攻房地产业做出新一轮的挑战。鉴于之前的"自由筑屋"和"房宝宝"的经验，此次对战冯仑信心十足。

经过研究，冯仑总结了一些对应之法，就是要自行创造自己的田地，让这片田地中只生长出自己想要的东西，最后得到所需要的果实，再进行创新。流程就是打造一个房地产市场需求的互联网平台，通过这个新型虚拟开发商平台，转型成商业开发商的主导者，让消费者成为自由消费者。开发商用最少的成本满足所有人的需要，消费者用最少的钱买到最想要的东西。这样的理念很像立体城市，在创造最大便利的同时，将资源消耗降到最低。

在传统房地产业中，并非只有冯仑在准备着反戈一击，万科也备足了弹药，进入随时应战的状态。万科的应对策略很简单，在自身储备完善之后，将尽快进入到下一级商业模式，与苏宁、阿里巴巴、菜鸟网络等顶尖商务网络平台联手，将重新梳理产业链，打开所有不必要的环"结"。

与其他企业相比，万科有着更加充沛的资金储备和丰富的金融资源。银行的金融通道和互联网的大力支持，也让万科在金融服务方面占尽优势，其互联网化带来的便利性，更加符合现代消费者的消费习惯。

显而易见，大佬们纷纷"触网"，是为在保存基业的同时，跟上时代发展的脚步。惯用段子打比方的冯仑又戏称："互联网相当于地方政府的小三，是若即若离的关系，房地产跟地方政府的关系，是正太太的关系，直接就招商引资，登堂入室，吃饭都是坐主桌的，现在换了位置了，互联网扶正了，房地产下堂了。现在唯一给的面子，就是在边上坐着，但只能看别人吃。"

2014 年 12 月时，冯仑在"三亚·财经国际论坛"上称，在今后的几十年中，房地产一定要强行进入"服务型"的转折期。目前，城镇化已经超过 50% 了，部分二线城市的 GDP 也都达到了千万美元；城镇人均住房面积在 30 平方米以上，在人口负增长的情况下，如果仍然坚持以快速销售为主导的商业模式，并把大量精力放在民用住宅的开发和建设上，将会出现房地产行业最大规模的利润负增长现象。如此摊大饼的形势还能继续吗？他同时再次强调，只要房企把自己的事情做好就可以了。就像是餐饮行业，不管如何开发新客户，都要对服务和菜品做改进、做更新，只要闭着眼睛努力求进步便可。故此，只要把自己的事做好，把眼前的事做好，传统房地产公司便能活下去，并会永远拥有立足点。

中国房地产已经进入成熟期的起始阶段。单纯的制造核心已经不再是迈向以资产管理为主的关键竞争力了，"不动产服务阶段"才是中国房地产最可行的发展阶段。

冯仑对于互联网对中国房地产行业的影响，考虑的是多方面的，比如最开始通过互联网高效的资讯传播实现的中介化，到后来的只能家居化，再到现在最主流、也是开发商和消费者实现双方获益的社区网络服务化。足可以看出，今天的中国房地产已因互联网的强势融入，发生了翻天覆地的变化。

万通的"去冯仑时代"

房地产市场早已今非昔比，躺着都能赚钱的黄金时代也早已悄然远逝，在不知不觉间，曾经闪耀了两岸的地产大佬们也都黯然落幕，中国房地产业第一批崛起者在现实的大环境下，也不得不逐渐告别主营房地产业务，在新的领域中寻求出路。有的人选择继续追求"个人理想"，有的人则"归隐田园"。

冯仑出让万通，其实并不是他退出万通的第一步，早在 2011 年时，他就已经卸任万通董事长的职务。作为"大理想家"的他，在万众瞩目下，在崭新的楼市环境下退场，成为又一个离开房产业的大佬。

自卸任之后，冯仑很少参与到万通地产相关的事务中。我们可以看到悠闲的冯仑出现在《中国合伙人》中，也会在阿拉善慈善活动中瞥见他的身影，他以这永远的学者形象，游走于各种文化活动中。

当然，这并不是冯仑的全部生活，他放下万通，并没有放下梦想；他放下地产，并没有放下事业。如今的冯仑，把所有的精力都放在了"立体城市"这个美好的概念中，以及成就"中国中心"的辉煌之中。

如此，便可以看出，冯仑并非无心恋战，只是用维护股东利益的时间来弥补自己的梦想，所以，股权转让也是一个对所有人来说唯一能共赢的事实。

北京万通地产在成立 20 周年之际，做了一个转变。"冯仑完成布局大万通、辞任万通地产董事长的身份转换之际，万通地产最好的剧情正在上演。"

在众人看来，这句话似乎是在说，冯仑终于不掌权万通了，万通要变好了。可事实上，这句话恰恰是冯仑自己说出来的。他的意思是：力争转型的前提下，依靠资本赚钱并不断学习的万通，正在争做"良心好，手艺好，眼光好"的优秀"三好"学生。要是能成为商业地产领域里的张艺谋、冯小刚，那"好钱就会跟着你走"。

伴随着万通地产新管理团队的集体亮相，"后冯仑时代"已然到来。

接任冯仑位置的是许立，他自1992年加入万通以来，一直担任万通地产总经理的职务，一做就是16年，如今也算是功德圆满，冯仑也没忘了这个跟随自己半生、忠贞不二的小弟。而接替许立位置的，是原万通地产的财务总监云大俊。

说起冯仑"主动退位"的原因，其实很重要的一个，即是他为了将更多的精力放在母公司向投资控股集团的转型上。

是时，万通地产的股权转让给了嘉华实业，股权结构已经发生了变化，虽说冯仑在万通仍有话语权，但想再作为实际控制人的身份来操作万通就有点困难了。

事实上，早在几年前，冯仑在万通内部就已与许立做了这样的决定。对冯仑来说，企业结构的变动，是为了更好的发展，在万通创立20年之际进行团队的更替，是个十分恰当的时间。

冯仑始终坚持着自己所认为的民营企业的三样传承：一是有钱，二是有人，三是有正确的价值观。同时，好的团队和结构，也是企业成功的标准。

相比之下，前两者并不是容易落实的，后者执行的好与坏，也都完全取决于领导的决策能力和公司运作水准，更多则表现在执行力上。

万通的未来其实有很多选择，发展商务物业，是万通短时间内未曾公开过的业务领域。万通地产携手金融巨鳄中金、香港置地、AS＋GG 等国内外企业共同打造了 6 大商业项目，商用物业总开发面积超过 100 万平方米，预计到 2015 年，所持投资级物业面积将超过 50 万平方米，对外出租所获租金将达到 11 亿元。

万通一直坚持着靠资本赚钱的原则，在数字生长的背后，就是冯仑想要的"美国模式"。他将此解释为："中期持有，能力导向，资本收益，收入多元。"

万通目前的商用物业战略模式，始终与资本运作及金融保持着高密度的接触；万通的高管人员中，增加了很多有较高专业金融水平的成员，新的团队模式已经无限接近"美国模式"，并为践行做好了充分的准备。

根据冯仑的介绍，万通目前已将商用物业投融资模式体系化，根据项目开发运营的不同阶段，来实行不同的组合运用。其主要应对策略为，在拿地前夕，引入新的战略合作伙伴，以共同出资的方式得到项目所需土地，并参与项目的开发建设等相关工作，从而降低自有投入成本。

2010 年时，万通地产联合大型企业共同拿下了北京 CBD 中服 Z3 地块；次年，万通再次以联合体的方式，斥资 16 亿元买下了虹桥商务核心区一期 04 号地块。可见，冯仑还是把目标放在了投资级商用物业项目上。

在开发建设阶段，对于银团贷款或信托资金、私募股权投资基金（PE）的引入，将会有利于项目建设的完成；在持有经营阶段，则选择将物业孵化基金引入，并尽快实现股东利益退出，从而加强项目的运作，最终通过提高租金和出租率来获得更多收益；在出租率和租金双方面得到提高后，还会利用金融产品，在养老基金、保险等机构出售其部分或全部利益，例如 REITS。

对于自己的一个个"杰作"，冯仑最得意的应该是占地面积达 14 万平方米的杭州万通中心。在早期开发中，他通过股权基金转让的方式，用 51% 的股权实现了合作股东的利益退出，这使得股东很快获得了利益回报。

目前，北京万通中心 D 座沿用了这一经营策略，不到两年的时间，实现了 100% 的出租率，并向银行申请了经营物业贷款，增加了股东的自有资金使用效率。

对于目前的万通，冯仑说："万通已经非常成熟了，而且是在市场迷茫时，这表明我们对未来已经有了很好的判断。我们的剧本和故事才刚刚开始……"

新的万通还有更多未完成的使命，崭新的剧本和未来的故事也只是刚刚开启新篇章。在未来市场不确定的情况下，所有人对未来的发展必然是迷茫的，在做了重要的决定之后，不管是团队还是产品，都会发生改变，这已经说明万通未来的安排是相当充分的。

不管是最初的万通，还是后万通，冯仑的味道依然存于其中，并随着时间的沉淀历久弥新。事实上，当房地产的黄金时代渐行渐远，早期的"万通六君子"似乎都有了迥异于最初状态的变化，尤以潘石屹为甚。

今时的潘石屹，其活跃的表现早已不局限于房地产业，他更热衷于表演榨果汁、吐槽大 V、测 PM2.5 这些让所有关注他的人都啼笑皆非的事。显然，这本不应该是一个房地产企业家的分内工作。

潘石屹是 SOHO 中国的掌门人，但太太张欣却"垂帘听政"，成为了 SOHO 的幕后决策人，SOHO 中国的未来，也慢慢呈现出"去潘时代"。这也恰与冯仑的状态一般无二：他在当地产业界被称为理想家，而退出万通，其实也仅仅是工作方向的转移。是时，他可以全心全意地去追逐"立体城市"的梦想。

表面来看，冯仑似乎"解脱"了，可以自由地选择做真正的自己，可事实上，他永远无法割舍自己和万通几十年来的感情，也不甘心在"争上游"的游戏中败下阵来。不过他倒是看清楚了一件事：在这个纷乱的地产年代中，最早转型的是最成功的王石，万科在他手中是地产龙头，如今离开王石，万科依然是龙头。因此，冯仑明白，万通注入新鲜血液是必要的，就算换掉部分"器官"也是值得的。

英雄迟暮，人才辈出。三十年河东，三十年河西。有人认为，二十多年前的地产盟主，今天连个江湖上的包租公都算不上。

很多时候，人不能不承认现实的残酷，在巅峰时归隐，或许是一代枭雄免于沦为三流的最佳办法，让自己的丰功伟业流传于江湖，并成为佳话，才算是最明智的选择吧。

而对冯仑来说，眼下的一切决策只不过是稍作调整；只要将眼光放得更长远，哪怕今天是三流高手，或许明天就能称霸武林！

8

文化之感伤

品味"素颜女人"

　　冯仑是个很有思想的人，总会对工作和生活中的往事有新解法，自万通抽身而出的他，生活变得越来越自由。彼时，他会按时看新闻联播，且特别关注中国台湾地区的大选和事态动向；他会逛诚品书店，看看自己的书在销售榜中的排行，然后编上几个段子，一边警示下年轻人，一边为自己的书做宣传。

　　几十次的台湾之行，让他对玉山主峰"日久生情"，从此便爱上了这座岛。说到台湾这个地方，他有着无限感慨。

　　他喜欢西门町，每次去都会悠闲地步行。穿过西门町，卸下了工作中的状态，或许旁人会把他和西门町的老人弄混，岁月流逝，他也开始显露出些许老态了。

时而，他会从"五月天"主唱阿信的店门前走过，来到武昌街电影院后巷；也会心血来潮地到眷村去看看老台湾民众的日常生活，在细腻鲜活中体会着台湾如画卷般的恬淡。他乐于做一个饶有兴致的旁观者，记录着这些明亮而又鲜活的故事，让自己成为这些故事中的关键人物。

一次，冯仑在台湾图书馆内看到了蒋介石过世时的那篇全民悲悯的悼词。从体制走出来的他，对文中的内容十分怀疑，经过了思考，他便感到了，也许是两岸的敏感关系让他自进了台湾以后，就不自觉地戴起了有色眼镜。他就是这样，不懂的东西会马上去学习。从那以后，发掘台湾的故事，成为他游走于这个岛屿的"过去、现在和未来"。

事实上，台湾在冯仑的脑子里早有位置。2011 年的时候，他在台北启动了第一个来自大陆房地产商参与的项目——"万通台北2011"，以一个"外省人"的身份在台湾建造房屋，以卖给另一群"外省人"。

冯仑说，台湾是自己遇到的一块真正耀眼的美玉，喜欢至极。每天把玩在手掌间，反复地琢磨，逢人便要夸上几句，让所有人都知道这玉有多丰润，让所有人都一并爱上它，最后让所有人都有买下它的冲动，带回家里去感受它。

52 岁的冯仑，把台湾比喻成一个素面朝天逛大街的女人，乍一看觉不出这女人的惊艳，但仔细一看，举手投足间的姣好仪态，让人觉得这女人格外漂亮。在他眼里，台湾好似一个气质婉约的女人，不是用来瞧的，而是要细细地去品味、去感受。

第一次去台湾时，冯仑是打算去"验货"的，想要看看这个"女人"背后的秘密。那时两岸还没有完全开放，所以他下了飞机之后，从朋友安排好的货物通道进入了台湾。

时光飞逝，转眼间冯仑已经到了知天命之年，伴随着两岸开通互访的好消息，他打算送自己一份生日礼物——自行车环台游。

9天的自行车自驾游，让冯仑感受到了被历史分割了太久的两地文化。他觉得，台湾的企业家和大陆的企业家在一起聊的最多的就是天气、风土人情，在没有什么实际的东西可聊的情况下，只能坐下来你看看我，我看看你，看的尴尬了就互相大笑起来。

台湾人是热情的，他们爱开玩笑，但是这让大陆的企业家们觉得莫名其妙，因为他们不知道台湾大佬们的笑点在哪里，根本抓不住。这样的现象让冯仑意识到，两岸的人民分离太久，在时代上已经渐渐显出了界限，不只是经济，还有本是同根生的文化。

于是，冯仑决心走遍台湾每一个角落，去看看最真实的台湾普通民众的生活，看看那些被政治和历史遮蔽的"点点滴滴"，再看看那些正在发生和即将发生的、被忽略和误解的故事。

台湾的井然有序让冯仑为之惊叹。在台湾乡下一路骑行，他看到了台湾人的礼让和秩序感。每个人都能快速地行驶、很有安全感，在这里不可能出现开车乱撞人的现象，不管是城市还是乡下，人人都是如此，且越往乡下的地方反而越有秩序。

在台湾，随处可见经营得"精雕细琢"的生意。一次，冯仑到一家餐馆吃饭，老板穿着一身简单的粗布麻衣，但从餐具上却足见其用心程度，每一个都格外精致，菜单上的菜品从名字到价格，更是让人说不出半个"不"字。

菜单上什么样，端上来的菜就是什么样，绝无半点"欺骗"之意。台湾的很多店铺生意都很好，可是老板们却都没有选择开分店。他们的想法是：在生意好的不用太操心的时候，把时间省下来去琢磨怎么养花、怎么做出更好吃的美食、如何与家人游玩；这种"小叙事"情怀，让喜欢读书写作、听音乐、骨子里透着文艺气息的冯仑，在精神上为之一次又一次地点了"赞"。

冯仑在台湾感受到的不仅是未曾见过的文化，还有大陆和台湾之间在彼此需求和缺失上的互补。放眼台湾是冯仑的意愿，他想把台湾文化中的优点融入到万通之中，也想把万通的业务发展到台湾。若是往高层次上说，在冯仑心里，他是希望以自己的微薄之力为两岸做些什么的。

不同文化，相同机会

吉尔特·霍夫斯塔德说："所谓'文化'，就是在同一个环境中的人民所具有的'共同的心理程序'。"因此，所谓文化的不同，就是在社会环境和文化教育改变人心理过程中所产生的差距，故而冯仑想找到两岸文化差异的根本。

有几次去台湾，冯仑赶上了《艋舺》和《泪王子》的上映，这两部电影被誉为当地的"国民电影"，后来他又看了"云门舞集"和"汉唐乐府"，觉得台湾电影很真实，是用真情在演绎故事，而不是用故事来变现真情。因为，情是真的，故事是假的。

冯仑很热爱电影，像热爱文学那样。自从看了《宝岛一村》，便一心想着找机会去眷村看一看。几天后，他叫来一辆出租车，上车后和司机说想要去台湾眷村，司机听他这么一说，觉得有些莫名其妙,说:"连台湾本地人很多都不见得知道眷村,你一个外省人居然知道?"对冯仑而言,这就是探索,正因为不知道,所以才想去看一看。

冯仑利用了大陆人到台湾度假的消费心理,选了台北市最昂贵的郊区——阳明山,这就是他在台湾的第一个项目工程——"万通台北2011"。阳明山位于台北北部,因为盛产茅草,所以先人们为其命名为草山,后来为了纪念明儒王阳明,便更名为阳明山。

文化流淌,岁月打磨,使得阳明山成为了文人们久居留墨的地方,这里也成了台湾最有历史的豪宅聚落,每个时期的新主人都是当时的精英豪强。

冯仑看重的也正是这一点,万通台北2011坐落于淡水小坪顶,这是一栋有着276套精装修的服务式寓所。住在阳明山,宛若置身人间仙境,在台北的繁华与宁静中交替,让所有来到这里的人不禁心旷神怡。"万通台北2011"把这一切呈献给所有人,此价值永续的恒产必定会代代相传。

冯仑认为,这是传统文化的延续,从某种意义上来讲,"万通台北2011"就是一个巨大的文化不动产载体,使这里成为全球华人生活圈的精神部落。

在最早的一批赴台交流的大陆企业家中,冯仑并不是唯一爱上台湾的成功人士,但他始终都是推销台湾的第一人。刘永好就是被冯仑一点一点地"磨"上了这座宝岛,并因此爱上了这个地方的。

从那以后,刘永好每年都要出入台湾好几次,先是拜访了鸿海集团董事长郭台铭,随后又拜访了大成长城集团的韩家四兄弟。在他看来,台湾最能让他兴趣盎然的即是农业。台湾的农业技术发展得特别好，让见识过的行内人都印象深刻，尤其是台湾的农会和农舍，对台湾发展现代化农业起到了至关重要的作用。

很多人都和冯仑说，政治因素会让发展到台湾的大陆房地产企业承担很大风险。对于这样的忠告，冯仑表示感谢，但在他心中，台湾这块美玉是不会让自己失望的。他说："一般从大陆过来的企业家，都会觉得台湾这个市场太小、地域狭窄，这个是普遍能看到的缺点，毕竟全世界没有一个地方有大陆那么大的市场。但是我能从问题中看到机遇，一块好玉即使有瑕疵，也是值得投资的。"

随着两岸文化交流日益频繁，冯仑把目光放在最远处。在"2010ECFA"之后，两岸的贸易往来增加、人员流动加倍，并在文化交流上越来越积极了。在密集的交往过程中，两岸融合逐渐形成共识，因此，两岸共同发展的战略计划也成了未来的主要趋势。

2003 年时，大陆和香港签署了"CEPA"，截止到 2011 年，8 年来香港经济高涨不下，房地产业越来越繁荣，净出口贸易总量飞速增长。由此可见，"ECFA"的关键性就体现在两地未来经济的发展和融合上。

近几年来，大陆的台商都选择回台重新置业，他们看重的就是未来良好的大趋势和新政策下的大环境。"万通台北 2011"，正是在这样的健康生长环境下应运而生的，其为全球华人提供了不可多得的台湾置业的优先良机。因此，冯仑再一次用事实证明了自己的远见，也在两岸文化差异中找到了使新万通"两岸化"的契机。

不要看别人做什么，自己就想着做什么，要结合实际做出最合理的选择。冯仑心里清楚，不管大陆政策还是台湾政策，只要做房地产就一定会与政府打交道。故此，研究台湾的政治，对万通在台湾的发展是绝对有帮助的。

冯仑熟悉体制，自然对政治的事情很敏感。抛开商业利益，从个人感情出发，就算是万通不再做项目，他一样会对台湾政治做些研究，这就是他的兴趣。他认为，两岸的关系主要是由于隔绝时间太久造成的。对于台湾而言，大陆的很多做法十分有趣，而大陆看台湾又何尝不是呢？

新加坡游学

人要懂得感恩、回报，常怀一颗仁爱之心，这是可收获人生喜悦的至圣心境。当然，这并不是唾手可得的，这要求当事者懂得体味。

冯仑曾经有一段在新加坡游学的经历，这对他来说是一次快乐的学习经历，在获得所需的同时，还结识了很多朋友。冯仑把这看做是一生中最轻松的一段时光，在这个过程中，他感受到的是"92一代"根本无法体会到的经历；他感受到的是一个人在自然的生命状态下安然自乐和怡然自得，并能够在繁忙的日常事务中体会到更多人生的珍贵、美好。

冯仑的宿舍距离上课的教室只有15分钟的路程，每天需要步行穿过一个植物园，这看似简单的"例行公事"，对他却是个意义非凡的享受过程。这个植物园在新加坡十分出名，虽然冯仑走的路程很短，却可以欣赏到植物园内静谧的水塘，这水塘就像是魔力之池一般，每每靠近的时候，冯仑都会不自觉地被吸引到边上，停留半刻后才会猛然意识到自己该去上课了。

有一天，冯仑正要走过植物园去上课的时候，忽见水面上游过来一只黑天鹅，黑天鹅较白天鹅更有王族之气，在水面上泰然游弋，虽然优雅，但难掩它的霸气。

从那以后，冯仑每天都会来看这只黑天鹅，若是哪一天没看到，他还要责怪自己不守时错过了与黑天鹅的相遇。

几天后，下课回宿舍的路上，冯仑又来到湖边，黑天鹅就在不远处，只见它很执着地朝着一个方向一直游，冯仑没想太多便跟着它一路追去，一直追到了草丛的后面，这才发现里面原来还有另一只黑天鹅和很多没有孵化的天鹅蛋，那只黑天鹅守护着蛋宝宝一动不动。

就在这时，修理园林的员工拿着各种各样的工具朝这边走了过来，还好心地提醒冯仑不要打搅到天鹅妈妈，故此冯仑悻悻离开。

回到宿舍后，"心有所属"的他总是惦记着这些珍贵"客人"，尤其是想看看小黑天鹅是怎样孵化出来的。查了一些资料后他了解到，卵生动物在孵化过程中是一动不能动的，哪怕是起身转一会儿再回来，就很有可能致使孵化失败。那几天，冯仑一直牵挂着黑天鹅一家。

新加坡有一段时间不怎么下雨，由于天气炎热的缘故，水塘的水都快蒸发干了，很快就要见底了，冯仑一想到黑天鹅一家，便坐卧不安。有几天他经过池塘的时候，也没有见到黑天鹅爸爸出现，他就在心里琢磨：会不会是天太热了，天鹅蛋都蒸熟了？

这么热的天，天鹅妈妈怎么说也得稍稍动一动，它是怎么克服这些困难的呢？冯仑的脑子里一直盘旋着这些奇怪的问题。

断断续续地，几个月转眼过去了，或许是到了新加坡的雨季，接二连三的雨天，让湖面的水很快涨了起来，几乎要漫过岸了。

　　一天下课后，冯仑第一时间跑去湖边，想要看看天鹅蛋的安危，此起彼伏呼啦啦的声音引起了冯仑的注意，就在湖岸边不远处的草丛中冲出来一群灰色的"小鸭子"，再往前看，是那只黑色大天鹅在前面领路，朝着水面一涌而下。

　　这样的场面让站在一旁的看客冯仑惊讶得下巴都要掉下来了，一瞬间，心情从担心变得兴奋不已，这些毛茸茸的小东西让他很是喜爱。没一会儿，很多小朋友也围了上来，和"小鸭子"们玩了起来。看到这些天鹅宝宝，冯仑心里泛起了莫名的感动，黑天鹅的父母在这个过程中是要有极其坚定的意志的。

　　小黑天鹅刚出生的时候是灰色的羽毛，等稍稍长大一些，身上的黑颜色才会越来越明显，变成一只真正的黑天鹅，然后再去继续守护它们产的卵，在另一个坚韧和等待的过程中完成生命的延续。

　　黑天鹅的繁衍，给了冯仑很大的触动，在他眼里，人也是如此，在生长的过程中，用不同的颜色装饰自己，但到底哪一种会让人真正进化为一只黑天鹅，哪些会让人变成其他颜色的天鹅，或者说不定会突然变成别的什么生物，这一切都是始料未及的。只有梦想铭记于内心，大胆地去面对即将到来的风险，才会最终确定自己的选择，得偿所望。

　　因为工作的关系，冯仑不得不两边跑。在这段时间里，他面临最多的两大问题就是——"饿"和"困"。时间仓促，需要不停地赶飞机，所以错过了很多可以坐下来好好吃饭的时间，尤其是晚餐；有的时候饿得实在没办法时，干脆睡觉，睡觉是解决饥饿的最好办法。

　　至于困，就更不需要多说了，在国内时，白天需要工作，工作结束后，搭乘红眼航班再飞去新加坡；到了新加坡正好是早上上课的时间，所以睡觉的事也只能在飞机上解决。

关于睡觉的问题，冯仑想到了自己的两位十分有好感的室友，一个是山东人，一个是山西人。两人了解了冯仑的一些情况之后，经常会主动敲冯仑的房门，叫他起床吃早餐。冯仑介绍，这两位室友都很会养生，生活十分规律，早上要出去晨练，回到宿舍后会立刻准备早餐。早餐的样式千变万化，让冯仑一度怀疑两人是不是厨师出身。有时候煮些粥留给冯仑下飞机的时候吃，有时还会做山西的特色面条。

哥俩特别照顾冯仑，冯仑下飞机吃完早餐后从来不让他洗碗，等他稍做休息，几个人就一起去上课了。被两个大男人照顾得如此细致入微，冯仑多少有些尴尬，更多的还是不好意思被人这样照顾。

在外面跑了这么多年，冯仑从来都是独来独往，自己照顾自己都已成习惯，只是偶尔会在家里被人照顾，绝大多数时间都是无所依靠的。故此，突然有人照顾了会显得非常特别，尤其是两个大老爷们儿。

在做"空中飞人"的时间里，冯仑不像王功权那样，一直在交朋友，与人谈天说地。在常年的飞行旅途中，"困"成了他唯一的朋友。

冯仑搭乘夜间航班非常频繁，从上海起飞都是零点的航班，有时候是凌晨一点多起飞，到目的地时一般是早上五六点钟。上课时，困到不行的冯仑会不知不觉地睡着，手臂支撑着脖子，一开始没人发现，后来被发现了，同学们便一直开冯仑的玩笑，有的还拍照片给他看，让他哭笑不得。

教授看到冯仑睡觉，从来都不会责怪他，这让他觉得很奇怪。当时教授面试冯仑的时候，问的第一问题就是："如果报了名之后，会不会时常不能来上课？"冯仑回答："我一定会去，说到做到。"所以冯仑能够一直坚持下来，不管花多少时间，坐多少次通宵的航班，他都愿意接受，只要能出现在课堂上和考场上，哪怕是在飞机上睡觉、没有饭吃。或许，那位教授也了解个中缘由吧！也因为如此，对于冯仑在课堂上的一些囧事，大家都会选择宽容。

冯仑是个懂得感恩的人，在新加坡的学习生活中他要感谢很多人，不管是悉心的照顾还是无限的体谅，都让他觉得温暖。他苦笑着说，自己折腾了几十年，一直扮演着被别人照顾的角色。

一次春节，冯仑给一个朋友打电话，询问朋友在做什么，朋友回答：公司放假了，人都走光了，只剩下自己一个人。冯仑此时一样也是一个人，他说自己一个人在书房待着，该发的奖金都发了，该做的事也都做好了，看着大伙乐乐呵呵地回家过年了，就自个儿待在公司好好静静，想想这一年来都发生了什么事情。

有些环境，不是困境，而是启发。有一次考试过后，两个室友都去外面吃饭，起来以后的冯仑想要自己弄点东西吃，买了鸡蛋和西红柿，因为没有经验，所以做起来手忙脚乱，随手放在冰箱上面的一盒鸡蛋，在开冰箱的时候，全部打碎在地上了，冯仑纠结了好半天，是全部扔掉，还是挑干净的吃了呢。想了一会儿，觉得还是不要浪费比较好，随手一捞，又都掉在地上了。这时候同学回来了，五分钟后，一盘西红柿炒鸡蛋端了上来，冯仑说，这是他吃过最好吃的一盘西红柿炒鸡蛋，也是吃的最开心的一餐，仿佛回到了学生时代。

通过这次学习，冯仑真正体会到，生活中的很多事情是要自己亲身去体会之后，才会知道别人的用心良苦；并且要懂得宽容，同时在被他人宽容时懂得感恩。

欧洲行，心的蜕变

思维方式表面上有非物质性和物质性的两种，因此，思维方式的不同造成了很多差异。

2013 年 6 月，冯仑随中国企业家俱乐部访问欧洲。此次欧洲行让他感受最多的，就是欧洲人的言行举止，这不只是简单的形式上的区别，而是具有更深刻的意义。

几天的活动下来，冯仑遇到了很多自己未曾想过的问题，相较于平时的商务活动，在法国和比利时两地接触到了很多欧盟的官员。在接触中，让他感触最深的就是，中国企业家在与外国官员见面时，表现在行为、举止，甚至是心态上的变化同以往大不相同；在某些方面，甚至可以清晰地映射出中国民营企业的地位和求胜欲望。

冯仑发现的另一件事，即是老外们不喜欢鼓掌。在中国的社交场合里，鼓掌是十分必要的表达方式，而且需要经常为自己和面对的人鼓掌。但老外们很少鼓掌，至少要比冯仑这些人少太多。

看到这样的现象，冯仑又要用自己的经历做对比了。平时，冯仑更多的是习惯性地对大人物们表示自己的仰慕之情，会毫不吝惜自己的掌声，将其先给对方，而且心里还会担心：要是巴掌拍得不到位，别人就不会满意，觉得你太能"装"。

但有一件事让冯仑觉得很有趣，就是中国的企业家单独在一起时很少互相称赞对方，这在中国也是显而易见的，他们在某些特殊的情况下很吝啬自己的夸奖。这让冯仑想到几年前在越南钱柜"唱K"的一个故事。当时冯仑点了一首歌，名字叫做《你爱我的样子很中国》，歌名让他很好奇，怎么中国变成形容词了，这到底是什么意思呢？于是翻译向冯仑解释，中国的文化很含蓄，字里行间更加注重欲言又止，内心的惊涛骇浪总是被平静的表面所掩盖着，这就是"很中国"的意思。

冯仑脑中第一个跳出来的词就是"孤掌难鸣"，想想的确如此，中国的文化总是习惯性地表达集体情感，对个体的阐述总是很胆怯的。

马鸿儒就曾"骂"过冯仑："你总说一些永远正确的废话。"很多年前，冯仑去台湾的时候，当与一些企业家谈到两岸关系问题时，大陆的朋友都会觉得很紧张，表达起来十分谨慎；然而台湾的企业家则对此没有什么概念，他们说自己从来都不会去想这些事情，不知道怎么回答，自己只是个商人，这些应该是政治家们去想的问题。

这次欧洲之行，冯仑见到政治人物时，很少提一些与自己相关的问题，但他提到了和平、中法关系等敏感问题，旋即又觉得这些问题好像跟外交家说更合适一点。不过，法国外长却能把这样的大问题看的很小，不会与你直面谈论关于和平的问题，只是微笑着、礼貌地对你说："你好博学。"

另一个让冯仑印象深刻的方面，就是西方人的坐姿。冯仑去见法国总统时，总统一直都是坐着说话的。而冯仑这一众企业家在平时演讲时都习惯站着说话，因为这样不"腰疼"。

在中国的礼节里，站着说话更显尊重，面对四十多人，而且都是各企业老总，正常情况下法国总统应该站着讲话的。这样的反差，让冯仑觉得中国民营企业家虽然在国际上受到礼遇，但在自己的权利上，仍显得那么没自信。

其实，在这次欧洲之行中，冯仑发现整个团队也在悄悄进步。见得多了，自然懂得就多，懂得多了，便说明学到东西了。

上邮轮参加宴会的时候，冯仑发现内地的企业家们一下子都很会穿衣服，每个人都衣着得体，十分讲究。在西方，讲究的不是牌子有多大，衣服有多贵，而是在什么场合穿什么衣服。其实，在上船前一天，几个人在大巴车上就开始讨论穿着问题了，就商务休闲还是正装争论了一路。

柳传志反复征求了大家的意见，考虑到次日还要与国外很多大型企业的负责人见面，最后决定在穿衣细节上一定要坚持"很中国"。从这一点上，冯仑已经看出，中国的企业家们变得更从容了，开始注重细节了，在与外商沟通上更有"中国式自信"了。

冯仑从小到大一直接受马克思主义的熏陶，一早就被训练成了具有经典马克思主义世界观的哲学派，所学的都是历史唯物主义。唯物主义中提倡的是干实事，冯仑在工作中也将其充分表达了出来，故此在西方的工作态度和生活态度上，能快速找到问题所在及自己身上的不足。虽说如此，但冯仑仍不希望用物质去改变现在的世界，他一直都觉得自己仍处在最低俗的物质层面。

冯仑的思维方式并非异于常人，而是他喜欢观察那些犄角旮旯的事儿，喜欢研究被认为是事实的事情的另一面，比如伟大背后的残酷，伟人身上的阴暗面，这都是他最感兴趣的。在研究这些的过程中，他就会慢慢发现，越是研究这些，自己在某些精神层面就会越容易释然。如此，对好与坏之间的分别，得失利弊之间的通泰，就会更加平衡了。

人们会去纠结某些事情，是因其内心的世界太小，而内心世界越宽阔，越会觉得没有必要去研究是非。所以，心大了，事自然就小了。

历史是已经完成的事，过去不会改变，改变的只能是未来，在无限的时间里，只有历史是永恒的；然而无限的哲学，范围也是无限的。

当永恒和无限共同拥有的时候，无法面对你的人就会变得无所适从，这样就很容易释然。冯仑觉得，在这个时候，别人越是恐慌、不知所措，自己则越发勇敢，在别人还没搞明白这一切是怎么回事的时候，自己却是完全清醒的。

9

和冯仑一起思考人生

李嘉诚、奶牛、草

　　详细观察人或事物的行为和动向，能够更客观地了解他们的用意。因此，养成良好的观察习惯，对成功也是很有帮助的。冯仑就是一个善于观察的人。

　　冯仑爱说段子，爱讲故事，一旦让他说起来，可就没完没了了。但是，所有人都承认，这些话会让你在发笑的同时陷入沉思。这些年，他曾和很多企业家去世界各地参观，走过很多国家、很多城市，遇到了不同阶层的大人物、小人物，还有"动物"。

　　这一过程中，有两个方面给冯仑留下了深刻的印象，一是香港成功企业家李嘉诚，冯仑在李嘉诚身上学会了怎样做人；一是蒙牛奶牛场里的牛和沙漠中的草，在牛和草身上，冯仑学会了如何做事。冯仑对李嘉诚十分尊重，尽管把他和牛、草放在一块儿说，却绝没有诋毁李嘉诚的意思。

一次，蒙牛的牛根生约冯仑一众企业家到蒙牛参观，第一站就是牛奶厂。当时里面的工作人员正在给奶牛挤奶，本来大家都不以为然的事情，冯仑却看得兴头正起，还一边看一边琢磨。当其他参观者已经离开时，发现冯仑还在那发呆地看着，同行的人一再催冯仑，甚至有人就开起了冯仑的玩笑，说："快走了，就这么点儿挤奶的事，你还看个没够了！"周围的人都大笑起来，当时冯仑尽管也有点不好意思了，但他一直都没想明白一件事：母牛都在这老老实实地被挤，那些公牛都跑到哪去了？

后来在吃饭的时候，又有人再次用"看奶牛"的事调侃冯仑，冯仑便借机请教了牛根生。牛根生则说："别着急，下次单独安排你去看公牛！"

不久，冯仑再次去蒙牛时提起了此事，牛根生便带着冯仑去看公牛。公牛生活的地方叫"种牛站"，站内大公牛数量众多，品种优良，每一头都比汽车贵。

当地的养牛户都会来蒙牛的种牛站给牛配种，要是生出来母牛，全家高兴得不得了，敲锣打鼓地庆祝，因为奶牛能赚到更多的钱；一旦生出来公牛，全家可就闷闷不乐了，因为公牛挤不出来奶，只能做种牛，这就等于赔钱了。

说到这儿，大伙都开始好奇了，都想继续听下去，弄明白到底是为什么。这时，冯仑接着发出疑问，这么吃亏种牛站到底是谁来经营呢？谁来吃这个亏呢？牛根生给出的答案是：政府企业。

此前，冯仑在阿拉善做慈善机构负责人时，曾经参观过一个特别迷人的企业。这家企业似乎有一些传奇故事，企业创始人从上大学时就一直都在坚持着做一件事情：研究草。他专门研究内蒙古沙漠和极其缺水的地方所生长的植物，并在这些地方种上新的植物。

草、树木及任何奇特植物是一样的，都需要水分的供养，因此他的笔记中记录哪些不爱喝水，或是从来都不喝水的花花草草。

其实，这件事情并不难，但他却坚持了二十几年，其后，他邀请冯仑去参观，那里已经是一万亩示范草场和草原了。

草原上有很多冯仑不认识的植物，有的草长得像花，有的花长得像草，但它们都很有韧性，拔也拔不掉，吹也吹不跑，就像是混在水泥里的钢筋一样，一直"屹立"在恶劣的自然环境之中。

这些植物似乎不会凋谢，不会枯萎。创造这些奇迹的人，就是那个一辈子只做了一件事便成为企业家的男人。他只是把"草"做好了。此时，这些被人看不起的草反而成了他赚取利润的最佳载体。在创造利润和价值的同时，他也让"秃顶"的西部焕发了青春，重新长起了头发。

讲完后，冯仑说："这是什么，这就是没有竞争的竞争力，在竞争关系中到底在竞争什么？"饭桌上的冯仑一旦打开了自己的"话匣子"，便开始滔滔不绝的演说。很多业内人士都表示，能听到冯仑的一些独到见解，也算是人生中的课外补习班了。

冯仑接着讲了另一个故事。

他去香港时，李嘉诚组织去香港交流学习的企业家们吃饭，这顿饭吃出了冯仑这半辈子的感受。

没见到李嘉诚之前，冯仑多少还有点紧张。李嘉诚作为全世界华人中最成功的企业家，并且是自己的偶像，不知道这样的人在生活中会是什么样。冯仑不停地忖度着。

在冯仑的"世界"里，越是"大人物"越是要踩着点进场，遇到脾气不好的，还得让你干等一时半刻，待大家都"手背后"坐好的时候，才会缓缓进场。这还不算什么，进来以后话说不到三句，要是吃饭的话，他老人家一定要坐在主桌。在主桌的位置上一般都会有个名签，上面是"大人物"响亮的名字，然后席间几十人都围坐在他身旁，其他提不上名字的只能坐在一边的桌上，还没等大伙吃完，大爷就得退场了，以示他不是来吃饭的，纯粹是给大伙面子才来的。

这些都是冯仑自己的想象，在他的生活中，这样的人不计其数。如果李嘉诚也是这样，他在心里上也是能理解的，也不会怪他。

想这些的时候，冯仑还在电梯里，正想到好笑的地方时，电梯门突然打开。让他意想不到的是，大名鼎鼎的李嘉诚竟然已守候在门口了，而且是谦卑地微笑着，然后把已经准备好的名片逐一递给从电梯走出来的每一个人。

年逾古稀的李嘉诚，能亲自在电梯口等着来宾，这已很出人意料了，以他的身价和地位早已完全不需要名片这种东西了，却还是如一个经营小买卖的老板一样，仿若用发名片的方式悉心培养客户群。随后，李嘉诚拿出来一个盒子，冯仑纳闷，这又是干什么的？

"抓阄"，对，就是抓阄，每人抽一支签，签上有号码，这是一会儿拍照留念时每个企业家所站的位置。

冯仑有些蒙了，为什么照相还要抽签呢？难道抽不到签的不让照相？待拍照时冯仑才恍然大悟，原来这是李嘉诚的用心良苦之举，经历这么多年的社交活动，他很了解每一位宾客的每一种感受。

为了能让来宾心里都舒服，不因为排位或是尊卑的问题产生矛盾，就出现了这种能避免"三六九等"等尴尬问题的解决办法。

冯仑觉得这个主意不错，回去以后也打算利用起来。在冯仑赞叹的时候，李嘉诚要求各位来宾再抽一支签，这是吃饭时所坐的位置，理由和照相一样，这样谁能坐在李嘉诚身边，就要看运气了。

李嘉诚上台讲话的时候和大家说，其实他不想讲什么，也不知道讲点什么，只是为了和大家见个面。

后来，众人一直拱李嘉诚讲两句，他就简单地分享了自己的生活趣事。他还谦虚地表示，自己长话短说，不会占用大家太多时间。

讲话结束后，李嘉诚走下台，之后又再次走了上来，用英语把刚才自己说过的话又说了一遍。冯仑没搞明白，都明白普通话为什么还非要说英语呢？冯仑四处看了一下，发现现场还有一个老外，这下他明白了，原来李嘉诚想照顾到每一个人。

在席间，冯仑发现李嘉诚每桌停留 15 分钟，一共 4 桌，正好 1 个小时。此时，冯仑对李嘉诚的这种面面俱到已佩服得难以言表了。临走时，李嘉诚与每一位来宾、工作人员、餐厅的人员逐一握手、道谢，一路把所有人送上电梯，待电梯门缓缓关闭后，还能从门缝中看到他微笑着摆手道别，未曾离开。

讲完这个故事，冯仑对大家说：比如我们在生活中经常看到一些人，做一些事情偶有所得，有点成功，他的自我就会让别人不舒服，他的存在让你感到压力，他的行为让你感到自卑，他的言论让你感到渺小，他的财富让你感到恶心，最后他的自我使别人无处藏身。

冯仑觉得，做人就应该去思考人生，李嘉诚一直都在追求无我，修炼自我，这是一种高级的生活态度，与三观融洽相处的准则。

"思想者"的思维

把自己的位置摆得越高，摔下来的可能性就越大。冯仑每天都会关注来自各个方面、各个领域的各种信息。慢慢地，他发现身边有很多人都陷入到了各种各样的困境之中，从当下来看，麻烦中的大热门应该是"捐款门""学历门"事件。

冯仑说，在他身边，成功和失败的案例太多太多，很多人都渐渐衰退，最后选择退出。究其原因很简单，在现代生活中，人们总是过分追求自我，却忘记了平凡人生的本质——"无我"。

人们往往执着于自我建设，当自己越来越厉害的时候，身边就会有一些人随声附和，你不叫好他不高兴，你不吹捧他不开心。而真正的成功者，在处理这类事情上的方式与常人不同，他们在自身还未达到成功时，就已经以一种让周围的人觉得很舒服的方式存在了，不会让人感觉到任何负面的情绪，这就是"无我"之态。

冯仑有一个非常要好的朋友，他早已是中国富豪榜的前几名了。曾经，这位朋友向冯仑借了 5000 万去买股票。随后，他便问冯仑，你借我这么多钱不怕我不还吗？冯仑则回答：你开口了，我也没多想，你要是赚了分我点，要是赔了我也不打算提了。后来这 5000 万股票变成了几十个亿，要是这个时候来分钱的话，冯仑怎么也能分到几个亿。

不过，冯仑拒绝了这次分红，他觉得当时只是为了借钱给朋友，朋友能给利息就已足够。最后，他真的只拿走了属于自己的利息以及本金5000万。对此冯仑则表示，这并非有性格或是与众不同，而是守规矩，这样才能和朋友之间建立更多的信任，以后做起事情来，彼此心里才会更加踏实。

冯仑在这方面一直都奉王石为师，他心里装着许多王石的事，时不时地就会拿出来研究一下，从中提取一些精华来提升自己。

有一次，王石和一个朋友做了一笔交易，把自己的一块地卖给了这位朋友。结果，几天后两人一起吃饭，王石看朋友说话欲言又止，也不知道到底发生了什么。后来王石了解到，原来这个朋友觉得买地花钱多了，自己有点舍不得，故此心里一直都觉得不怎么舒服。王石便安慰这位朋友，不要想太多，现在回家睡一觉，要是早上还是想这些事情，就把买地的钱如数归还，两人就当什么事都没发生过。说完，王石带着这个朋友到处去玩，又是桑拿、又是唱歌的。结果第二天一早，王石就接到这个朋友的电话，王石问他是否想好，那个朋友则说自己还是不舒服。没过多久，王石的这位朋友便再一次打来电话，说已经收到王石的退款了。

冯仑知道此事后，专门跑去王石的办公室做"采访"，想问问王石当时是怎么想的。王石的回答是：这件事情对于万科来说只不过是一件习以为常的小事，但对那个朋友而言可能就是个大事，搞不好心里还会憋出病来。

在行家眼里，这块地并不是什么好地，在万科手里都快烂了，从正常的生意场上来说，这样的商品能处理就尽早处理掉。可王石硬是自己撕毁了这张收益不错的生意单。

冯仑最后总结出一个道理：在别人都去争抢的时候，自己不要再加入其中，就像李嘉诚那样，从来不争"高度"，只争平淡。

王石争的不是钱，而是信用，他想让身边的朋友都信任他，他也愿意为身边的朋友负责。他今天成为了了不起的人，更使得一些同样了不起的人物把他当作更了不起的人物。因此说，成功靠的是为人处事的方法和内心将自己摆在何种位置。

冯仑把这些能力称为"软实力"，相比较其他，软实力更重要。在他眼里，这成为了一切依据，凡事归根结底都取决于"软实力"。

一如李嘉诚那样，很多人都愿意去主动帮助他，并不是因为他有钱，而是因为他待人的态度。若是他始终都把自己的地位放在脑门上，还老是让人来学习他是如何成功的，那么他是不会有今日的成就的。

冯仑一直都记着李嘉诚曾说过的一句话："只是时代给我特殊的机会，让我能够做成这样的事情，但是我自己读书很少，所以我要努力研究、学习。"

十八届三中全会结束后，冯仑和朋友们一块儿吃饭，期间有人问冯仑，房地产新政策主要体现在哪些方面？冯仑的回答是，现在工作方向并不是看政府怎么做后我们再拿出相应的对策，我们现在应该看的是马云怎么做。在场的每一个人都被这位"地产界的预言者"的话惊到了。

不久，马云便提出了"网购打房价"的预言，有人推测，马云的这句话将来很可能会成为缔造新地产神话的"神预言"。其后的一段时间内，"大炮"任志强不断对马云的这些想法予以调侃，王健林也很有自信地认为，未来电子商务将会与传统商务并存，形成全新的混合式经济市场。故而，冯仑挺身而出，并对外公开承认："未来的房地产要看马云怎么做。"

冯仑在房地产市场中摸爬滚打了 20 多年，经历了野蛮生长和欢笑聚义，他对房地产业的未来走向看得也是最清楚的。他和其他房地产大鳄不同，别人被冠以的称呼多为商业领域的称谓，而冯仑的头衔更多的则是"思想者"一类的。因此，他要对社会负责，他要讲真话，哪怕因为揭露事实而被同行指责。

冯仑把这几年的房地产公司都做了详细的调查，而且全国性的房地产公司的变化和转型也早都被媒体公开，不再是什么不可告人的秘密了。

就像万科，在很早之前就已将业务方向转到产业化住宅地产；王健林更是带着万达沿着文化产业链，在商业地产领域寻找更多的突破口；恒大也在逐年转变，通过对足球产业充分合理的利用，打造了品牌足球，并以此为平台进行跨界转型，同时媒体也早有介绍，绿城已经着手开发社区化的老年公寓群了。

其实，这些大型房企的老板心里都很清楚，眼下房产项目的技术含量大多只保持在合格边缘，价格还高的离谱，在用户需求方面越来越难以达到标准水平，所以他们也只不过是不敢承认今日房地产业正面对着"滑铁卢时代"到来的现实。如此紧要关头，每个人最先想到的都是如何自保，冯仑以一名资深房地产业内部人员的身份站出来承认了一个事实，即房地产业应该"看马云眼色"办事。

这样的出头鸟行为，对冯仑来说也并不是什么坏事，能以房地产商人的身份来点明社会大势的行为，其实是自己在给自己创造机遇。

冯仑曾在网上看到了一项数据调查，是关于我国空置房问题的。当前很多城市都出现了"鬼城"，大部分社区入住率都在 10% 以下，我国的空置房数量已经达到了 6800 万套以上。

　　类似于传统房地产业能居高不下的神话，并不是冯仑、任志强这些地产大佬随随便便的几句承诺就能托底的。能够决定房价的只有市场规律这唯一条件。尤其是全面网购趋势的日益强盛，过去的小众行为，眼下已成为国民现象，这样一来，对传统行业的冲击将会是巨大的。

　　当前，很多产业的根基已经动摇了，多数以薄利多销取胜的卖场，今时皆已渐入萧条期。冯仑其实就是想早点对未来进行规划，趁早转型，紧跟市场的风向标，不被落下。

　　而今，传统房地产行业已经做到了悬崖边上，那就应该把更多的资金投入到这个民生大问题最薄弱的环节上，用在政府不擅长做、不方便做和不想做的行业当中。冯仑选择将目标转向医疗产业，将医疗和房地产结合，在国家医疗配备不完善、资源匮乏的时候发力，才能更有效地解决百姓看病难、住不起院的尴尬窘境，也就更利于自身发展了。

　　冯仑在思考，这时候"软实力"还能不能派上用场呢？而且，不可能别人做网络，你也跟着做网络，这样的话又违背了"蓝色海洋"原则。他想，不如把这种"软实力"用在客户身上，以此来获得在市场中的竞争力。

　　如今，传统房地产行业都在拼命谋求各自的转型方向，如此，市场对资源配制所发挥的作用就成为了要求。这种要求，也可以用在国家经济产业结构的升级之上，从而使地方相关政府部门的职能发生改变。

父女聊人生

白岩松曾将人生比喻成跳高，他认为，每当跳过一个高度，就要挑战下一个高度。所有跳高选手都以最后一跳的失败来宣告自己的成功。人生的确如此，不管年纪到达多少岁，都要被动地去选择挑战新的高度，人生的意义就是要永不停滞地去挑战自己。

冯仑的女儿 13 岁的时候，曾主动向父亲索要礼物，冯仑却吝啬地送了女儿 13 分钟的谈话。多年以后，女儿长大了，此时她才明白，当时父亲所讲的 13 分钟是自己未来道路上非常宝贵的财富。

生活中，冯仑和女儿很少见面，相处的时间少得让人心酸。女儿很小的时候，冯仑一直在外面忙业务；此时自己的事业做好了，有些时间了，却又到了女儿该出去读书的年纪。

女儿一直在国外读书，只有放假的时候才能回来和家人团聚。有时候，冯仑只能借着工作的机会去看看女儿，而父女俩的每一次谈话对冯仑而言，都一定要有质量、有意义，在最短的时间内，与女儿交换最多的意见，做最多的精神互动。他与女儿的交流从来都不会很僵硬，不是女儿笑得前仰后合，就是冯仑大笑不止，女儿继承了父亲的语言天赋，因此两人的聊天更像是两位志趣相同的友人在交流各自的人生。不过，有一次谈话意义非凡，显得不那么轻松。

这一天，是女儿的生日，冯仑准备了特别的礼物：他决定，将自己人生经验的一部分教给女儿，让其在青春期过后学会如何去面对社会以及不断变化的人生。

冯仑说，人的一生中要面对各种各样的生活，所以，现在要做的就是去充分地体会和了解这些未知的生活。人的一生大致分为两大类，一种生活是为了生计，每天勤勤恳恳地工作，每天上班下班过日子、讨生活，在不断的改善生活质量和居住环境的过程中，获得更多乐趣和幸福感，而世界上95%的人差不多都是按照这样的生活方式生活着，有人想过改变，所以就会出现成功者和先驱者。

而另一种人生，则与第一种稍有不同，剩下这5%的人，会按照自己的喜好和意愿来创造生活，在稳定工作的基础上，还会给自己创造更多的乐趣。他们喜欢创造生活、挑战生活、改变自己和他人的未来，他们都拥有一种非常不同的价值观。

如果把这两种人生做比较的话，那么第一种人生更像是一个待嫁的女人，二十几岁的时候想着要嫁人了，找一个年龄适合的，家庭上能门当户对的，另外再有一份安稳的工作，然后开启自己全新的"繁衍"人生，每天带着孩子到处学习，陪着孩子完成作业，为了家庭忙碌奔波。

而第二种生活相比第一种生活则是非常规性的、是不走寻常路的。

世界上最普遍的生活，就像是第一种人群在看一场电影，在电影的情节中他们看到了活在第二种生活中的人的人生。第二种人生所要对面的问题就像是地心引力一样强烈，现实与自身格格不入的生活方式产生了巨大的摩擦，然而这种摩擦程度达到最大时则是最痛苦的，因为人无法脱离正常轨道，不过，要是真的脱离了，也倒是自由的。因此，冯仑很希望女儿能在没进入社会之前，把自己的人生想好，到底是做电影中的人，还是做电影外的观众。

女儿在这次谈话中给了冯仑明确的答案，她说，自己很想并且很可能选择第一种人生。原因很简单，因为她认为，父亲冯仑不能经常出现在家里会让她很委屈。

听到这里，冯仑心中有些莫名的堵塞，他安慰女儿说，对此我很抱歉，这是你的不幸，爸爸没有给你一明朗而又清晰的人生让你轻松地做出选择，不能让你远离这些负担。但是你的起点已经高过很多很多人的终点了。

其实，冯仑想告诉女儿的是：现在的她已经拥有了太多别人一辈子都无法拥有的东西，比如就业、工作、买车、买房、调薪、升级、再换房……别人的目标简单又清晰，但她已经拥有了这些，所以，别人就会羡慕她。

这些身外物看起来十分诱人，可冯仑语气坚决地告诉女儿，其实你是不幸的，因为你没有办法规划自己的人生和做出适当的选择。你的未来可能只有两种选择，第一种就是为自己而活，做一个自由自在的人，你可以是某一领域的专业经营者，就像小鸟一样，想出现的时候就出现，不出现的时候就到处翱翔；第二种则是为他人而活，你可以用你现在拥有的去帮助别人，去做些公益事业、社会运动，让你的人生变得更加拥有使命感，你也可以走进媒体，用另一种方式传达你的正能量来回报社会。

女儿的年龄毕竟太小了，听到这些有些迷糊，她觉得人生好痛苦，此刻好纠结。冯仑不忍心告诉女儿，现在的社会就是这样的状态——"家家有本难念的经"，不同的人会有不同的人生，在不同的人生中又会有不同的痛苦。

困境中的自由就是枷锁，当感觉自己自由了的时候，其实你已经套上了新的枷锁，然后再去寻找新的自由。冯仑告诉女儿：你的选择就是放弃，你选了这个，就意味着你要放弃另一个，人要先懂得放弃，再说想要什么。

谈话结束后的一段时间，冯仑再次接到女儿的电话，这次是女儿主动打来的。是时，女儿正在台湾和很多宗教人士见面，她说："得赶紧回来，不行了，我都快被迷惑了。"

冯仑知道，这就是女儿对自己人生大方向的认知，当外界的信息和内部的认知发生矛盾甚至是偏差而无法兼容共存的时候，她就应立刻做出反应。这样一来，好的信息就会自动接收并保存，不好的则封锁在防线之外，也就不会混乱了。冯仑说，这些不光是针对孩子的未来，作为大人也应该清楚和明白这样的道理。

冯仑经常和女儿开玩笑：如果爸爸要和你依法谈话，万一出现了什么问题，我可不能帮助你，最后还要说我没有做好监护人的本职工作，那你这不就是在坑爹吗？《未成年人保护法》上面都说了，只要你 18 岁了，我就不用管你了。事实上，冯仑一直都是很轻松地在处理孩子的事情。

冯仑爱观察、爱研究，对于女儿的未来也自然十分关注。比如女儿几岁谈恋爱的问题。他觉得 18 岁恋爱也是很幸福的，25 岁才开始恋爱的也一样幸福，毕竟，也有很晚才去想着恋爱结果却特别痛苦的。

其实，在冯仑眼里，孩子是不需要刻意去教育的。他觉得，如果这个社会遭遇了不幸，那么上一代人就会把全部的希望丢给下一代。就像冯仑所经历的时期，有些人有家仇，这些人就要求自己的子女去为家族报仇；如果社会能够正常发展下去，那么上一代就开始放纵下一代自由选择，甚至是过上和自己完全不同的生活。

冯仑会经常和女儿说：你想什么时候谈恋爱就什么时候谈恋爱，

爸爸不管。但是，他还会补充一句：我发现谁和谁谈恋爱，其实和幸福没什么关系，但是有一点你要自己想清楚，那就是以后你想要过什么样的日子？你想拥有什么样的生活，然后你再去选择自己应该和什么样的人去恋爱。就像你之前和我说的，你想要做诗人，那你就去找一个不靠谱的文艺青年，过得爽就好。反正你老爸不会给你把这个关。

冯仑从来都不会刻意去教育孩子，只是以聊天的方式渗透真正的人生道理罢了。对女儿没有过任何特别的需求，但是他始终强调，应该让孩子们都有一个"GPS"，要把他们的大方向定好，然后让他们自行其路，按照自己的方式走，在这个过程中不断学习，在学习中掌握如何判断人生的技能。

和"独唱团"共成长

"80后"是可怜的一代，也是最幸运的一代。

在冯仑眼里，80后就应该叫作"独唱团"。如今，成功的80后有很多，他们每一个人的成功都是独立存在的，而这些特有的精神状态又都集中反映出了80后的特点。

冯仑说，80年代出生的人具有独立的个性，与新时代一起成长，这是十分重要的，相对于旧时期的批判性，体制已经从没有"小我"进步到有"小我"的阶段了。在这期间，整个社会都在不断地淡化"大我"。

80后的独立，在中国几百年的历史上是从来没有出现过的，所以这是他们这一代人的幸运之处。毕竟只有独立才能够创新——想睡觉就睡觉，想不吃饭就不吃饭，想上班就上班——一切拘束似乎都从主动变成了被动，他们最大的集体特点就是善于表达，他们爱"唱"，会时不时地"唱"出豪言壮志。他们不需要任何人来代替他们，只需要让他们表达自己的想法。

虽然 80 后各自独立，但在价值观相同的情况下，还是能很有纪律性地保持共同进退的，并且是彼此促进的良性发展。故此，在独立表达的同时，也是再续找与自己相同的伙伴来组成属于自我意识的独立团队的过程，因此，他们还是个"团"。

冯仑认为，80 后所具备的这种独立性是可以被环境所影响的。原则上来说，人在 3 岁以前的一切都是被遗传基因所影响，但随着家庭环境的逐渐变化，人的性格会进化成两种新的形态，一种就是经历极其特殊的事件，比如坐牢，一年之后被释放出来，整个人的性格都变了；另一种则是家庭突然衰退了或是突然发达了，人的性格也会随之改变。总体来说，在主观意识还没有独立的时候，家庭环境已经在人幼年时把性格塑造成基本形态了，长大后只是在环境的改变中不断地进行打磨，只要不出现上述意外，人的性格将不会发生太大的改变。

他强调，所有的人生大悲大喜，并不都是刻意创造出来的，都是被动的行为。比如说一个人被冤枉坐牢，他肯定是不想的。总不能为了改变性格，故意去犯罪坐牢吧？所以，人还是得有一个正确的价值观和对远大志向的认识。这样，就算是碰到极其不好的事情，也会迎刃而解，用自己最好的状态去面对困难，这样才能磨练自己的性格。

有人曾用明朝的王守仁举例向冯仑提出问题，王守仁创造了心学，踏上了人生过山车，从巅峰走向低谷，这算是心境的磨练吗？

冯仑回答：一个男人，经历了生死、爱恨、委屈、是非这四堂课会变得更成熟，经历的痛苦越多，男人就越发变得宽容、坚强、睿智、勇敢、幽默。这些事情并不是一定都要去经历过，但是一定要想明白。人的生老病死、爱恨情仇，一旦被提前知道，人就不会再为这些事情而纠结和痛苦了。人总是会因为经历了很多的痛苦才懂得如何去更加宽容别人，经历这么多的事情，人生自然就丰富了，这样才能把女人判断男人的标准——宽容、幽默、勇敢等完美的结合起来，让女人们更加喜欢。

是是非非，让冯仑明白了一个道理，人的前半辈子舒服了，那就说明后半生还有很多痛苦等着你去面对。男人年轻时候受苦是福气，老的时候受苦是没出息。人在前半生的坚强很重要，不能在年轻的时候浪费才华，在老了的时候感叹曾经拥有才华。人要有正确的价值观，这样才能在苦难中挺过来，当身处迷茫和疑惑的时候，也能想出好的解决办法。

在现代社会中，每个人都兼具着记者、传媒、通讯社等类似的身份，并且在人人都是观众的大背景下，有这样透明的表达环境，更有利于创造一个未来社会更加理想的人际关系模式。因此，80后各有各的"唱法"，他们不会违法，清楚法律的底线在哪儿，有法律意识。

其实，最简单的道理就是，有些人的职责，就是为了娱乐大众。

万通就有很多80后员工，他们大多数职场经验匮乏，当面对领导和老板出现意见分歧的时候，会不知道自己该往哪一边倒。

在员工出现这种情况时，冯仑会强行要求他们听领导的，但要把自己的意见表达出来。他经常会和员工说：你们有什么想法要告诉我，我又不是神仙，怎么能知道你们在想什么，总不能钻到你脑袋里去看看吧！

如他所言，员工的工作都是由领导交代的，所以一定要通过自身的能力与领导之间达成一种默契，也就是找到一个合理的沟通方式。要做好中间人的角色，只要通过有效沟通让某些人不在中间给你"添油加醋"，你的麻烦就会少很多，由此，出色的工作态度也会自然而然地传达给领导。

冯仑说："其实，这些事不只是发生在 80 后身上，哪怕是 1920 年的人也会犯这样的错。保持沟通顺畅其实是有几大前提的。首先是价值观的大方向要一致，这样在产生分歧的时候就会很好地包容对方，在上帝的眼里人类都是一家人。其次就是人的细微性格、文化差异、生活环境等客观因素的制约，生活环境差不多的人，在沟通时出现的问题就会少，就和秀才遇到兵有理说不清是一个道理。"

在沟通技巧方面，冯仑曾在《伟大是熬出来的——冯仑与年轻人闲话人生》一书中强调：在不同场合用不同方式沟通。在中国，讲究人情面子，给面子的表达和不给面子的沟通，效果大相径庭。什么叫面子？面子是一定要有第三个人存在才有的，两个人之间不存在太大的面子，人越多才要给他面子。

研究得再深入些，面子里还有很多中国文化的东西，我们可以通过西方的翻译来佐证一下，西方人翻译面子的意义就是：你的行为使我备感荣幸，你做的一件事，让我有被尊敬、被吹捧的感觉，这就是面子。你给他面子就是要让他有这种感觉。比如说你在人前或背后表扬他，他就有这种感觉，反之，如果你当众批评他，他就感觉面子掉在地上了，颜面无存，心里当然不舒服，其他的话自然也听不进去了。

冯仑还曾在万通的年会上表示过，任何一个组织，都会有人去做承上启下这个工作的，他们需要面对执行，这是非常必要的。就像上层领导交代你一件事情，你在自行理解之后，把自己的一些东西强加进去，最后将事情变得扭曲，然后再把这些事情部署给你下面的人，正所谓"千里之堤，溃于蚁穴"。这样的小问题在不断地吸收错误，最后就会变成无法收场的大问题。

故此，不是80后的冯仑，也想在后天的环境中培养出自己独特的性格。在人生方向上，他把工作作为第一选择，其后就是自己生命的价值能够回馈给社会多少贡献。

出生在动荡时代的冯仑，在十几岁的时候就有这样的想法，他曾经告诉自己：当下在做什么样的工作，自己今天都去干什么。

对于广大股东来说，万通并不是冯仑一个人的，但是他的一个决策却可以影响50万人的利益。

几年前，冯仑曾在媒体前描述自己一天的工作。那时他在北京成立了陕西商会，其商会成员包括张朝阳、冯军等在北京打拼的陕西商人。就在当天，冯仑要先去商会讨论一些事情，随后回到公司便规划起了关于在纽约和德勤会计公司的相关事宜，晚上还要飞到新加坡去学习，并与校长研究基金会的问题，空余时间他还得想一想关于"立体城市"研究中心的事情……从一个工作转向另一个工作，直到这一天结束，冯仑仍在脑中计划着接下来公益活动的相关事项，这就是冯仑一天需要做的事情，并且每天如此。

冯仑觉得，自己正在做对社会有意义的事，今天的匆忙只是在帮助这个社会在未来变得更好。每天忙忙碌碌的像个被这个时代剥削一空的 80 后，可他觉得自己很幸福。

做什么事情都要做出价值，不管别人怎么评价，都要活出自己的特色。冯仑说，人就是要没事找事；把别人的事当自己的事；拿自己的事不当事。那么这个人价值就体现出来了，对这个社会所做的贡献也就有意义了。

一碗面的思索

冯仑多年来出入台湾几十次，每次去田村都要做一件事：吃牛肉面。他很爱吃牛肉面，在台湾的时间差不多吃遍了所有种类的牛肉面，但是最让他难忘的，便是那家"牛爸爸牛肉面"。

这家店过去在忠孝东路上，后来搬去了权东路。店面并不大，却已有 24 年历史，店里只有两张大桌子，其余都是 4 人小台。冯仑说，一进面馆就给人一种清新淡雅的感觉，地面总是很干净，四壁、墙角看不到任何尘土。墙面上挂着各种各样的海报，还有老板自己做的关于面馆报道的简报，小面馆最辉煌的时候，就是在某年荣获了台北牛肉面大赛的第一名。

光顾面馆的客人中，除了冯仑这种爱牛肉面的人，还有很多 VIP 食客，其中包括台湾的名人，还有米其林三星餐厅的大厨，也有来自世界各地的政治领袖。面对这些社会名流，老板会经常问一个问题：你们都经常来小面馆吃面，那你们愿意出多少钱吃最好的面呢？好多人的回到都是："一万块新台币。"

冯仑经常在这家面馆吃牛肉面，时间久了就和老板成了朋友。后来老板知道冯仑的真实身份后，也问了他同样的问题。冯仑没有给出答案，只是表示对于新台币还没有概念，所以这个价不好出。

他随即反问了老板，其他人都愿意出多少钱。当他得知一万块新台币之后，在心中暗自敲起了计算器。

冯仑心想，一万块新台币就是两千多人民币。面馆一共也不过40几个座位，却供应着全世界最贵的牛肉面，到底是什么原因让牛爸爸有胆量把一碗面的价格搞的比一桌子正餐还要贵呢？

在店里，还有一种很便宜的牛肉面，就是平时大家随时去都可以吃到的那种。但菜单倒是蛮嚣张的，这种面的名字就叫做"普通牛肉面"，价格和名字一样也很普通，可也要200元新台币的价格，大概是40元人民币。

这样的价格，也还是能让客人络绎不绝，而且几乎每天都会有人打电话来向老板预定最贵牛肉面。

为了弄清楚最贵牛肉面的玄机在哪儿，冯仑一连吃了一周牛肉面。据老板介绍，牛爸爸花了15年的时间在不断地改进，将牛肉面的配方慢慢升华到了眼下的状态，面里的牛肉来自四个不同的国家：日本、美国、巴西、澳大利亚。众所周知，这几个国家的牛肉是最出色的。渐渐地，冯仑发现，其实牛爸爸的小面馆在经营过程中，蕴含着非常专业的市场营销学。首先，推出的产品是优质的，在客户体验和口碑上能得到中上等的肯定；其次，市场定位。牛爸爸对于顾客的定位研究了很多，经过了不同的周期，牛爸爸得到了一些结论。

牛爸爸告诉冯仑，最早的时候，小店里只有几张桌子，员工只有夫妇二人，但凭着两人的努力和对牛肉面的琢磨，做出来的味道不输给任何人，而且价格都是较其他店便宜的。故此，在市场竞争力方面与其他店处于相同的起步高度，后降低售价进行优质产品销售。这样一来，自然宾客盈门，桌子越来越多，就成了此时的模样。

不过，到了第五六年时，老板也进入了比较迷茫的时期。

生意越来越好，每天都从早忙到晚，店里客源不断，已经没有完全属于自己的时间了，难道就要这样做一辈子吗？但为了赚钱，这也都是没有办法的事情。深思熟虑之后牛爸爸最后决定：绝不辜负支持面馆的顾客。

在最迷茫的时候，他把更多的精力放在了牛肉的选择到烹饪手法上，店里的装饰、餐具等也随之不停地改进。

除了这些，牛爸爸也开始尝试做 CRM，即客户关系管理。按照牛爸爸的做法，在空闲时间，对客人的喜好、口味、脾气性格做记录，当客人再次光临面馆时，可以提供更优良的服务，避免客人因为选择口味时产生烦恼，这种经营方式给冯仑的触动很大，他觉得这实在与众不同。

其实，在"房宝宝"这个项目上，是可以看到诸多类似与"牛爸爸"家推行的客户体验影子的。

牛爸爸在维护客户的过程中发现，如果做最好、最贵的牛肉面，成本虽然提高了，服务范围也降低了，不过这样一来，大众牛肉面就变成了小众的最贵牛肉面，最终的结果或许会大不相同。

经过计算，牛爸爸在第15年时推出了从1000新台币到10000新台币一碗的顶级牛肉面。实行这样的销售方式之后，顾客数量缩减到了过去的50人左右；但事实上，其实际收益并未减少，反而因这样的噱头名声远扬，很多人慕名而来；同时，工作量也减少了，牛爸爸的空余时间多了起来。

一边吃着牛肉面，一边看着牛爸爸忙碌的身影，冯仑开始思索：

可能正是因为牛爸爸坚持自家的固有特色，并且长时间坚持，才使得面馆呈现出了今天的神奇效果，并且催生了全新的经济效益。

这时候，进来了3个客人，听口音像是浙江人，他们分别点了普通牛肉面和最贵牛肉面，冯仑很好奇，就去问他们为什么会来这家店吃这么贵的面，几个人回答：就是想吃吃看，这面到底贵在哪里。

冯仑明白了，正是这种独特的经营方式，吸引了更多好奇的客人愿意破费一下，来此求证。不管10000新台币吃一碗面值不值，店里终究是能卖出去，而且买的人也越来越多。

当然，这碗牛肉面的味道确实与众不同。不过，让冯仑颇为意外的是，牛爸爸竟然愿意将自己的成功史分享给他这个"外省人"。

冯仑想起自己曾读到的一个故事：美国有一位母亲带着两个孩子生活，其中小女儿特别可爱。有一天，小女儿和母亲讲了一个故事，她说："妈妈，我做了一个梦，梦见自己变成了钻石，但是好丑。"没过多久小女儿就生病了，10岁的时候就不幸离开了世界。

母亲很难从失去女儿的苦痛中走出来，会时常想起女儿和自己说过的那个故事，于是母亲决定把自己的女儿变成钻石。她态度强硬地阻止火化，但后来还是迫于无奈答应了。即便如此，她还是没有放弃，仍坚持把女儿变成钻石。

此后，她不分昼夜地在网络中需求办法。没过多久，她找到了一家小公司，把自己的事说给了公司的女职员。女职员被这位受伤母亲的执着和对女儿的爱打动了，便一口答应下来。就在所有人都以为这家小公司同这位母亲一并发疯时，公司职员打来电话，说他们研制成功了，用她女儿的骨灰做了两颗钻石，一个做成项链永远挂在母亲身上，另一颗摆在女儿画像前永放光芒。而这个故事，就叫作《生命钻石》。

这个故事是冯仑在退出万通、将股权转让给嘉华实业之后读到的。该故事的内涵，也许是他对万通之路的总结和对未来之路的期望。

在冯仑看来，民营企业即使是死了，也要体现出其价值来。人也应该如此，即便你只是普通人，也要让生命的光芒永久闪亮。如果每个商人都能像这位母亲一样，把死了的民营企业的残骸整理好，再把它做成钻石，那么其也一样会永久闪烁，成为后人的宝贵财富。他曾说，他现在要做的就是把"钻石"研制成功，做企业不怕失败，只要有好的心态，失败的经历也会变成得到至宝的过程。

改革开放 30 年来，找到这些仍在坚持的和曾经辉煌的，抑或是失败的民营企业家，让他们把详细的历史重新呈现，然后再把这些成功和失败的经验写成案例，送去 MBA 课堂，让大家学习和研究，这可给后来的学习者提供更多的素材和借鉴。

冯仑在哈佛学习的时候，就已经看到过国外早就把中国企业家的经验撰写成企业案例，但是大多都是成功案例。冯仑觉得：在中国，找成功的事好找，找失败的就太难了。

他觉得，描写历史还是要追求真实过程的，把这样的工作继续下去，不要停顿，写好中国当代经济史，把民营企业的成败都记录在册。同时，应该把更多的失败案例写进"MBA"教材，在不断进行研究的过程中，牢记民营企业发展史中一些应该学习之处和需要避免之处，以便在优良的大环境下健康生长。

冯仑想要为中国的民营企业家建立一个专门的博物馆，让大家更容易了解到中国民营企业的所有事情，通过网络博物馆将这些资料清晰呈现。此举是对民营企业的未来负责，而这些工作做完了，"钻石"也就出来了。

冯仑希望能有更多的人自愿来做这些工作，积极参与进来。他本人愿意既出钱又出力，像故事中的母亲那样，把中国这一代民营企业家的经历做成钻石；像牛爸爸那样，奉献自己的成功经验，为后来的新人铺路，让他们成为中国民营企业历史上的永恒。

10
玩转冯氏江湖

一世之需：朋友

在网络上，经常有人用"一个人一辈子成功不成功就看追悼会了"这句话来衡量一个人所取得的成就。而"悟道大师"冯仑，也有三分感悟与这句话不谋而合，他说："看朋友得看追悼会谁去。平时人一生很热闹，在送花圈的时候握一下手的那是朋友。"

关于朋友，冯仑总结出其三大功能。

在朋友中，这几个功能十分重要，既能在自己有困难的时候得到援手，也能在朋友关系上得到良好的验证。

第一个功能，是朋友之间的感情需求。其实，朋友之间也没有必要做到绝对透明，要给自己保持一定的隐私，留一些私人空间，需要小范围内的情感需求。因为人是个社会生物，所以需要经常与外界和他人交流。

第二个功能，是个人世界的安全感。在这个世界上，无论男人还是女人都需要安全感，不管走到哪里，对安全都一样有需求，这不仅是一种依赖，同时也是一种价值肯定。

第三个功能，相对宽泛一些，这个在很早之前就被俄罗斯一位科学家提到过。这是一个比较，在对比中找到友谊和爱情的关系。

在朋友的世界中，友谊自然要比爱情更重要，在友谊中没有索取，一旦出现索取，友谊将会很自然地破裂；而爱情则需要快速的回报，这在本质上要比友谊更加自私。所以说，朋友是善良的，没事和你瞎叨叨，你没钱了他会马上借你钱，并不需要利息，这就是没有利益关系的友谊。

冯仑说，朋友之间有这样一个数字关系，即10、30、60。对此，有人曾问过冯仑，朋友之间的关系是不是很多元化？冯仑的回答是：应该说是不同层面。在多年的社会课堂上，遇到过的人、事、物有很多，不论是工作还是交往，都是比较多的。社会心理学家做过一项实验，大概是10、30、60的数字，这些数字代表着交朋友的极限。10代表把亲戚朋友都算上一共不超过十个人，这10个人是可以随意借钱的，甚至是借完可以不还的，同时也是最安全的底线；在生活中经常会遇到一些不时常联系的朋友，有时候聚会了见一面，办事了打个电话，彼此能惦记着的大概有30人，这些人里可能一周联系一次，也可能是一个月只联系几次；剩下的60人，就是那些好久不联系的，比如一些有必然关系，但是没有实际情感的朋友。就算是一直不见面，但是只要有需求，他们也会照办的那种。

冯仑就像是沙漠中的绿洲，如果你是他的真心朋友，他就会是你干渴时的清泉；如果你不是他的真心朋友，那么他就是海市蜃楼。冯仑曾经也有过为了 300 元钱而愁眉不展的时光，他经历过生意场上那些最惨淡的人生，这样的日子对他而言是习以为常的。

1989 年时，冯仑在生意上遭遇了一些变故，短时间内就落魄得连几百元钱都无处可求。那时候能借给冯仑钱的人，都被认为是坏人。在所有人眼里，冯仑只不过是个领导看不上、工作不积极、与几个狐朋狗友一起搞了个皮包公司的骗子，整日在外面瞎折腾、瞎胡闹。在那个年代，冯仑的这些行为在别人眼里都是坏人的标准。

当时的冯仑万万没想到，最后能借给自己钱的人都是他曾经得罪过的人。而让他心寒的是，当年在他眼中可称得上行为规范代表一样的人，被他招进单位，悉心培养，当做好朋友一样对待的人，却在他开口借钱的时候，连闭门羹都吃不上。那人说，冯仑在政府已经看不到任何期望了，所以不能借给他。冯仑走投无路，便遇上了政府眼中的"坏人"，他把钱借给了冯仑。

就这样，冯仑打了欠条，坐着火车从海南回到了北京。在颠簸的旅途中，冯仑遇到了一个谁都看不上的人，这人在武汉站等着和冯仑见上一面。他原来系冯仑的工人，其实冯仑对他的印象并不深刻，但他却能从口袋里掏出一把皱皱巴巴的零钱，一共 70 元钱，都借给了冯仑。

冯仑现在的这些朋友，都是自己认真挑选过的。比如王石，交往十几年了，他认识王石的时候，王石已是准上市公司的老板。不过，当时王石遇到了一些困难，需要冯仑帮助，冯仑毫不犹豫便点头答应了。在冯仑心里，他和王石之间是非常亲密的，是通过"积累"才成为今天的朋友的。

虽然是朋友，但冯仑却从不和王石做生意，因为精神上会受到牵引，路容易"走歪"，这算是一种互补，也是互助。当年冯仑在纽约"中国中心"的项目上遇到了诸多困难，开始时王石并不能理解冯仑为什么要坚持做这些事情，但当王石得知冯仑有困难时，便一直在背后支持着他。显然，这才是真正的朋友。

后来，冯仑遇到困难了就想去问王石的意见，与天津泰达的合作，便是王石替冯仑拿的主意。那时冯仑心里也没有底，王石说这是个好机会，冯仑便听从了老友的建议，最后的合作果然非常顺利。

冯仑觉得，这样的朋友是自己找来的，他会成为你的动力。冯仑有很多这样的朋友，比如柳传志。冯仑刚开始发展万通的时候，经常主动去找柳传志，悉心请教、学习，最后彼此便成了朋友。

在冯仑的交友准则中，彼此建立关系的前提并不是利益，而是相互之间的一种非物质性的"帮助"，依托于这种准则，马云也很快成为冯仑好友圈中的一员。冯仑认为，朋友圈最重要的就是真心、诚意、坦白、直率。

而从李嘉诚身上，冯仑懂得如何从一个人对待他人的态度上来看这个人的命运。他知道，柳传志是极其谦虚和真诚的人，所以经常和王石一伙人跑去找柳传志请教、学习，柳传志办事、说话都直截了当，而且反应非常快，不管你去请教什么问题，他都会非常认真地对待，并尽全力去解答。

起初，王石和冯仑经常去柳传志的办公室，几人一谈就是一下午。后来，柳传志谦虚了起来，直接和冯仑说，你们不用过来，我带团队找你们。这件事让冯仑很感动，直至今日，他仍铭记于心，所以他和柳传志能成为好友也是必然的。

冯仑也曾遇到过一些很"装"的人，冯仑坐在相隔其办公桌十几米远的沙发上，被劈头盖脸地教育着。冯仑介绍，教育他的这个人后来坐牢了，现在早已经在江湖上销声匿迹。

冯仑还经历过更离谱的，当时他被人家撂在小隔板间里，一放就是小半天。盼星星、盼月亮，终于把人等来了，结果没说上三句话就被打发走了，最后这家公司破产了。

冯仑觉得，如果我们很懦弱地把自己当作小人物看待，总是抱着忍一忍就算了的心态去对付那些不懂得尊重、不坦诚相待、不谦虚的人，当你在未来面对政府、面对强势的合作伙伴、面对大事的时候，将会大大增加失败几率，使失败成为必然。

能在朋友面前"裸体"，并追求"无我"，才是做朋友的最高境界。朋友之间也同样需要谦虚，要把自己放到最低点，想要成为重心，就要懂得运用"重力"。

高处的东西都会因重力落向低处，你把身份放低了，你所吸收来的资本自然会越积累越多。因此，与朋友在一起时，若是总想着说教别人，那么很快就会有人来制裁你，将你淘汰出局。所以说，人若想要成功，就要坦诚、谦虚、懂得尊重别人、学会遵守游戏规则。

骨感与丰满

这么多年来，冯仑似乎已经习惯了"地产思想家"这个称呼。很多民营房企老板都是以木讷寡言为形象代表，个别的还会在接触中给人面目粗狂、谈吐低俗等大同小异的"惊喜"。

在这个"高大上"的团队还是由一些二手包工头组成的时候，冯仑便带着兄弟们一个猛子扎到了钢筋混凝土之中。相对于那个时候的房企环境，出身中国高官摇篮的冯仑，在中央党校拿到法学博士学位后，用自己那嬉笑怒骂的文学底蕴，以根正苗红的姿态凸显自我。

冯仑一直都在强调自己其实只是一个简单的生意人。他一直在走着中国传统士大夫的理想之路，喜欢想、喜欢写、喜欢说，在生意上有了成就之后，又耐不住寂寞地转向了文坛，用自己多年磨练出来的哲学意识，启蒙着现今时代的年轻人和房产业的后来者。

《野蛮生长》和《理想丰满》，是冯仑近年来作品中反映最好的两部著作。他自己说，其实写这两本书，就是为了"撒泡尿再照照自己"，让自己能够更清楚地通过理想看到别人看不到的东西。

今日的冯仑，时常会"忆往昔艰难创业愁"。那时候，王功权提出要离开公司，冯仑便约他在北京亚运村的一家酒店里把期货交割的事情都交代清楚，冯仑见到王功权后，还没开口就先递上了一张支票。

王功权一看这架势，是要动真格的了，还开玩笑地说：那咱接下来就签字画押？冯仑说：其实，大哥也是有难处的，现在除了理想什么都没有了，钱都在你这，我就剩下一个空壳，还有一整个没擦完的大屁股，还有看了就头疼的债务。王功权似乎没明白冯仑说这些话的用意，他说：大哥，要不咱俩换换啊？冯仑看了王功权一眼，说：得了，我还是想要理想。

多年之后，此事被王功权再次提起，冯仑总结道：人生就是这样任性，在你坚持理想的时候，规划好了一个完美目标，对钱的事情自然就会看得很开；你会坚守自己的"贞操"，在合理合法的范围内，远离黑钱、赃款，因此和别人谈判时所留的余地就会变大很多。

冯仑怎么也想不到，那时候自己还在为单位分房子的事情着急上火，而如今却是中国拥有房子最多的人之一。

当年还在体制之中时，想要在单位拿套房子，就得先把自己的资历搞上去，但这个资历到底怎么搞？答案很简单，一个字——"熬"！

不过，一切也都没有冯仑想的那么简单，有时候，东边的事情刚刚平息下来，西面的山头却着起了火。

那时候，冯仑心里有更大的梦想要去实现，所以离开是他唯一的选择。辗转数载，不知道换了多少地方，抵住了多少诱惑，后来竟成了中国地产史上的伟大人物。这是冯仑本人都未曾料想到的。

冯仑在这种现实中得到了一条经验：人一旦有理想，理想就会威胁你放弃现在所要面对的和即将要面对的任何利益，并做出很有未来性的选择，这样才更容易找到自己真正的人生，一切也就都变得和原来不一样了。

近些年来，冯仑几乎走遍了世界各地，看尽了人生百态。有一次，他在阿联酋首都阿布扎比参观大清真寺的时候，发现做礼拜的人有很多，没有人来组织，但是只要阿訇（波斯语，老师或学者之意）一开口，大家就都做同样的动作，虽然看不明白是怎么回事，但可以意识到，这是一个不需要付出太多管理成本的国家，因为公民都能自觉地遵守一些事。

冯仑觉得，如果一家公司也能用一种合理方式来带领员工，那么大家也一定会像信徒一样，在自己的岗位上努力工作。这样在经营管理方面就会轻松很多，在成本上也会有意想不到的惊喜。

冯仑曾说，公司做公益最想要的就是貌离神合。民营企业做慈善，近年来一直都是个饱受争议的话题。冯仑和万通旗下的成员都积极地参与到公益之中，这样一来，就没有过多的时间去做一些不必要的事情了，是非之外，毫无闲心。

2010 年时，冯仑参加了沃伦·巴菲特和比尔·盖茨两位大佬在北京举行的"巴比慈善晚宴"，这场宴会给冯仑留下了深刻的印象。

比尔·盖茨一直都在强调，慈善事业要坚持做，但并不是影响自己正常生活的情况下去做。别人挨饿了，你把自己的饭碗和粮食拿去救济别人，自己忍饥挨饿，这样舍己为人的做法过于极端，所以这只是一种表现，而不是在做慈善。跳水救人，自己却溺水了，但人人都知道，你是为了救人，而不是去送死。

巴菲特说，捐款的事情是自愿的，什么时候想要捐了再去捐。

正如巴菲特所说，这是一个需要自己去想明白的事情，所以若干年后，他想明白了一切，把全部财产都捐了。对此，冯仑也有"段子"："你逼着我捐款，就和强奸我一样！"

当外界都觉得冯仑一次胡闹之后又要开始新的胡闹时，却不知他早已为自己规划好了未来的方向，虽然他未公开表示过具体内容，但"方向"是有的。他说："没有方向是最大的恐惧。"

年少轻狂时的冯仑，最大的梦想就是走遍天下。而今整个地球他走了七十多个国家，就连国内的大小城县也都没落下多少。他游历的名言是："老男人要玩，小男人要思考。"理由很简单，玩既能开阔人的视野，还能增加人生历练。

今天，冯仑已经出版了多部著作，可他最想写的应该是他一直都在构思的《到历史现场读大历史》一书。他说，这本书主要描述自己所到之地的历史背景和名人事迹等文化内容。

他始终都坚信，旅行是人生的良药，在经历了现实的惨淡之后，再去对真实和陌生的人以及社会进行全新的认识。不同的文化，最终都会让人的一切不快和痛苦随风而逝，最终变得淡定，学会了宽容，最重要的是懂得了什么是责任。

有一年，冯仑和朋友们一起去戈壁滩开车旅行，走着走着发现自己掉队了，前面带路的车不知道开到哪儿去了。一望无际的戈壁上，冯仑一行人孤立无援，车上供给不多，电话没有信号，所以大家都十分害怕，不敢到处乱走，最后只能停下来等待。

司机关上了发动机，没有空调，为的只是能节省汽油。车里热的让人受不了，但又不能出去被晒，只能忍受着。此时的冯仑才真正地感觉到，当下的自己竟如此没有方向，四面开阔却寸步难行。

司机是当地人，面对这样的情况很有经验。在戈壁上走了一会儿便发现比较新的车辙，这样就能确定前面的车去往什么方向。等到有货车经过的时候，稍张字条过去求助就行了。就这样，几个人在恐惧中煎熬了两个多小时，最后获救了。

冯仑在这个过程中体会到，做企业也是一样的，在没有方向的时候，比有方向不敢做更让人头疼，最后很可能连自己是怎么死的都不知道。

这就像是他所说的民营企业在不知不觉中受了"原罪"审判一般。但归根结底，冯仑所追求的高瞻远瞩，才是民营企业在未来发展中所选择的方向，也是确定企业"贞操"的唯一条件。

几十年来，段子无数、亦正亦邪的冯大师，在房地产领域变换着不同的身份，因为他是有思想的人，他可以把自己的想法转换成一种形态。就像贺岁片中冯小刚的电影，只要他一出场，必定是技惊四座，给人带来"惊讶"的，人们满满期待，不乏遐想。

由此可见，在商业对战中，如果没了"老冯"，那么我们怎么会知道骨感现实背后还存在着丰满理想？

立言者

人生就是一个大课堂。有些人、事、物的出现，只是为了让课堂更生动罢了。在冯仑眼里，人生的课堂里有四门必修课，这四门必修课你可以不去逐一尝试，但一定要用心去感悟。

一、要坐牢一年无罪释放，不要埋怨政府犯错，感恩有一年的时间可以让自己明辨是非；二、就是癌症误诊，最后明白了生与死的差别；三、一辈子无儿无女，最后和爱人离婚，懂得了爱恨情仇；四、SARS 误诊，明白了什么是人情冷漠，世态炎凉。所以，有些事情人一定要去经历，经历之后才懂得如何面对。

冯仑说过，历史就是用来委屈人的，"他"想让你死你就得死，想让你活你就得坚持着，这就是人生为历史付出的代价。历史是在不断进步的，人不能总是因世间的公正而停滞不前。如果你为了这些事情牺牲了自己，那么最后就只能牺牲你自己。对于历史而言，你只不过是沧海一粟，就算最后剩下来了，也并非你一个人的能力，而是时代经历了大浪淘沙之后的一点怜惜。

对待媒体，冯仑也从来都是"出言不讳"，但他却一直在强调，"我是在负责任地提供内容"，也就是说，他说的话好玩、好笑，其中所要表达的思想却意义非凡。2007 年，冯仑做了一档名为《冯子乱弹》的网络直播栏目。

许多人并不明白冯仑为什么要做这样一档节目，而冯仑只是觉得，这和他的个人关注度有很大的关系。他个人对这个世界十分好奇，特别喜欢关注哺乳动物，就像蒙牛奶站的母牛。而且，在《冯子乱弹》之后还有一档新的节目，他邀请了自己家的邻居，一个13岁的小女孩，她在美国念书，所以他想和她谈谈关于小孩子眼里的成人世界和未来世界到底是什么样子的。

冯仑觉得，这样的方式比较容易发散思维，趣味性很强，而且参与者可以在路上随便找来一个人，也可以通过网络征集的方式，并由网友投票选出最终的参与者，这样会增加真实性，也能对社会现象做出最完整的还原。他希望在若干年之后，人们再一次提起这个节目的时候，会在"乱弹"里发现很多有实际价值的信息。

什么才是有价值的信息？冯仑认为，现代社会信息获取渠道多样，所以造成了信息的泛滥，在人们接受不了时会变成社会垃圾。故而自己说过的每一句话都可能成为坏现象的导火索，这就要求对自己说的每一句话负责。如若占用了成千上万人的时间，还对着他们释放垃圾，那么自己就真的是要财不要命了。

冯仑一直都注重传播价值的信息，同时也依此来警示自己。

由此，在当下微博、博客风潮正劲之时，冯仑选择了电子杂志作为自己的"正言之道"。虽然也有博客，但在冯仑的理解中，博客主要是用来记录生活中那些琐碎小事的，作为探讨人生的载体有些不合时宜。

他说：要是说最早用一个专门的东西记录生活的人，应该是古代的皇上。皇上都有个起居注，起居注就是用来记录生活琐事的，当皇上人生结束后，起居注就变成了记录这位皇上的历史资料。所以，现在很少有人能够比肩皇上，自己就更不值得一提了，自己还没有伟大到这个程度。后来，冯仑只做了电子杂志《风马牛》。

冯仑总是做着和别人不一样的事情，在博客最火的时候，他选择了相比起来更超前的电子杂志。当时他人在美国，因为时差的关系经常睡不着觉，为了不把时间浪费在床上的辗转难眠上，他就琢磨出来个电子杂志。

冯仑说过：东西好不好看，要看技艺是否精湛。最低水准的是花拳绣腿，好看但不好用，不堪一击；再高一个档次则是术业有专攻，可能百样兵器中只会一种，但就是这一种足可以耍得出神入化；第三境界则是无所不能，让人分辨不出来到底哪一招最厉害，当所有武功都合到一起才出现最强招数，因此这样的功夫是无人能超越的。

冯仑曾说，思想也是需要加工的。几年前，他在给母亲整理旧箱子的时候，找到了自己三十多年前的日记。随后，他把日记的全部内容都放在网上。他觉得这本日记真实地反映了一代人的成长历程。他始终坚信，如果50个同时代的年轻人一起写日记，那么在内容上会不尽相同；如果找一个生活在今天且与自己年纪相同的人，并拿两人的日记做比较的话，那么将会看到一个时代的进化过程导致一个国家巨大变化和进步的痕迹。

冯仑永远都对写作保持着极高的热情。虽然一直在写书，但并没有因此而做文学梦，他说自己从小到大都不是什么文艺青年，只是单纯地喜欢读书，而且都是政治、社会、历史、哲学的书籍。他还自嘲，自己的温文尔雅也只不过是撑门面，希望因此能交到更多朋友。

在他的办公室里，一直都放着一套线装版的《毛批二十四史》，他觉得线装的书排版不密，空白处会有很多，这样比较方便做笔记，并且，"线装书有一股好闻的香气"。

冯仑很喜欢推荐自己喜欢的书籍，如果你和他聊天，聊不过5句，他便会兴致盎然地向你推荐他喜爱的那些文学作品。这反倒是他对于"野蛮生长"的一种极强烈的反差，或许这才是他比较真实的一面。

对于尘俗社会，他用自己的市井之气和野蛮诙谐的段子作为自己的保护色，让所有人都认为他难登大雅之堂；但他骨子里却是个严肃、执着的文学狂热者，用自己健康的"贞操"在标榜自己，防止世俗的评价对自己造成负面影响。

他认为：看待人生，不能从正面去观察的，应该多看后面，这样才能看得更立体、更明白。做事亦是如此，一般人只是看到了事的表面现象，事的后面是什么他根本就不知道。要从事的后面看起，看透、看穿、看破、看烂。

冯仑很讨厌舆论将矛头对准现在的年轻人，他认为，小的有错说明老的没有先做好。很多人都将这一代年轻人批评为已经垮掉的一代，不懂得关心社会的一代，他对此十分反感。

冯仑喜好观察现象，体验生活，然后再把自己的收获与别人一起分享，这一想法在其潜意识里一直逼着他不断去思考。他了解的越深刻，越觉得探索和积累是一个积极的学习过程。人只要在生活中不随便抹杀掉自己的好奇心，思想就会进入自己的"实验室"之中；当收获越来越多的时候，想的也就越来越多，视野自然会越来越开阔。

冯仑把自己这几十年来的经历，看作是一本反映中国社会变化的参考书，其中不仅记录了动荡时期人们的生存困境，也展现了中国民营企业的发展过程，以及中国社会生态的蓬勃发展。

从民营企业不断地繁衍、壮大，到再次重生的过程中，太多的职业都验证了，自民营企业诞生，社会上就有了民营企业伴随着经济市场蓬勃发展的现象，所以冯仑决定自己一定要做一个合格的立言者。

他说，人要变得坚不可摧，不能因为遇到碰撞和摩擦就觉得自己没有任何抵抗力了，要学会承受风险压力；人要稳，不能轻举妄动，要懂得矜持，动作越大，自己的目标就越明显，就越容易成为猎物。因而，少言善行，不断地积攒能量，减少对自己的消耗，在付出的同时不伤害他人，这才是长久发展之道。

食书的造梦者

有人说，冯仑是个"明道者"，但他却认为自己应该是个"悟道人"。诚然如此，他知道"书犹药也，善读之可以医愚"，所以书中的黄金屋才是他的解忧良药。作为一个典型的中国商人，他的读书习惯并没有让自己的命运被流放到历史的长河之中，而是在寻找"黄金屋"连接现实的出路。

仲夏的夜晚，也可以黑得歇斯底里，冯仑推开房门走进了书房……无数个这样的夜晚，无限循环般地自动更替着，他静静地在书房中与文字博弈、与魔鬼对话，感受着它们的"诱惑"与"挑逗"。

书房是冯仑的生活"禁地"，书架是他这个知识巨人的骨骼，他宛若是操控机器人的"人工智能"，在不经意间就能创造出最贴近现实的观点。这里面，是他的全部财富和所有军需储备。散乱，却有章法；蹊跷，却又明朗；旮旯，却安全可靠，分类清晰。这个房间里的每一个文字都是冯仑的小秘密，只有他才能与这些文字心灵沟通，随手即得。

冯仑的书房装饰的很古典，放满了他最爱的线装书，屋子散发出了线装书的好闻气味。

他会为每一位有幸被邀请到他书房的参观者介绍墙上挂着的一副木刻对联，"清夜读春秋，一朵烛光塞乾坤。孤剑伐吴魏，千年浩气灿古今。"他解释说："意思就是，房间很小，世界很大。"

通常情况下，冯仑总是一个人在自己心爱的这个小房间里抚摸着这些珍贵奇书，不停地看着这些书的名字，一本接着一本地翻看下去，在重复的动作中窥见这个世界未曾表露过的端倪。

"我一个人呆在这儿，不停地看这些书的名字，没事随便翻一翻，其实是看世界的端倪。这些是中国的历史，这边是男女关系小说……更重要的是我在这儿看到了全世界所有的真相。"冯仑说。

他把这洞悉世界的小屋称作"无字"，他解释道：无字，就是每当看完一本书的时候，在这上面就没有字了。也就是说，都被自己吸收尽了。曾国藩就曾把自己的书房命名为"求缺屋"。

事实上，对于拥有房地产"教父"之称的"段子冯"来说，在"实用主义"基础上进行的阅读方式是很常见的。所以，就在这个平凡的仲夏之夜，冯仑决定改变自己的形象，并且在未来的房产界中扮演"培根"这个角色。

为什么会是培根呢？冯仑说："如果说我一生都在读同一本书的话，那就是培根的《论人生》。我真是拿它当某种命运启示录看的。"在生活中，冯仑特别重视这本书，甚至把这本书当作自己的命运启示录一样看待。

在培根身上，冯仑找到了其与自己的共同之处：培根既是个科学家，也是个哲学家，同时在很多人的眼里他又是个卑劣至极的小人，甚至是人人得而诛之的坏人。培根和冯仑一样，都是在侧面看人生，用一个旁观者的身份来解读自己。

《野蛮生长》出版了很多年，应该算是民营企业"心灵成长历程"一般的存在。冯仑认为：从某种意义上来说，把自己当作培根去写的。如果《野蛮生长》有幸再版，他愿意多加一章专门写贞操，这样就和培根一样了。

在"无字"中，随处可见的除了书，还有冯仑从世界各地带回来的各种小人头像的雕塑，他一直都在搜集这些东西。这些小人雕塑均系世界各地的名人，每个小人身后都藏着和他们一样伟大而又神秘的书籍。

冯仑的读书人生，一直都弥散着"强人哲学"和"暴力内涵"的浓重气息。

"江湖"是他的生活环境，"土匪"是他的为人之道，"黑帮"是他哲学的来源，"军事"是他儿时的向往，"资本家传记"更是他在工作中遇到困难时的苦口良药，这一切都是能与其心灵严丝合缝的东西。

比如，《胡雪岩》便曾救了冯仑很多次。有几次万通遇到重大事件的时候，冯仑都是苦心研究这套著作，才在其中找到了答案，这应该算是冯仑早期的创业知识手册了。

1988年时，冯仑刚刚29岁，那时候他只懂得体制，不懂什么是经商。当他从体改委干部手中拿到这套港版的《胡雪岩》时，只是当作一套稀有书籍来收藏，他也未曾想到，在若干年后，这套书竟成了万通创业史的成功指南。后来冯仑还专程去台湾买来了傅佩荣讲胡雪岩的录音，反复听、反复研究，还送给朋友，并和朋友一起研究。

他说："现在这些书都很多了，但我们得益于比别人看得都早。我看完这个书，就知道了靠山和火山的关系：今天是靠山，明天就是火山——1992 年我们就谈这个事情。我们公司为什么一直坚持比较市场化，不去做别人那样的一些动作？就是这个书的作用。"

冯仑给自己列了一张人生读书时光轴：不懂事的时候看《史记》，思维完善的时候看《小逻辑》，成人的时候看《资本论》，这些书都是他成长过程中所经历的每一段时期，对价值观的思考以及人生走向的框架搭建的指南。而在做了生意之后，冯仑明白了人世间的复杂，于是不得不去研究《道德经》《孙子兵法》这种味淡色轻的"闲书"。

至于后来冯仑所迷恋的西方文学，则是从托夫勒的《大趋势》和《第三次浪潮》开始的。冯仑之所以会评古论今谈未来，就是因为他看书多，知识结构深，掌握的比别人多。他自己都毫不谦虚地说，在读书方面，他应该是这个世界上屈指可数的幸运者。但是，在互联网如此发达的今天，任何人都可以沉浸在知识的海洋中，就如冯仑一样。

冯仑的书房，宛若一座迷宫一般，强人书籍、历史百科、房地产和经济专业书籍，文的、武的、男的、女的，各种书籍应有尽有。这就是他的"阅读重口味"，野蛮且有极强的指向性，就算是和自己生活毫无相关的书籍，他也能够从中悟出道理，并用段子表达出来。这一切对冯仑而言，便是获取经验的最佳途径，而且能够受用一生。

冯仑偶尔还会对法医学和犯罪心理学产生莫名的兴趣。他觉得，书中呈现的是另一个自己完全不懂的世界，很有趣，做了这么多年的生意，会遇到各种"疑难杂症"，所以这时候这些知识就会发挥作用。他说："其实做生意也需要非常广泛的人生经验和知识，才能处理这些事情。"他几乎快要走火入魔了！

有用，是一个很抽象的词。冯仑把所有自己认为有用的书都当作自己的人生手册来揣摩。今天的他，在读书上已经掌握了法门，他觉得有些书不一定要看得细，只要看出这本书呈现出一个什么样的概念就足够了。书中自有颜如玉，书中自有黄金屋。书确实给冯仑创造了无数的商业创意。

每当他拿起《香港地产百年》这本书的时候，他都要对书说声"谢谢"，因为当年万通转型"美国模式"的时候，就是从这本书开始的。他曾经看过一本描写台湾的书，所以就总想去台湾验证书中的内容，并在台湾做些大动作。毫不夸张地说，在某种程度上，书就是冯仑生命的本身，也是其生命的蓄力。

在冯仑身上，中国商人典型的阅读逻辑被体现的淋漓尽致。读书是为了生存，是为了解决阻碍生存的问题。冯仑相比较普通人，最厉害之处并不是他有钱，而是他能够在书中找到根本，找到最普遍的规律，最后将其吸收，而后经过自己的思维逻辑二次加工，衍生出更具创造性的"新哲学"。因此说，"段子冯"凭自己的努力打造了自己的段子人生。

不过，冯仑并不是带着花镜、拿着铅笔在地图上描绘红蓝线的思想巨匠。有的时候，他也只是因自己的好奇心爆炸和审美匮乏才会去阅读。

冯仑的书房里有一个很隐蔽的小隔间，据说是厕所改建的，在这个小隔间里，放着很多古怪的书籍，传言说冯仑没让任何人进去过。这些书籍大多来自华宝斋，很多都是古书，也有一些是讲述忧郁症和资讯焦虑的书，其中也包括死亡哲学等"重口味"书籍。

他曾这样调侃自己："有时候，晚上十一二点坐在这里，还不能睡，也看不了一整本书，无所事事，就看古书。古书能很快让人安静下来。其他那些杂书怪书，想起来了就看看目录，翻两三页，也能把平时思考的角度拉得更开。世界上真正需要读的书很少，需要知道的书却很多。"

而实际上，冯仑最想表达的是，世界上需要去读完的书很少，而需要你去明白的书却有很多。这就是冯仑，一个食书的"造梦者"。

拐点、转折、机遇

在人生和事业的曲线轨迹中，充盈着无数拐点，每一个拐点都很可能促成下一次巨大的转折。而如今，中国民用住宅房地产市场的大周期迎来了新的拐点。

与几年前那个带着《野蛮生长》四处游走的冯仑相比，此时的冯仑已经少了很多撰写之初的青涩，更多的则是身为"92派"代表人物的那份沉着和冷静。眼下，他想的不是如何叙述下一本著作，而是计划着下一个10年应该如何有序地"野蛮生活"。

冯仑说过，现在的市场量价一直都在发生着变化，以波浪式的形态朝下坡路走着，因而政府的相关部门和行业内的研究者都应该重视起这个拐点。

拥有多重身份的冯仑，此次外显的是"商界思想家"这一标志性身份，用他绝顶的野蛮哲学向整个社会吹响了呼救房地产行业的号角，并以此警告，放松限购是无法挽救房地产行业继续走下坡路的。

对于中国房地产市场的现状，冯仑一直都在坚持自己严肃的态度。早已过了青春期的房地产业，曾经的"一枝独秀"似乎在"百花齐放"的多领域综合发展的大环境下秀不起来了。

冯仑看清了现状，在住宅市场处于瓶颈的时期，物流、工业地产、医疗、教育等都会有很大的发展空间，所以说，真正的好日子刚刚开始。

早在几年前，冯仑就已经意识到"好日子"即将到来，那时候万通的转型也是为了适应今天的新地产模式和新社会环境。

2008 年时，万通与 TCL 合作成立了万通新创，以投资工业地产为主要经营项目，并将无锡数码工业园区的 16 万平方米的地产项目揽入怀中。

2009 年 4 月，正是冯仑以"实践者"的身份推行"立体城市"理念的时候，西安、温州、涿州立体城市项目相继施行。对于万通而言，这将会带来更多的金融资源和发展空间。

这一年，是冯仑高举崛起大旗的一年。他涉足海外，增加了与国外房地产公司的合作项目，并且持续投入资金，只增不减。步伐稳健而又迅捷，在美国只考察了 3 天便决定签约新世贸，同时计划着施行"中国中心"项目。

忙碌的一年转眼而过，2010 年悄然到来。冯仑雷厉风行，带着万通开始新一年的战略布局，并将视线集中在地产金融业务上。

2010 年，万通发行其控股的首支商业地产基金，成功募资 5 亿元，截至 2013 年，万通体系基金已达到 75 亿元。

期间，万通先后参与了国家发改委批准的基础设施产业基金、泰达区域发展基金、黑狮基金等海外基金的发起，随后又发起募集万利基金。

冯仑说："我们现在就做工业地产、立体城市和海外业务这三大块。""在房地产市场大周期拐点来临的时候，房地产公司的行为和战略定位都要发生变化，商业模式也要改变。应借鉴互联网公司的平台模式，使公司组织发生一次变化。"

可以看出，冯仑对于房地产的理解似乎已经完全到了可预测行业未来的程度。这也就促成了万通后来的战略性转变和商业模式的转变。

近几年，马云的表现让冯仑钦佩不已，对他来说，马云与王石最大的不同就是，一个是求拼搏，一个是求稳健。而冯仑自己与两者相比较则显得更想做"大"，马云的理念是"天下没有难做的买卖"，冯仑也有类似的理念——"天下没有难建的房子"。

这一观点，是冯仑在一次参加公益活动时提出来的。虽然当时他未直说其理，但所有人都听得出来，他口中所说的"难建的房子"，指的就是为人所"诟病"的"立体城市"。

时光流转，白驹过隙，过去这么多年，再说立体城市似乎有点老调重弹了。

冯仑并不回避"立体城市"这个敏感的话题，他只是不想把话说得太僵。在他眼里，立体城市的实现就是传统开发商的死期，更何况，他只是想建立一个高效率的城市化服务体系。

不管怎么玩，冯仑总是有新的玩法。有人说，2014年的冯仑正在摆一盘比立体城市更复杂的棋局，这就是他最新提出来的创想"雏鹰式"的合伙人体系，如今已经正式启动，并进入试行阶段。

游戏规则很简单，想创业的就找冯仑。冯仑把钱借给员工自行创业，但欠了钱的人就必须离开万通，与万通脱离关系，并以合伙人的关系出去单干。这或许是冯仑最新的网络式战略布局，当下还没有人敢对此想法发出过多的质疑声，因为冯仑带给世人的惊喜"太突然"。

冯仑坚信，网络才是未来最野蛮的武器。从自由筑屋到未来城市，他一门心思想把网络定制住房的新理念用最立体的方式呈现在消费者面前。就这样，"万通新概念科技"的网络地产公司映入人们的眼帘，冯仑任董事长，刘刚任总经理，同时刘刚也是该公司股东之一。

冯仑很信任刘刚，直接给了他三成股份，让他自己经营自己的团队。其后，刘刚从万通搬走，搬到租金更便宜的地方去了。

冯仑做了个比喻：有那么一种鹰，总是把蛋下在悬崖峭壁上，这样小鹰一出生就只有一个选择，就是往悬崖下面飞，"摔死了证明他能力还不够，活下来的就可以再接着飞了"。

虽然这个比喻很贴切，也很容易让人想到国外的父母坚持把自己的孩子赶出家门独立生活的现象，但做生意和做人还是有一些微妙差距的。冯仑似乎忽视了一点，那就是不管鹰成功与失败，对母体并不会造成任何影响，而这些从万通飞出来的"雏鹰"所创造的商业价值，却会在未来盘活整个万通。

　　冯仑给万通带来的一切改变，都是出于他对房地产的理解所做出的精确判断。那么，他对于这个拐点所给出的"处方"，究竟会发生怎样的神奇疗效呢？在他眼中，房产市场的拐点也不是全都相同的，相比较前几次小规模的改变，这一次更应得到各方面相关企事业及政府的重视。

　　他认为：在大周期一直上升的情况下，小周期也会如同触角一样随之而生，这样一来房地产并不会处于稳定的状态，会有波动；虽然会下降，但是到下一个上升周期开始的时候，又会飙升回去。但现在是大周期的下降期，如果放任不管，那它就会整体下降。

　　其时，全世界都发出了不同程度的讯号，来自资本市场的信号十分强烈，一时间，房地产估值成了最大的问题。冯仑在美国的时候，学习了美国经济史，他知晓，美国房地产早已度过了"拐点"，所以在美国的市场是不会有更高的市盈率留给住宅类开发商的，他们最多只有5倍~7倍，绝不会超过10倍。显然，相比于经管类房地产的15倍~20倍的市盈率，实在是少的可怜。

　　冯仑说：资本市场反应十分灵敏，在发出信号的那一刹那就立刻做出了回应。所以，在中国的这些开发类房地产企业只能面临转型和退市这两个仅有的选择。

　　他表示，这就是房地产大周期拐点的重要标志。他用万科举例，万科近年来一直都在经营物流地产，也就是工业地产。这样的转型并不是从一个行业跳去另一个行业，而是让自己的商业模式转型。因此，"城市服务商"的提出，更加强调了地产投资运营公司的专业，如果能和立体城市结合在一起，将会呈现史无前例的"地产盛世"。

　　面对房产市场销量下滑以及房价涨幅缓慢的问题，冯仑给出了自己的理解：首先，房地产降价是好事！说明房地产行业还没有出现回光返照的迹象，一时半会儿不会玩完。

每年，冯仑都要去世界各地考察、参观，为的就是获得更多的学习机会、积攒更多的经验。不管未来之路如何，世界在他眼中仍充满了无限的机遇。

拐点迎来新时代

机会是个偶然因素，有时乖巧地投怀送抱，有时却冷若冰霜，欲求不能。所以，这就需要寻找和创造。

冯仑曾说，那些经常被机会垂青的人，其实是具有自己创造机会的能力的，而这种能力并非与生俱来，而是在生活中慢慢积累成的。

当房地产行业大转变时，很多人认为房地产已经走向了陌路。而冯仑则认为，这次大周期拐点的降临，将会给房地产从业者创造更多的机会。因此，政府和业界房企不应该对房产市场的未来失去信心，他们应该明白，当前的商用不动产的发展空间是非常巨大的。

冯仑说：过去政府高价卖地，赚了钱再去搞基础设施建设，结果基础设施都成了摆设，卖出去的住宅也变成了空城。现在都在强调改革，地方政府也在改变自己的行为方式，这就是政府的改革。经商的事情，就去找企业商量，哪些产业适合"官民合作"，哪些产业能够增加就业率。所以说，机会都是自己去创造的。

冯仑一直都在观察行业内的动向，很多企业并没有真正理解应该如何利用这个机会，只是跟风做起了"商业综合体"，但从现实的角度来看，商业综合体的潜在风险很有可能变得越来越大。

原因很简单，综合体主要依靠零售物业生存，对于电子商务的冲击力没有任何招架之力；另一方面，商用写字楼相对于二线城市来说没有任何利益回报，所以综合来看是很危险的。

冯仑很早之前就提到过，现在的机会还有很多，物流、医疗、教育、养老、工业地产都具有很大的潜力。医疗产业是我国目前最注重的产业之一，同时具有 10 万亿的潜在经济空间，所以医疗相关的不动产市场是一个很好的发展方向。

他说：报纸上天天说我在做医疗，搞的好多人都来找我看病。我哪会看病啊？我做的是不动产，给大医院当工人，给医院盖大楼。

与教育相关的不动产项目也有很多，比如学校的教学楼、宿舍楼，还有学校附近的出租公寓等，都有很大的利润空间，很多学生在条件允许的情况下都选择在校外租房居住。

这样一来，不良资产就成了最佳选择。从房地产的利润曲线来看，利润最低的是散货码头，稍好一点的是民用住宅、工业厂房、酒店、商用写字楼等，而不良资产则是收益最高的。

冯仑曾与一位国际大行的工作人员会面，此人向冯仑透露，该银行已经筹集了大量的资金，随时等待着不良资产的出现。冯仑解释道：其实，在生活中不良资产有很多，比如你投资了 5 亿盖写字楼，结果做一半不想做了，就 1 亿给卖了。用 1 亿买走写字楼的人，把写字楼改成高级公寓，用几十亿的价格卖掉，这样的不良资产处理的高利润是显而易见的。

所以，冯仑所说的"机会来了"，是毫无疑问的。其实，这是一个很简单的道理，就像是花了两块钱买彩票，虽然失去了两块钱，但却中了 10 块钱一样，最后算下来还是赚了很多。

冯仑看得很准，住宅市场不行了，其他行业却成了好机会，如果房产市场今天不衰退，应该也没有人会放下自己赚钱的行业，而把精力放在其他行业。

这样一来，冯仑转让万通股权的举动，就能够更明确地表现出其对万通未来的规划。这就像是小孩子刚刚过了青春期，身体都已经发育完全，停止了生长，但头脑会不断地增强。因而，从全面的角度来看，这就是好事。

也许是看出了什么"门道儿"，政府也做出了相应的政策，比如放松限购的政策。但这样的微刺激，只有在小周期能够使房地产复苏，在当下的大周期环境内，就算是取消了限购政策，也不会对房地产行业的现状起到任何作用。

冯仑说：这就好比在青春期的时候给你绑脚，缠几天、松几天，这样一点效果都没有，脚仍然会继续往大长，这就是小周期。要是从小一直缠到大，脚就不会长大了，这就是大周期。现在中国房地产业已经进入了大周期，所以你再怎么放松，也不会再有明显的变化了。

大多数房产公司都已经做好了放弃治疗的准备，但冯仑却不这么认为。他觉得，从实际情况来看，中国民用住宅地产项目并不会突然跳水，小幅度的波动肯定会有，但绝对不会俯冲下降，因为现在还没有到整个行业崩盘的时候。除非突发的战争和不可挽救的金融危机出现，一落千丈还不至于。

冯仑觉得，目前这种情况应该叫"制度改革红利"，并且体现在三个方面。第一，去工商局的人越来越多，也就是说创业的人越来越多——冯仑一年内就要在工商局注册十多家公司。第二，参加公务员考试的人越来越少了，更多优秀人才把目标放在了经济市场上。

第三，简单粗暴，谁赚钱就看谁，这样可以很好地判断当下市场经济的好坏程度。

世界是公平的，钱是大家轮着赚的。过去是文科生赚钱、复杂的人赚钱，现在风水轮流转，发展完思想，开始发展物质了，所以理科生开始赚钱、最简单的人在赚钱。

冯仑在美国的时候曾看到这样一则新闻，一个美国中学生凭借一己之力开发了软件，并卖给了五角大楼；现在中国也出现了这样的天才少年，以十几亿的价格把软件卖给了李彦宏。冯仑的总结就是，不要被大环境限制住，不要别人说天塌了，你就开始害怕，别人说天晴了，你又跑出去玩。

淡定的冯仑，从来不会杞人忧天。很多人都在担心，房地产业的不景气很可能会导致地价下跌，这样一来银行的坏账会越来越多，不良资产数量也会加倍增长。冯仑并不担心，就像之前说的，在房地产业中，最赚钱的就是做不良资产的生意。现在赚的更多了，怎么会不好呢？

冯仑的态度很明确，担心是没有用的，要想改革，就要先坚定信心。他提出了结构调整这一概念，他说：不用担心，这就要坚定改革的信心，什么叫结构调整？如果我们每年没有400万人死亡，火葬场没有400万人的尸体处理，我们人口结构能改变吗？没有死，哪有生的价值呢。

民营企业自我调整能力很快，倒闭、破产说来就来，很多城市房地产业调整得很快，但是调整都是要付出代价的。在美国期间，冯仑早就意识到美国经济并不是发展得快，而是调整得快。贝尔斯登和雷曼有百年历史，但是说死就死了，随后高盛就变得强大了，这就是结构调整。

冯仑举例说明了结构调整，想要调整，就要先研究谁先死，死的越快，调整的也就越快。关键不在速度，而是"善后"，也就是要有一套完善的"尸体处理"体制为你工作。比如破产法，在破产之后，会对不良资产有一系列法律程序。在雷曼崩盘之后，"尸体"并没有留做纪念，而是快速地分解，而且不留痕迹。

他还说：这就是美国完善的市场体制，就连处理"尸体"都不需要自己亲自动手，后续律师、会计师以及中介投行等单位会争着抢着来为你处理善后工作。如果我们在粤海的"尸体"，也有这样的完善体制来处理，也不至于像今天这样，一直放到"臭"。

小周期"拐点"就像是生活中的头疼脑热，按时吃药就能解决问题，维护的是整体的健康。现在房地产市场的整体健康问题已经不需要再去判断了，因为总体是"不健康"的，只能去医院"看医生""做手术"，这就是转型。

所以说，冯仑的观点是正确的，面临大周期的转折点，地方政府和企业全都要面临转型。这样的转型并不是不好，而是从"一枝独秀"到"百花齐放"的完美蜕变。因为冯仑心里清楚，"一枝独秀不是春，万紫千红春满园"才是房产业未来的最佳"处方"。

老江湖，小新人

生活就像拿着长竹竿走城门，若总是执着于一种方式，就很难顺利走过去。

"起于青萍之末，止于草莽之间"，万通的内部分歧再次爆发。市场的瞬息万变和冯仑的大胆妄为，让股东们的心变得惶恐不安，一瞬间，矛盾和利益搅和在一起，俟河之清成了最让人头疼的问题。冯仑不想再走"六兄弟"的老路，梁山好汉做一次就够了，简单粗暴的分手还不如换个姿势继续玩下去。

经历了无数质疑暗淡褪色的瞬间，冯仑似乎又找到了将万通推向风口浪尖的契机。2014年，无疑是地产行业最动荡的一年，各盘大佬悉数隐退，能够坚持在这个圈子中的人所剩无几。

在传统房地产企业转型的同时，其他领域的企业也在转型，并以强劲的势头冲击着房地产市场。就在硝烟四起之时，一个巨大的问号成为了全民拷问的焦点——"谁的万通"成为了2014年下半年，房地产领域的热点话题。

有一种观点是被普遍认可的，大哥冯仑的理想依旧丰满，所以没有退出的理由，这一切决定只是他重装上阵的战略决定；而另一种说法则比较现实，冯仑已经江郎才尽，年龄在催促着他尽早离开这个事非之地，用退出历史舞台来告知世人，万通已经从灵魂上开始改变了。

虽是众说纷纭，但终究是好事者的猜测。虽然冯仑再次决定执行退出机制，但他仍没有丢下兄弟一走了之。能让兄弟们赚钱，能让管理层继续持股，这才是他最想要看到的结果。管理层接下来的工作很简单，只要在业绩上不断冲高，股价自然会有变化，想赚钱也就不难了。

冯仑对媒体表达了自己的两点想法：第一点是当退潮的时候，那些裸游爱好者就会暴露自己。自2011年起，持续紧缩的作战方针，让传统房地产在开发模式上漏洞百出，其中土地和资金更是成为了致命弱点。同样，这两个弱点多年来一直在折磨着万通。

第二点是坚定不移的"美国模式",以房地产金融业务为基本战略,使"美国模式"不断向前推进。万通在 2010 年中,将这一战略运用在"立体城市"、工业地产、商用地产的逆势扩张中,其效果十分显著。但这一战略最大的弊端,就是创新转型需要面对艰苦、漫长的发展过程。

但逆境求生是冯仑的强项,万通自然会在逆势中迎来新生。伴随着立体城市的花开落地,新的商业模式如冯仑的草莽一般,横冲直撞地进入了当今的主流市场,并成为了独树一帜的商业特征。因此,带领万通走出传统房地产企业的僵局,既能在获得土地和资金的问题上打开新的局面,也能让万通获得更多的间接利益。

这样的方式,自然会招来强有力的指责,但冯仑没有回应也没放弃,始终坚信自己的战略判断是没有丝毫纰漏的。

近十年来,冯仑激昂的情绪和高亢的斗志已经开始渐渐衰退了,此时的抱怨声也进一步证明了万通内部的分歧已越来越严重。

冯仑只是希望万通能在稳健发展的同时,利用更多的资源去开发新型产业,但股东们更多的是想用简单粗暴的方式获得更多的利益,用最少的力气挤出最多的牛奶。所以,这样的平衡点很难找到。

其实,冯仑不是没有考虑过这个问题,早在 20 世纪 90 年代,他在合伙人关系利益分配上就已经做过研究,即六兄弟时期的"座有序,利无别"的经营模式。不过,梁山好汉的分家方式直接将万通的家底掏穿,也把冯仑逼得负债累累。这个让人心痛的教训,冯仑一直都放在大脑中最明显的位置,时刻提醒自己。故而,吃一堑长一智的他不可能穿新鞋走老路,让万通控股再分家。

那么,作为地产思想家的冯仑,是如何用自己事缓则圆的特质来解决股东之间的分歧的呢？他曾经将大量的时间放在研究公司的治理结构上，很多经验已经不断提醒他倒退的后果有多么严重。

潘石屹的老婆张欣和冯仑有过一些交集。张欣极具西方经济学思想，在她的角度来看，万通六兄弟的合作方式不能说是完全失败的，但能肯定的是，这样的合作关系是不成功的。原因很简单，这六个人"太土"。

冯仑觉得，这是对兄弟感情的一种否定，并不是因为合理的解决办法推进了万通，而是现实矛盾的不断激化，让万通的分家提前了。从他的这些想法可以看出，他是不想让万通分家的。

万通重建以后，一直都是三分天下，由冯仑系、泰达、嘉华实业三方面组成。其实，如果冯仑一直坚持自己的原则，天津泰达就会一直支持，嘉华实业也无可奈何。

2004年时，冯仑拉来了得力助手天津泰达。在天津当地，泰达是名副其实的"大地主"，所以，在土地方面无疑是给予了他最大的恩惠。资金问题对于泰达来说更是小事一桩。这样"导演加制片"的模式，在冯仑的内心世界早已成为了最好的事情了。

然美梦似乎终有被唤醒的时候，60岁的天津泰达投资控股有限公司董事长刘惠文，因为长期精神抑郁而"自挂东南枝"。这样的消息一经授权官方发布后，对冯仑而言无疑是个不小的打击，万通所期盼的矛盾平衡点在一瞬间就被打破了。此时，中央巡视组正在天津办事，有传闻称刘惠文是因为受到牵连被调查，一时间，国企老总的自杀新闻引来了无数的猜疑。

说起刘惠文，冯仑倍感惋惜。当年刘惠文一手将他带入天津，并将万通推向了与泰达在天津同样的高度。两人当初相识的时候，也算是"情投意合"，在很多方面都有着极为相似的地方，而且两人都喜欢用段子来谈人生。

刘惠文曾说："政府和国企之间的关系就像老子和儿子，老子去儿子床上躺一下，儿子去老子屋里拿点东西都很平常。如果想改变，就只有给儿子娶个媳妇。"万通控股就是刘惠文所说的"儿媳妇"，也是天津泰达自成立以来的"第一任媳妇"。

刘惠文和冯仑是"亲家"关系，冯仑时常会回忆起泰达的事情。他说，当年之所以引进泰达，主要是因为公司内部出现了很多分歧意见，在万般无奈的时候便去讨教王石。王石觉得冯仑联姻泰达是最佳选择，而且一定要拿下来。王石还表示愿意促成这桩好事，并一直在指导冯仑应该怎样合理地与国企进行合作。

王石曾在公开场合表示过，当年冯仑找他，想要引进泰达集团，但让外人做第一大股东的决定却让冯仑有些拿不定主意，所以想让他给点意见。王石记得自己当时的回答是："我举双手赞成。"他如此简单而果断的回答让冯仑明白，这就是王石对天津泰达的认可。

冯仑说，泰达和万通"蜜月"的不得了。除了在天津的两个项目，两家公司已经开始在北京、杭州两地合作。作为万通控股的第一大股东，天津泰达多年来一直更多地扮演着财务投资者的角色，其派出的干部主要以审计和财务投资为主。

刘惠文去世后，天津泰达在万通控股的倾向就变得更重要了，其倒向谁，谁就能获得话语权。刘惠文的继任者会秉承他的既定战略吗？从一些个案上似乎可窥见端倪：2013年1月，万通控股将其所持的泰达城的全部股权转让了出去，"天津王"融创系受让方。

人们都说冯仑是个"老革命""老江湖"，但他本人一直都觉得，老革命怎么会遇上新问题？所以，自己一直都是个小新人。

多年来，冯仑经历过的企业危机不计其数，最终都迎刃而解。多年后，当他再次回忆起这一切时说，在当时那个年代，财务危机是一直都存在的问题，不过组织结构上的危机却让自己一次又一次地陷入迷茫之中。问题其实很简单，只要在财务上做出合理选择，股东们也不会有那么多的困惑，分歧自然不攻自破。

冯仑用自己的经验把这一切总结为："利益中的牺牲。"他说：每一次出现危机都在围绕着利益权衡而展开，不敢牺牲就没有胜利；作为一个成熟的男人，就要有牺牲的勇气，理想丰满才能更加"野蛮"地生存下去。他很欣赏汤唯说过的一句话，"我好不容易走到这一步，我不想停。未来谁知道呢？能做多少就做多少吧"。

冯仑打了十几年的地铺，自己的第一套房子小到让人无法想象，第二套房子也没大到哪里去。用他自己的话说，一切都是零的状态，只有这样才有无限动力去拼更多的未来。

2014 年，对于冯仑来说是匆忙的一年，不管是危机还是机遇，没有人敢再给"段子冯"轻易下结论了。因为他是个生产奇迹的人，不管未来是否晴朗，但作为带头大哥，眼中只有前进，没有离去。他不会轻易地抛弃万通，一时的变故也只是长途跋涉中的短暂歇息。

也许，立体城市真的是冯仑为了万通的"醉翁之意不在酒"，退出万通也是见好就收的另一种表现。但对于外行人来说，大哥冯仑的做法永远都是"不明觉厉"，所以也只能翘首期待他将自己的新"江湖"故事娓娓道来。